十村记

精准扶贫路

主编——刘伟　　副主编——纪红建

三 河 水 暖

李晓东　著

湖南教育出版社

十村记：精准扶贫路
丛书编委会

主　编：刘　伟

副主编：纪红建

编　委（排名不分先后）：

总　序
扶贫路上伟大的历史足迹

　　贫穷，在不少的时候，是中国社会的历史包袱。因为贫穷，中华民族经历了许多的磨难和屈辱。因此，与贫困的抗争，一直是中国社会无法回避的难题。中国共产党人的革命，也是伴随和追寻着要独立、反饥饿与求生存、谋幸福开始的。最近十年来，在当下的中国，一个伟大的扶贫行动，最终要实现全面脱贫目标的攻坚行动，在以习近平同志为核心的党中央的坚强领导下，在全国很多地方全面持续展开。这是中国历史上直面贫穷展开的伟大反贫困奋斗故事，也是人类历史上最大规模务实和精彩的减贫脱困故事。这套题为《十村记：精准扶贫路》的报告文学丛书所展现的多样丰富内容，就是这些精彩故事的真实动人呈现，是中国乡村社会历史巨变的真实记录，非常具有现实和历史的意义。

　　在全国各地展开的扶贫故事，其丰富的表现情景各不相同，色彩斑斓。《十村记：精准扶贫路》创意性地选择习近平总书记多年来调查研究，并针对实际情况提出科学合理扶贫论述的十个村子为对象，邀请作家分别深入采访，真实形象描绘其各具个性的脱贫情形，还原经验教训，很好地呈现出中国扶贫脱困的艰巨多样和令人振奋的场景，十分具有解析再现和总结作用。习近平总书记说："40多年来，我先后在中国县、市、省、中央工作，扶贫始终是我工作的一个重要内容，我花的精力最多。"种子在厚土中发芽生长，情怀在内心滋生延伸。青年时在陕北梁家河的基层农村生活经历，是习近平认识感受贫穷压力的开始，也是他立志扶贫改变人们贫困生活处境愿望的发端。这种情系苍生、悲悯贫弱的心怀，体现出一种崇高纯粹的精神和宽广益世的情怀。正因为如此，才有习近平40多年间的许多扶贫故事，才有党的十八大之后，全面展开的扶贫攻坚、精准扶贫的火热奋斗场景。《十村记：精准扶贫路》，用分散在全国各地的十个贫困村中真实鲜活的人物、乡村命运改变的故事，让我们深入具体地看到了总书记持续不断、真诚投入、现场指导、灵活施策、科学决断的行动；在很多扶贫干部无私、智慧地开拓中，贫穷地方不断减除贫困的过程中，感受到党员干部情系人民福祉的情怀，落实"人民对美好生活的向往，就是我们的奋斗目标"的自觉行动。这些真实形象的记述，为中国历史，留下了深刻立体的脱贫印记。

存在于各地的贫困情景，各有其原因，但大多都因为山高沟深、偏远封闭、环境恶劣、交通不畅、教育落后、观念陈旧等。像福建宁德的赤溪村，村民雷程祖就感叹说，他们是"穷在山上，穷在路上，穷在娶不上媳妇上"。这个挂在半山腰的村子，曾经穷得婆媳共衣裤遮体，全家没有一只像样的碗，人畜同茅屋，过着像原始部落般的日子。山西岢岚赵家洼的村民，过去因为穷困，常年蜷缩在碎砖烂瓦垒砌的破房子内，吃不饱穿不暖，很多人成了"刮野鬼"，到处游荡。在河南兰考的张庄，历来"风沙、内涝、盐碱"三害严重，一年三灾，三年大旱，四年大涝，麦尽干枯，秋禾无望，四野一空的情形多年难变。陕西耀州照金的人们，虽在革命老区，可多年贫困，生活艰辛，房屋破旧，人们时常担心雨天房屋漏雨。在河北阜平骆驼湾村，因为土地贫瘠零散，耕种不易，加之山路难行，贫困成了最经常的表现。在安徽金寨的大湾村，饥饿是最深的记忆。在贵州遵义的花茂村，过去人们"生一次病，要半条命。没有钱望（看）啊"。在四川大凉山的三河村，在湖南湘西花垣的十八洞村，在江西井冈山的神山村，虽然都有美丽的风景，可是因为出门的路啊，阻且长，变成了美丽之困，人们多年来只能用双脚丈量风雨苦难……这些密切联系着人们生老病死的日常生活贫困情景，述说着一家家、一个个人伴随贫穷困苦生活的经历和命运表现，说起来都令人哀伤和感叹！这种锥心刺骨的民瘼，是以"人民至上，生命至上"为治国理政理念的党和政府最为牵挂的重要内容。也正是党的十八大以来，从中央到地方，坚决努力扶贫攻坚，实现脱贫补短板，为全面建成小康社会而奋斗的根本所在。

多年以来，在中国当下的扶贫解困道路上和故事中，习近平同志无论是在地方还是在中央，是作为地方干部还是作为党和国家领袖，都担当着重要的设计和"导演"的角色，使这样伟大而艰巨的工程持续推进并获取辉煌的成果。各处的贫穷困境，是多种原因造成的，绝非喊口号、说大话等可以改变的。在中国扶贫脱困的长期过程中，40多年来，习近平同志不辞劳苦，深入很多偏远偏僻山村，身体力行，持续关心，实地考察调研，用许多的行走和实践书写了"习近平的扶贫故事"。习近平同志曾说："我去了中国很多贫困地区，看望了很多贫困家庭，他们渴望幸福生活的眼神和不怕苦不怕累的奋斗精神，深深印在我的脑海里。"在一份介绍赤溪村扶贫的文件上，他强调脱贫攻坚要"艰苦奋斗，顽强拼搏，滴水穿石，久久为功"；在大湾村，他指出，打好扶贫攻坚战，要采取稳定脱贫措施，建立长效扶贫机制，把扶贫工作锲而不舍抓下去；在十八洞村，他提出，我们在抓扶贫的时候，切忌喊大口号，也不要定那些好高骛远的目标，扶贫攻坚，就是要实事求是，因地制宜，分类指导，精准扶贫；在花茂村，他勉励大家，心往一处想，劲往一处使，汗往一处流，共同把乡亲们的事情办好。在这些贫困村子里，习近平同志像一个农民的朋友、邻居、亲戚，也像一个知兵懂战的统帅，与村民、干部促膝话桑麻，共谋脱贫计。他提出了许多务实具体的意见，筹划了很多事关全局的扶贫策略。正是这些具体建议和全局策略，为各地的扶贫干部和村民指出了行动的方向和道路，使扶贫工作扎实开展推进。《十村记：精准扶贫路》所记述的大量扶贫故事，都是总书记扶贫目标愿望的真实写照，都是精准扶贫故事的美丽演绎，令人感受深刻，心生敬意！

优秀的文学创作，一定是有价值的书写，是对社会生活发展和人们命运改变的热情关注。《十村记：精准扶贫路》这部通过现场采访，分别描绘各地不同扶贫脱贫真实情景的报告文学丛书，是对中国历史空前的反贫困行动的自觉融入和靠近，表现了作家有益的现实文学追求精神，是实现文学"经世致用"，追求历史书写的很好成果。这十部作品题材现实，格调温情，风格质朴，语言平实，作家分别用线性串联的，或是故事组团式，或是历史人物命运变迁等网络交叉结构叙述，在各地贫困乡村人们生活环境和自身命运的变化过程中，真实地表现了历史的重大跨越，讲述了中国当代的精彩脱贫故事，是一种非常有价值的中国乡村历史文学记述。

《十村记：精准扶贫路》的诸位作者，深入扶贫一线，与村民和扶贫干部倾心交谈，在扶贫项目点上直接观察，分别具体形象地描述了各地人民修路、通水、通电、开展林果种植、畜牧水产养殖、利用自然环境和社会资源开展旅游、搬迁新村等努力摆脱贫困的行动过程，其间充满繁复曲折、艰辛奇趣、汗水欢乐，内容非常丰富而动人。看到作品中许多村民告别贫困和艰辛命运后浮现到脸上的笑容，讲述新生活时开心的话语，令人非常欣慰。这一切的到来，依赖于领袖的决策引导，也与当地扶贫干部和村民的不懈奋斗密不可分。作品在客观真实地叙述了这些村子致贫原因和经过艰难努力脱贫情形的同时，对很多扶贫干部的忘我开拓的精神，村民摆脱贫困的渴望、配合投入的行动给予细致描绘，使很多的矛盾纠纷和解决处理过程成为有趣的真实文学故事，具有生动形象的戏剧性感染力量。在不少地方，作家的观察思考，如对于兜底脱贫、对于有些村民搬迁之后如何发展生产与就业等问题的思考，也有益于作品内容的丰盈，令人印象深刻。

《十村记：精准扶贫路》的策划、创作、出版过程，富有个性，是以小见大，以局部侧映全局，以真实生动的精准扶贫故事表现领袖的扶贫情怀、国家的扶贫行动和伟大成果的精心出版活动，创意、实施、结果、影响等，都十分值得点赞。

是为序！

中国报告文学学会常务副会长　李炳银

2020 年 6 月于北京

编者序
于波澜壮阔之中，书感人肺腑之事

2017 年 8 月，北京天气很热。一个清秀的小伙子来找我，说是经朋友介绍，请我出面组织编撰一套书。他，就是湖南教育出版社的编辑杨宁。

杨宁拿出一份选题策划方案，是有关丛书出版的初步构想。丛书初拟书名是"足迹——精准扶贫路"，准备写习近平总书记以扶贫为主题视察过的一批乡村，希望沿着习近平总书记的扶贫足迹，以点带面地展示中国的扶贫成果。

我看了以后，感觉这是个很好的图书选题策划。全面小康、精准扶贫是近些年来非常重要的工作。2012 年 11 月召开的党的十八大，提出了确保到 2020 年实现全面建成小康社会宏伟目标；2013 年 11 月 3 日，习近平总书记在湖南湘西十八洞村首次提出"精准扶贫"的重要论述。经过几年的努力，扶贫工作已经取得了一定的成效，我们离全面建成小康社会的目标更近了。这个时间节点，策划这么一套书，政治敏锐性强，市场定位高，出版时机好。

我欣然接受邀请，答应担任这套丛书的主编。

不过，我提出，以"足迹"方式，略显直白，书名还得有文气，接地气。在后来与杨宁的交流中，我建议以纪实的方式撰写，报告文学更好，便于作者基于真实素材而发挥。在习近平总书记视察过的贫困村中选择十个扶贫难度有代表性的、扶贫成果显著的、在全国有示范效应的村子来写：湖南十八洞村、江西神山村、陕西照金村、福建赤溪村、河北骆驼湾村、安徽大湾村、河南张庄村、贵州花茂村、山西赵家洼村、四川三河村。丛书书名改为《十村记：精准扶贫路》，出版社领导和杨宁也接受了。

2018年8月，湖南教育出版社启动丛书编写会议。我和大部分作者赶到长沙，在湖南教育出版社副社长黄永华主持下，我们就丛书的定位、体例、框架、写作风格等进行了讨论。出版社党委书记、社长黄步高提出，要选取精准扶贫成功的典型故事，内容要有可读性，体现专业性。会议确定了基本撰写方案。当时获知，丛书已列入国家"十三五"重点出版规划项目。

2019年4月，我们邀请了众多业内专家在北京举行了初稿评议会。来自中国出版协会、全国扶贫宣传教育中心、中国当代文学研究会、中国报告文学学会、中国图书评论学会及《文艺报》《中华读书报》《中国扶贫》《闽东日报》等单位的专家与会。这些报告文学、扶贫宣传等领域的专家就丛书初稿认真地给予了评价，既有肯定，也指出不足，甚至就一些比较肤浅的文字表达，进行了尖锐的批评，同时提出了十分中肯的修改意见。

会后，杨宁整理了专家意见，发给了我和各位作者。不少作者根据需要又深入村里进行了补充采访，然后对书稿进行较大规模的修改和完善，切实提高了丛书的整体质量。

丛书作者多是请光明日报社驻地记者站推荐，有的是我推荐。作者要有相当的写作能力，尤其是要有深入采访及驾驭纪实类作品写作的能力。

比如，《十村记：精准扶贫路——张庄之问》的作者刘先琴，是光明日报社资深记者，之前还担任过《中国青年报》记者，采访调研能力极强，善于抓大题材。她也是知名作家，身兼河南省作协副主席，除了新闻报道，还出版过十几本散文和报告文学集，她的《玉米人》获第十三届精神文明建设"五个一工程"奖，《今生有缘》获首届杜甫文学奖。《十村记：精准扶贫路——赵家洼的消失与重生》的作者是《山西文学》主编、山西省作协副主席鲁顺民。他当过中学语文老师，后来成为职业文学编辑和作家，出版过散文、报告文学集，获得过赵树理文学奖。《十村记：精准扶贫路——赤溪清水流》的撰稿人胡银芳，是很特别的作者，出版过报告文学、长篇小说等。当然，除了北京广播电台高级记者、作家的身份，她也是福建省宁德福鼎市贯岭村的媳妇，她的婆家与同在福鼎的"中国扶贫第一村"赤溪村相距不远。宁德曾是全国十八个集中连片贫困地区之一，习近平同志曾在此担任过地委书记。在宁德工作时，习近平同志提出过"人穷志不穷""滴水穿石"，写下了《弱鸟如何先飞——闽东九县调查随感》。胡银芳在《十村记：精准扶贫路——赤溪清水流》一书的第一章就写到她这个北京女性"回婆家"的感触。"在后来的三十多年里，无论是采访还是旅行，无论是国内还是国外，我总把宁德的贫困山区和我所到的任何一个乡村作比较。但是，这种比较通常的结论都是——宁德，美丽而贫穷。"正因为她有在闽东生活的经历和感受，所以对赤溪村的描写十分细腻，情感流于字里行间，读来分外感人。

《十村记：精准扶贫路》十本书的作者，都多次到所写的村落采访、调研，深深地感受到这些贫困地区自然条件之差、交通之落后、风俗之难移……十个村落的扶贫经历，折射了中国艰难曲折的扶贫脱贫奔小康的历程。十个村的故事和人物，看似平平淡淡，实则是人物鲜活生动，故事感人肺腑，历程波澜壮阔，在中国扶贫攻坚、实现全面建成小康社会的历史中，留下了十分可贵的、真实的记录。

　　十本书的作者，个个都有深刻的社会观察能力，都有较强的写作能力，且都有专著出版，我就不在此一一介绍。

　　这些作者所写到的村落史、人物志，以及他们采访撰写的认真精神，无不令我感动。还有编委会的专家：湖南省扶贫办副主任赵成新、湖南教育出版社总编辑刘新民及丛书的副主编——知名作家纪红建等都在编写过程中做了许多工作。在这里，我要向作者、专家和湖南教育出版社领导、责任编辑杨宁及其他编辑表示真诚的感谢。

　　《十村记：精准扶贫路》即将付印之际，欣闻丛书入选中宣部 2020 年重点主题出版物，这是对我们工作的初步肯定。希望通过我们的讲述，能让更多人看到扶贫攻坚中的感人故事。

光明日报社原副总编辑　刘伟

2020 年 6 月于北京

目　录

小康路上不能少了凉山

千万支的火把照着你的脸

让我看清楚你的容颜

噢，我最亲我最爱的大凉山

千万年的美丽还是没有改变

远走的心依然在流连

噢，我最亲最爱的大凉山

……

歌声在耳畔萦绕，火把、蓝天、高山、草甸在眼前浮现，这就是缤纷多彩的大凉山。

凉山，也就是四川凉山彝族自治州，是我国最大的彝族聚居区，也是四川省民族类别、少数民族人口最多的地区。凉山州国民经济和社会发展统计公报显示，到 2019 年年末，全州户籍人口 531.03 万，其中，少数民族人口为 303.97 万；彝族人口为 285.88 万，占总人口的 53.84%。

凉山，地处四川省西南部川滇交界处，面积 6 万余平方公里。这里山峦纵横、大河奔流，民族文化资源独具魅力，民族学研究者认为这里自古就是民族迁徙、交往融合的走廊。

作为最大的彝族聚居区，彝族是凉山世代的主人，他们创造了灿烂的文化，在中国革命进程中发挥了重要作用。当年，红军长征，正是在彝族头人小叶丹的帮助下，顺利越过彝区，摆脱了敌人的围追堵截，从而走向了胜利。但历史总是曲折向前，历经波折的。在发展进程中，由于自然、历史等原因，凉山掉了队、落伍了。凉山是全国典型的深度贫困地区，按照现行标准，2019年年底还有 300 个村未退出贫困村序列，17.8 万凉山群众尚未脱贫。凉山自然条件差，生产力发展水平低下，社会发育进程滞后，发展相对不足，17 个县市中 11 个为国家扶贫开发工作重点县，至 2019 年年底仍有 7 个县未摘帽。打赢脱贫攻坚战，无疑是这里最硬的骨头、最重的担子。

他们，需要全社会的帮助，需要国家的支持，也更需要自身的努力，共同改变落后面貌，而这正成为凉山变化的动力。在国家决战决胜全面建成小康社会的部署下，精准扶贫在全国轰轰烈烈地展开，沉寂的凉山得到中央的关注，全社会的支持，凉山群众铆足劲地埋头苦干，凉山城乡迎来前所未有的变化，彰显这个时代中国共产党的不变初心、为民情怀，展现人民的自强不息、共克时艰……

昭觉县是凉山州贫困程度最深的县之一。从西昌到昭觉县，距离只有 90 多公里，但不少乡镇地势却要抬升逾千米，经济发展受交通、自然条件因素影响较大。我们要讲述的三河村，深藏在昭觉的大山深处，如同昭觉县的大多数村庄一样，偏远闭塞；

村民如同其他地方的彝族同胞一样，淳朴而简单。

"其实，我们世世代代已经习惯了这样的生活！" 70 岁的三河村老阿妈吉木子洛，用她那饱经风霜的眼睛审视着三河村。在她的眼中，经久不变的生活也泛起了波澜，三河村正迎来前所未有的变局，村子在变，村里的人在变。她总是静静地坐在三河村中央那凸起的山脊上，看春去春回。这一次，春天缤纷精彩，彝族同胞们紧锁的眉头展开笑颜。

"过去这里很穷！"无论何时，老阿妈都可打开记忆的闸门，清晰而悠长地讲述三河村的过往。往前追溯几十年，三河村这里的人并不多，不少住户都是从周边的地方搬迁至这里。在地少的凉山、多山的昭觉，这里算得上一个好地方，是一块能养活人的地方。

"我们虽然能养活自己，但活得很苦，活得并不轻松！"老阿妈说。这样的苦就在于这里交通不便，水总是山下有山上缺，缺水的季节，甚至人畜饮水都出现问题。辛勤劳作在这里有回报，但回报总是远不尽如人意。收成总要看天意，风调雨顺时，家家户户可多收三五百斤，旱涝时则吃饭都成了问题。地里所谓的出产，不是马铃薯就是玉米棒子，老阿妈说极难见到这片土地能有其他的物产。牛羊多则衣食足，但大家的圈舍时常空着，能养牛养猪、养羊养鸡，那是乡邻们羡慕的对象，因为这些牲畜家禽可换来零花钱，改善生活。对于大多数三河村人来说，贫穷似乎是一种基因，与生俱来，无法改变；贫穷又似乎是一种宿命，如影随形，欲罢不能——似乎但凡三河村人，就要接受这样的命运。在老阿妈的记忆里，三河村人概莫能外。她自己辛苦拉扯几十年，养大了几个儿女，但从本质上也没能改变命运。大儿子早逝，大儿媳妇不争气，留下一对孙辈需要老阿妈照看；二儿子雄

心勃勃，却并不遂心，跑货车发生车祸遭遇巨额赔偿，把老爸的一点退休金也搭了进去；大女儿住在附近，偶尔会过来帮衬帮衬。与其他村民一样，老阿妈也寄希望于风调雨顺……生活的磨难让老阿妈接受了命运的安排，甚至固执地认为绝大多数人一生注定要含辛茹苦。她想着照顾好一对孙辈，让孙女成才，让孙儿成人，让他们有更好的生活环境。为此，老两口仍然坚持劳作，

三河村深藏于大凉山中

注：本书图片，除另行标注者外，均由雷建提供。

坚持下地干活，帮助孙辈热烈日作和热烈日聪养牛、喂猪，把挣得的每一分钱都给他们存起来。她说，希望有一天，日子能好起来。人，一旦有了希望，日子就不再难熬。

忽然有一天，家里来了一帮人，在昏暗的火塘边介绍说是县里派来的扶贫干部，要帮助老阿妈和乡亲们脱贫致富。他们忙不迭地走村入户，逐一了解三河村每家每户的情况，其中就有后来经常见面、胜似亲人的驻村工作队队员。

"从来没有人这么认真过。"老阿妈擦擦浑浊的双眼，注视着这些热情澎湃的人，她平静如水的内心开始翻腾，尘封板结如冻土般的心扉开始慢慢融化。驻村工作队的到来，如同阳光穿透土坯房屋顶的亮瓦，一下子给土屋带来耀眼的亮光。

自那以后，三河村似乎在追赶时光，季节交替似乎更为频繁。回头凝望，老阿妈感受到了三河村的变化。洗衣机、电视机等过去很少见到的电器进了村，村里的大喇叭喊出了"脱贫攻坚"的口号。自家的门前钉上了建档立卡贫困户的牌子，写上了儿媳妇节列俄阿木的名字。门前踩了几十年、雨季难以下脚的土路铺上了红砂石板。帮扶干部们隔三岔五就上门来商量致富办法，还发放用扶贫基金购买的母牛、母猪，那些都是能产仔赚钱的宝啊，以前是眼馋却没钱买回来的"大件货"。有了这些宝贝，就可以赚钱啊！过去死气沉沉的村子如今有了更多的生机，家家户户都有了干劲，都比以前更忙了，坐在路边晒太阳的人少了。

令老阿妈热泪盈眶的是，村上说要给贫困户建房，只要花很少的钱。建房，这可是农村人祖祖辈辈的大事，人们常说安居才能乐业，一家人要生存，一对夫妻要成家立业，首先就得有房住呀！自己和老伴在三十多年前建了一间土坯房，当年还借了债。如今，这间低矮的土屋已经破败不堪，四面漏风，到了晚上或者下雨天，猪、鸡便往屋里钻，弄得未硬化的地面畜禽粪便总是扫不干净。"外人说我们不爱干净，那是没有办法呀！"

"这些都已经过去了！"老阿妈以前面对生活的压力，总是叹气的时候多，开心的时候少。如今她很少叹气，她感觉到自己有了活力，也觉得自己一下子有了能力能应对各种变化。她尤其记得 2018

年春节前的一天，连日雨雪的三河村突然放晴，阳光铺洒在山山岭岭，顿时金光灿烂，连树叶都闪着亮光，人人都精神抖擞。

从远处的村道上，走过来一群人。走近了，老阿妈才看清，那是在电视上看见过的习近平总书记来到了三河村。身材高大的总书记跨进老阿妈家的小院，再走进土坯房，招呼大家坐在了火塘边。老阿妈激动万分，眼泪浸湿了双眼，她要把心里话说给总书记听。

老阿妈吉木子洛家的旧院子

"总书记来到我们家，他的手是那么温暖，他的笑容是多么慈祥，他对我们彝族人的关爱，比大凉山还宽厚！"老阿妈对当时的很多细节记忆犹新，她时常向乡亲们讲起这些细节。

在她家的火塘边，柴火轻微地发出噼啪的声响，火势正好，大家请总书记坐在火塘的上方，因为彝族的传统就是要让最尊贵的客人坐在火塘的上方。

孙女热烈日作正好在家，她鼓起勇气告诉总书记："我想到村里幼教点当辅导员，教孩子们学好普通话，养成好习惯。"总书记夸赞热烈日作很了不起。

火塘里火旺旺的。总书记同村民代表、驻村扶贫工作队队员围坐在火塘边，进行了一次难忘的座谈，热烈谋划精准脱贫攻坚之策。他鼓励大家一起为脱贫奔小康出主意想办法，想说什么就说什么，一场人人争先发言的讨论会在火塘边展开。

总书记说："我们中国是搞社会主义的，社会主义就是要让人民过上幸福美好的生活。我们人民的美好生活，一个民族、一个家庭、一个人都不能少。"

这是掷地有声、不容置疑的坚定承诺，这是言出必行、行必有果的铿锵誓言。老阿妈对总书记说："你的到来比金子金贵！"

"这是给我们鼓劲啊！"总书记来到三河村，让基层群众直接感受到了来自党中央的关怀与温暖。老阿妈从此闲不下来了，她说："我要在村子里和孩子们讲习总书记的故事，让我们的后代世世代代听党的话、感党的恩，永远跟着党走。"她要和三河村的干部、村民一道，自力更生，发愤图强，用自己的双手改变贫困，重塑三河村的面貌。她说："一切都可以慢慢变好！"

新的春天来临的时候，老阿妈告别了自己的老屋，住进了崭新的安居房。"这里的环境好哟，过去的土房哪能和现在比。"她逢人就夸奖自己的新居——发自肺腑，起于内心。她想把自己的激动和欣喜同大家分享，让大家记住，党和政府没有忘记凉山，干部们也没有忘记凉山。贵贱并非"天定"，靠自己勤劳的双手，每位彝族人都有温暖的春天！

第一章

三河村之困 >>

凉山的人啊

与山打了一辈子交道

死了，身躯在烈火中焚烧

灵魂也要住进山里

才能皈依圣地挺直如山的脊梁

……

——这是彝族诗人吉伍子琪笔下的凉山与凉山人。

在凉山数百万人的眼中，这里最多的是山，崇山峻岭，层层叠叠，绵延不尽。山与山的交叉重叠、错落纵横构成凉山不同的高台、谷地、湖泊、河流，众多的村寨就被拥抱在这多样的地貌里，或幽藏深山，或禁于河谷，与外界保持着距离。唯一不变的时光似乎在这里也放慢了脚步，凉山的一切都缓慢而悠长。

当现代社会日新月异时，凉山，逐渐与现代文明脱节。这里的教育、经济发展、社会发育都明显地落在了后面，尤其是挥之不去的贫困，成为制约凉山融入现代社会的一大顽疾。

凉山山山水水的深刻变化，也从脱贫攻坚的号角吹响的那一刻开始。伴随着声声号角，凉山苏醒了过来，开始向前奔走。

我们要去的，是凉山真正的腹地，彝族人认定的原乡——昭觉县。

昭觉，被认为是大凉山之心，东西南北与八个彝族聚居的市县接壤，是凉山最具代表性的地方。当地人常说，彝区稳不稳定、发展如何就要看昭觉。

大雁归来，万物便从沉沉的冬日里苏醒。大凉山腹地，谷克德高地冰雪消融，草长池暖，蓝天、白云、飘荡的山岚静静地显露在高山海子的眼眸里。高原牧场里，野花悄悄地绽放，蜂飞蝶舞，牛羊在如茵的草地上悠闲地啃食歇息。山坡林涧处，杜鹃花开，云卷云舒。

谷克德，彝语的意思是"大雁栖息的地方"，这里是大凉山腹地昭觉县的屋脊，一侧奔向安宁河谷，那里有静美的邛海、繁荣的西昌；一侧奔向昭觉，那是彝族人魂牵梦绕的故乡。

从谷克德高地往下，向着凉山深处，渐次是草甸、森林、坡地、农舍，涓涓细流汇聚成河，汩汩流淌，奔向远方……

不远处，有个三条不知名小溪汇流的村庄，那里便是三岔河乡三河村，村民全部为彝族同胞的一个小村庄。

三河村，放在中国地图里，那就是一个不起眼的小点。但就是这样大大小小的点，撑起了我们广袤的国土，构成了 960 万平方公里的辽阔和悠远。时间的沉淀，自然的滋养，孕育出三河村这个不足两千人的小村庄。村庄虽小，却折射时代的大背景，反映波澜壮阔的大时代。

三河村，群山环抱，四季分明。当地人常说，三河村是昭觉的缩影，也是凉山彝族聚居区的一个缩影。因而，细说三河村，必然要讲到昭觉，必然要谈及凉山；剖析三河村，也就要从凉山那烟云般的过往开始，从凉山那传承不息的文化传统里寻找答案，从凉山那风云变幻的悠久历史里探寻规律。

群山巍峨，大河浩荡。凉山彝族自治州，面积 6 万余平方公里。凉山有 17 个县市，其中 11 个还在国家贫困县名单中，经济社会发展与发达地区有较大的差距。特别是彝族聚居程度较高的昭觉、布拖、美姑、金阳等凉山州东部 5 县，可谓贫中之贫、困中之困。截至 2019 年年底，凉山仍有贫困村 300 个，3.7 万户 17.8 万余人尚未脱贫。即便是在凉山州内部，也呈现出经济发展的两极分化，西昌、德昌、冕宁等县市地处安宁河谷地区，地势平坦，交通条件优越，气候温和，光照充足，物产富饶，城乡和美；而远不及百里的东部彝区，则山高路陡，夏凉冬寒，生活多艰，群众困顿。当地人将这样的差距戏称为"凉山的西昌等地是欧洲，而昭觉等老彝区是非洲！"

昭觉县被认为是凉山最具代表性的地方，截至 2018 年底，全县有 45 个乡镇，262 个行政村、3 个社区，823 个农牧服务社、20 个居民小组（普诗乡和玛增依乌乡因 2017 年托管未计入），总人口 34.18 万，彝族占 98.53%。到 2018 年年中仍有近 190 个贫困村，其中深度贫困村 132 个，极度贫困村 27 个，全县贫困发生率超过 25%，贫困人口超过 7 万，贫困面之大、贫困程度之深，实属罕见。至 2019 年底，昭觉仍有 55 个贫困村、3.3 万建档立卡贫困人口。如果时间再往前回溯至 2000 年，昭觉县有 13 万人生活在国家确定的贫困线下，而当时昭觉县人口约为 20.8 万。因此，脱贫在昭觉是一场艰苦的长跑。

凉山彝区为何穷困，彝族群众为何生活艰难？那是自然禀赋的映照，是历史与现实的交织，是传统与现代的碰撞，其中还夹杂着数不清、理还乱的纠葛与无奈。剖析凉山的致贫原因，就是解读昭觉县的贫困基因，寻找三河村的贫困根源。剖析三河村，需要像西医一样的解剖刀，丝丝入微，更需要有中医的整体思维，辨证施治，而非头痛医头，脚痛医脚。

（一）难以挣脱的历史束缚

历史学者阿克鸠射，土生土长的昭觉彝族人。"鸠射"之名，是上学时老师给取的，意为"有力量的雄鹰"。对于崇拜雄鹰的彝族而言，这无疑是一个令人羡慕的名字。

阿克鸠射一直从事彝族文化的研究与探讨，时常从浩如烟海的文献中去探寻彝族历史发展的脉络，在历史的比对中鉴古知今。他撰写的诸多探讨彝族文化的作品常见诸报章、杂志。在他看来，彝族有悠久的历史、灿烂的文化，是罕有的有自己文字的古老民族之一，很早就创立了影响至今的十月历法。

一个公认的说法是，彝族与古氐羌族有深厚的渊源。氐羌族的一支在经历漫长的迁徙后在云贵高原一带定居。彝族的古老传说里，都有共同的始祖"笃慕"，笃慕所生六子分别成为彝族六大部落的祖先，史称"六祖"。六祖后裔从发祥地昭通一带向外迁徙。两支定居云南，两支定居贵州，而其他的则越过金沙江北上。他们不断迁徙分支繁衍，形成遍布凉山各处的庞大族群。而昭觉一直是凉山彝族聚居的核心地带，周边有布拖、美姑、金阳、雷波、西昌等地拱卫。在彝族古老史诗《勒俄特依》中记载的至今仍留存的昭觉地名就有 10 多处。

昭觉，曾经是凉山的老州府，原汁原味的彝族文化在这里得到较为完整的保留和传承。在昭觉能品味到彝族最纯正的味道，这里被称为"彝族老家"。这里，彝族的四大方言交汇，造就了文化、服饰、习俗等方方面面的不同与交融。

"贫困的原因很多，诸如恶劣的自然环境、社会发育程度低、教育跟不上等等。"阿克鸠射说。凉山彝族的发展道路曲折而悠长，脱贫致富需要久久为功。

同样是彝族，同样是彝族文化研究学者，凉山彝族奴隶社会博物馆副馆长邓海春的研究更能将历史与现实串联，将过往与现在比对。

在他的视域里，彝族是西南一个有代表性的民族。无论是从汉武帝时，成立越嶲郡，将凉山纳入中央集权统治开始，还是元明清乃至民国，在持续约 2000 年的时间中，中央政权对凉山地区大多采取间接统治的方式，也就是采用土司制度等维系对基层的管理。这样，事实上，凉山在民主改革以前，较多地保留了自己的独特制度，传统文化根深蒂固地顽强生长，很少受外界的打扰和侵蚀，当然也无从谈起与时俱进、自我进化，这也是奴隶制度残余能够长期沿袭的原因之一。而这样的状态，有学者称为"赞米亚文化"。直到 1956 年的民主改革，这样的态势才被打破，凉山一跃跨千年，广大的彝族同胞从奴隶制残余中解放出来，直接进入社会主义社会，真正成为自己的主人。

其实，把悠久的凉山彝族文化归结为"赞米亚文化"并不准确。但作为一种人类学的观察视角，这又是一种有益的方法，有助于我们了解凉山各种社会现象真正的成因。"赞米亚文化"的核心是山地民族生存的无政府状态。这一点，彝族的过往历史与其有相似之处。民国学者任映沧在 1947 年出版的《大小凉山倮族通考》一书中说，凉山"夷族"（这里指彝族）与汉人断绝庆吊，对于政府不纳赋税，不受法律制裁，已成一无形独立国家，此等事实，至今依然如故。

在历史的长河里，历代中央政权对西南山地民族的征战大多是要实现国家化，从而形成统一的文明。彝族作为山地民族之一，最大的特点就是山地阻隔，而这可以对国家化形成天然的逃避。当历代中央政府进行征战时，彝族便放弃平地，退至高山。而高山环境恶劣、交通不便，在生产力落后的年代，中央政府也就丧失了管理权，因而大多采取间接控制的方式。

山地与自然的阻隔，让山地民族更多地采用碎片化的方式，一个山头可能就是一个相对独立的统治单元。因此，彝区有谚语云："黑彝的脑壳一般大"，"黑彝，两只牛角一般长，谁也差不了谁"。黑彝一直是彝区的统治阶层。这说明，在彝区，不管你的牛羊有多少，你的族人有多少，但家族与家族间是平等的，谁也管不了谁。据新中国成立初期的不完全统计，彝族的自称、他称就有 30 多种，语言分为若干个方言区。这样的"山头主义"决定了彝族的生产生活方式：实行游耕制，长期保留奴隶制度，难以形成统一的宗教，也难以形成统一的军队，更没有形成强大的教育体系，因而在以时间为单位的民族竞赛中，彝族的社会发育进程滞后，在与现代文明的对接中，出现了整体不适。

邓海春说，这是凉山彝区落后于时代的历史原因。处于这样的时空包围里，三河村没有例外。

（二）出行的路啊，阻且长

以前的每一次出行，对于三河村村民而言，都是不算愉快的经历。

三河村日子社的村民洛古尔地到乡上，要沿着山路走近两个小时。村民们平时买生活必需品，需要走一个小时到坑坑洼洼的公路旁，等候专门在乡村道路上行驶的载人面包车前往发达些的乡镇或县城。因为来往坐车的人不多，等上一两个小时是常事。从三岔河乡到国道边，一段短短的不足 10 公里路，村民们需要每人支付 20 元车费。这对村民来说可谓天价。但就是这样的价格，如果遇到刮风下雨，也就无车可坐了。

在洛达社，村民们外出，需要步行翻越一座大山，少则一个小时，老弱病残则更耗时费力。外出办件小事都得起早贪黑。

在凉山，最高的是山，而最长的应该是弯弯曲曲的路了。三河村人抬头就望见山——重山阻隔，是整个大凉山的艰辛。要进入彝家山寨，几乎都要翻越重重高山，跨越道道河流，经历百折千回。

国道 348 线（以前的四川省省道 307 线，连接云南省与四川省等）于 2016 年开始改扩建，先后花费了一年多时间，现已竣工，标准的沥青水泥路面极大地方便了凉山东部 5 县。即便如此，去昭觉首先要从凉山州州府西昌市所在的安宁河谷谷底出发，望着身后的邛海如一副硕大的银镜向后退去，越来越小，直至消失。这是难得的视角，从平视到俯视安宁河谷，是车行盘山路，海拔迅速升高的结果，也是从西昌市前往大多数市县必然的经历。

三河村人每次从西昌回家，都要经历同样的场景。汽车远去，掠过一片片的松林，林间牧草繁茂，时常散落着当地村民放牧的山羊。松树是近几十年封山育林的结果，一株株挺拔傲立，密密麻麻，成为安宁河谷的生态屏障。但在若干年前，这些地方还是稀疏的灌木丛。这些原本适合树木生长的山坡，在上千年的人类征服中，曾经一度荒芜。因为这些山上最大的物产就是木材，

三河村所在的三岔河乡全景，道路在大山中蜿蜒

能够供取暖、生火做饭、修房造屋、作彝族漆器……一切可能的用处被发掘，山上的树木便在一轮轮的砍伐中日渐稀疏乃至被砍伐殆尽。

而今，人们意识到对自然界需要保持敬畏，而不是单纯地索取，人类必须与自然和谐相处，青山绿水再度被人们所重视和亲近。

当山路的盘旋仅仅是为降低坡度而不得不左弯右拐延长路程时，便要翻越谷克德高地了。这里已经是海拔 3200 多米，气温骤降，空气有些稀薄。高山草甸取代了森林，云海萦绕在山腰。夏季时常大雾弥漫，看不清来路，汽车需要闪着应急灯小心翼翼地缓慢前行。秋冬时节这里经常雪花漫天，银装素裹，因冰雪时常封路，进出昭觉也就不容易了。

进出昭觉，从西昌出发，即便走现在刚刚修竣不久的标准平整的沥青路，也需要近两个小时。而在过去，这样的行程动辄就得半天。

三河村地处西昌市去往昭觉县的路上。翻过谷克德高地后下行不久，在国道 348 线旁，有一处叫烂坝的高地小平原，那儿四面环山，一条小溪将平整的坝子切割成两半，密植的高山作物一望无垠。从这里一处大拐弯的地方进入一条小路，就可通往三河村了。

从国道 348 线到三河村，还有近 10 公里路。通往三河村的路，过去长期就是碎石铺就的机耕道，四五米宽，大坑小坑随处可见。天晴时可车来车往，而一旦下雨，即便强悍的越野车，也可能陷在泥土路里不能自拔，几乎没有什么车能够顺利通行。村民回忆，就是这样一条机耕道，也是 2017 年才拓宽的。过去一直只有两三米宽，晴天一身灰，雨天一身泥。有生老病死等大事情就只能听天由命。村民平时就是用自己的火三轮（一种烧油的三轮车）运运东西。这条路过去坑坑洼洼，从村里到县上，至少一两个小时。村里仅有的产品——马铃薯（土豆）、玉米、荞麦、不多的牛羊肉，与靠近县城的村庄竞争，价格上自然不占优势，村里的农产品很难变现成村民急需的现金。2018 年，村民建安居房，运各种建材，每天有上百辆车，昭觉县交通局安排人，反反复复修路基、铺路面，确保扶贫工程工期。

从烂坝到三河村，还要翻越一座近 3000 米的垭口。沿途近 10 公里地，春夏时节，坡土都被村民种上了马铃薯、荞麦、燕麦。这是这里能种并且有产出的三种主要农作物。那时满山绿色，不让一丝褐红色的土壤露出来。

夏天，马铃薯率先绽放花朵，白色、浅暗红色的花朵在墨绿的叶子间摇曳，一片片伸向远方。马铃薯花里，间或有一片片略微浅的油绿色，那是荞麦苗。荞麦的产量并不高，每亩也就一二百斤，多的也不过三百斤。村民种荞麦，完全是为了改变只吃马铃薯的单调生活。秋天，马铃薯、荞麦收获后，村民种上圆根（当地出产的一种萝卜）、光叶紫花苕，土地又充满了生机。冬天，这片土地会被皑皑白雪覆盖近两个月。待开春，马铃薯又重新种下出芽。这样便形成昭觉的四季，周而复始。

汽车沿着绿色上了通往三河村的村道，便是考验汽车底盘稳固程度的时候了。这条窄窄的公路仅铺了部分石子，大坑套着小坑，大石头枕着小石头。车辆颠簸前行，要走上 20 多分钟。随着山脊往上爬，山越来越高，村民耕种的土地越来越稀疏，逐渐代替的是灌木丛、树丛，山顶和垭口便呈现在眼前。

艰难地爬到山口后，三河村便一览无余了。连绵不绝的略微舒缓的大山将视野分成几部分：上部，是树林，苍翠挺拔；往下，有若干的小块耕地，种满了荞麦等作物；在绿色中，透出部分土黄的地方，是村民的居所。彝族同胞的居所，几乎是清一色的陈旧的土坯房。群山平缓地一路向下，分作许多条山沟，这便是三河村 19.24 平方公里的土地，从海拔近 3000 米，一直延伸到 2400 多米。太阳可以一直从早上晒到下午。这也是尽管海拔高，但三河村冬季却较为温暖，也可以有多样的物产的原因。

三河村原来的入村道路

十村记：精准扶贫路——三河水暖

显然，要从垭口往下，到达村民的居住点，还得弯弯曲曲地绕上半天。因此，要让村民们把本就没有竞争优势的东西上下折腾地运往山外，确实无论是从精力还是收益来算，都可以说是得不偿失。村民们千年如一，基本自给自足的生活模式就更难打破了。

村民们说，过去走出三河村，一年到头是有次数的。到县城、到更远的西昌市区，是很多村民多年未能实现的夙愿。有时，年轻人要出去办事，得等上几个小时，等去乡上的车经过。如果要在乡上找一辆面包车包车出去，那得花费近 300 元，是一笔不小的开支。现在，这样的小面的多了，包车去一趟县城的价格降到了 100 多元，但遇到天气变化等原因，价格又会涨上去。

而这样的交通成本，仅是三河村山高路远的一个缩影。因各种条件制约，2015 年以前，三河村全村人均收入不足 2000 元。

三河村的困境也是昭觉县大多数村寨的困境。凉山地区地震断裂带和大小河流纵横交错，山高坡陡谷深，72％的面积为高山地貌。复杂的地理环境和地质条件导致凉山交通发展极其缓慢，"对面能听声，相见需数日"曾是旧时凉山的真实写照。到 2018 年底，整个凉山仅有一条高速公路（G5 京昆高速）穿过，东部近 10 个县还未通高速。截至 2018 年底，全州乡镇和建制村通畅率分别达 99.6％和 99.84％，结束了"溜索时代"。尽管进步明显，但历史欠账依然没能补齐，全州公路密度较全国平均水平低 11 个百分点，四级及以上等级公路比重较全国平均水平低 12 个百分点，高速公路占比仅为全国平均数的 1/4，域内交通"主骨架"尚未形成，州到县、县与县之间连接干线尚未完全打通，农村公路兜底性目标尚未实现，群众便捷出行制约仍然明显。至 2019 年底。整个凉山州等级公路通车里程也只有 2.5 万多公里，高速公路通车里程仅 213 公里。正如凉山州交通局负责人所说，落后的交通运输条件仍然是制约凉山脱贫攻坚的最大短板，也是经济社会发展的最大瓶颈。

到 2018 年底，昭觉县仍有个别村庄未通公路。

世人关注的"悬崖村"，其最大的困境也就是交通不便。

曾广为人知的"悬崖村"是昭觉县的阿土列尔村。阿土列尔村位于支尔莫乡狮子山的半山台地上。村子处在海拔 1400 多米至 1600 多米的半山平台山坳中，与古里大峡谷底部高差近 1000 米。村民们选择上下都不方便的山间台地聚居，是因为山高谷深的凉山耕作土地稀缺，而山间台地相对平坦，土地较为肥沃，在此耕作可饱腹。约百年前，一批民众从邻近的美姑县等地迁徙而来，在此定居，逐渐形成了村落并传承至今。

阿土列尔村世世代代受穷受困于交通。从通车的古里大峡谷前往阿土列尔村，过去人们进出村子需要攀爬由藤条和木棍编成的 17 段天梯，沿途多数地段垂直向上，十分危险，行人摔下悬崖的悲剧时有发生。

"悬崖村"在昭觉县并非特例。像阿土列尔村这样的"悬崖村"，昭觉县还有 20 多个。

2016 年 8 月开始，凉山州、昭觉县两级财政投入 100 多万元，将阿土列尔村原有的藤梯换成了钢梯。2017 年 6 月底，总共耗费 6000 多根钢管 120 吨钢材、近 3 万个工时架设的 2556 级钢梯建设竣工，村民出行方便了许多。其后，电力、通信等基础设施也建起来了，村民一下子过上了现代生活。悬崖下的小学也加大了投入力度，可全部解决阿土列尔村小学生的寄宿问题，孩子们再也不用每天爬天梯了。

因悬崖村出了名，加上其所在的古里大峡谷风景独特，溶洞、温泉、原始森林、岩壁等资源富集，昭觉准备以此为重点，打造"悬崖村古里大峡谷景区"。景区的一期营地已经建成，正陆续建设精品民宿、悬崖书吧、帐篷木屋营地等设施。这两年，村民们也借此开起了农家乐，村里山上山下有了多家小卖部，村子终于脱贫了。

阿土列尔村的脱贫经历带给昭觉县的最大启示是：交通条件的改善，可让山里的资源变现，最为重要的是在物资流动的同时，促进了信息的流动，拓展了村民的视野，充实了村民的头脑，强化了脱贫最重要的内生动力。改善交通条件成为民族地区脱贫攻坚一条行之有效的思路。对三河村来说，这也是重要抓手。

（三）这方水土难养这方人

三河村村民描述自己的村子特别简单：山上山下，寨里寨外，寥寥数字就可以概括三河村的全部。若要立体地认识三河村，就需要走遍纵横交错的山涧河谷，跑遍村民聚居的铺子（当地人称寨子为铺子）。

三河村有19.24平方公里的土地，降水汇聚成三条溪流，当地称洛达河、呷尔河、洛都河。三河村所在的乡为何叫三岔河？也就是因为三河村的河流在这里交汇。三河村的河，其实就是山涧汇流的小溪。夏天发大水时，那汹涌的齐头水气势如虹，能冲走庄稼、牛羊，冲毁房屋、桥梁，而大多数时候，就是一股小小的流水，潺潺溪水清澈而舒缓，冬春季节甚至断流。

但即便如此，在彝族人心目中，在三岔河群众的心里，三岔河仍然是块风水宝地。彝族传统文化认为，有水就有财，三岔河就是幸福汇聚的地方。

这样有山有水的地方，加上不小的面积，粗略一看，这是最为重要的财富。但如果对三河村的地形地貌再加分析，可能又会得出与之不同的结论。

老村主任洛古有初说，三河村山高坡陡，"土地不好用！"宝贵的水哗啦啦地顺流而下，白白地流走了。2019 年春夏，三河村遭遇罕见的春旱接夏旱，滴雨未下，山坡上的草甸都泛出了黄色，种下去的经济作物成活率也低。

三河村有 355 户 1698 人，全部是彝族，2013 年精准识别确定为深度贫困村，46％的人口是贫困人口，建档立卡贫困户有 152 户 790 人。但实际上，全村都是整体贫困，划定的贫困户和非贫困户差别可能就是一只羊、一亩马铃薯，实际生活水平差别并不大。

三河村旧貌全景

三河村仅有四个社，此前却散居在 10 多处铺子里，土墙夯筑的山寨散落在树林、田陌间。寨子相互之间看得见，但如果村民要见个面，得走上一两个小时。洛古有初说："仅我们洛达社，就有三个铺子，需要从三个不同的方向才能进出。"山下的寨子从乡上的机耕道进出，而山上的寨子则需要从另一个乡的道路进出。

为何居住如此分散？这是因为村民们的土地也很分散。在现有的生产方式下，如果离自己的土地太远，显然鞭长莫及，耕作不便。在三河村，从村里的高点到低处，绝对高度相差几百米，村里也很难找到一大块平整的耕地，耕作的土地都是带有一定的坡度，或急或缓，土质在雨雪侵蚀中日益贫瘠。

虽然《西南彝志》记载，在距今 4000 多年前的布额叩时代，彝族就已经"掀起了耕和牧，在平坝和山坡上种植了五谷，造成了犁和耙"，但这一带一直停滞于自然经济状态。在彝族的耕作方式中，传承的就是牧耕方式，形象的说法叫刀耕火种。在海拔高、农作物无法生长的高山草甸，或者山陡林密的地方，彝族同胞总是充分利用来放牛、放羊，让其尽享自然的赐予，利用动物强大的胃将植物中的营养物质转化为人类急需的肉类。而在海拔较低的地方，在适宜的坡度上，村民们放火烧山，在山间开垦出一块块耕地，种上马铃薯、荞麦等农作物，虽然单产不高，但可以广种薄收，养家糊口，甚至有富余用于养牲畜。

因为山高路远，同时也是多年的传统，彝族同胞种地更多的是靠天吃饭。他们通常不用化肥，即便是家里积攒的农家肥，也只是用在靠近村寨的地块里。因为土地贫瘠，加上坡度又大，水土流失严重，彝区的土地并不能满打满算地常年耕种。通常的做法是这块地在今年种了后，就需要撂荒一年，让其自然休整，进行轮耕。村民们又得烧荒，开垦新的坡地。轮息耕作及不同作物的轮作从一定程度上保护了耕地，提升了土地的肥力，但并未从根本上改变土地贫瘠的状况。

年年开荒的情形现在实际上已经很少见了，因为三河村的坡地也有限，更多的是山林、灌木丛、草甸。因此，分摊到村民头上的土地并不多。

这些年，三河村的人口增长很快。在凉山彝族聚居区，农村户口的一对少数民族年轻夫妇，按照政策可以生三个小孩。但很多人家不满足于此，通常都会有四五个孩子。在开启第一轮农村土地承包的时候，一对年轻夫妻分到的口粮地可能只要养活两个人，而今，这些土地需要承担更大的责任，要养活六七口人，这自然有些勉为其难了。即便加大土地的利用强度，但毕竟是有限的。因此，一方水土难以养活一方人的尴尬这些年逐步显现。

吉好也求家的老房子低矮简陋

村民吉好也求家，登记的土地仅四亩多，而今他有五个孩子，人均土地不足一亩，人与地的矛盾更为突出。他的办法是把自家的四亩多地充分利用，还把外出打工村民撂荒的土地拿过来种，保证了口粮的自给。

村民洛古尔地仅 30 多岁，但已经是四个小孩的父亲。六口之家中，两个大孩子在读书，最小的孩子才两岁多。洛古尔地兄弟分家时，大家庭里土地本来较少，一户的土地再分成几个小份就显得更少了，洛古尔地分到手的土地仅两亩。他未能外出打工，他有部分山林，但山林不准砍伐，不能直接转化为经济效益。他只得承包别人的土地，这些坡地只能种植荞麦、马铃薯等高山农作物，玉米都不能栽种。

坡地不够，那就更多地利用林地。村民们也是这样的想法。但却受诸多现实条件的制约。的确，三河村土地面积宽广，有山有水，完全可以利用山林的赐予。长期以来，村民也力图养更多的羊、更多的牛。但实际上，过去养殖的本地黄牛，一年只能产一胎，而且成本高，由于本钱有限，很多农户很难迅速扩大养殖规模，只得重复小本的买卖，养一头牛、几只羊。不过，这确实是三河村可以发展的领域，是摆脱一方水土不能养活一方人的困境的一个途径。

（四）日子社的苦日子

一方水土难养一方人的困境归根结底是自然禀赋、环境条件与生产发展、人口状况等的不适应。三河村的困境，都集中反映在日子社的发展上。这个村民小组，几乎汇聚了三河村人所经历的磨难。

三河村有四个社：阿基社、洛达社、日子社、呷尔社，分布在十几个铺子里。阿基社处在半山腰，位置低，邻近通往乡上的公路，交通较便利；洛达社、呷尔社有坡地、森林，还有不少河谷地，村民间贫富差距相对更大；而日子社最远，海拔也最高，村民到村上或乡上，需要走上一两个小时。

说起三河村的苦难，日子社村民、年近八旬的土比八友有深刻的记忆。

土比八友个子高挑，精神矍铄，声音洪亮，常把一件陈旧发白的袄子披在身上。他因年纪大了耳朵有点背。他平素喜欢自己卷叶子烟，一只旱烟袋从不离手，隔上几分钟就会吧嗒几口，浓浓的烟圈便从嘴里冒出来，萦绕在黑黑的脸膛周围。

土比八友生于斯长于斯，却是他们那个年代少数接受过教育、掌握汉语能对外交流的人。20世纪50年代，绝大多数彝族群众不会汉语，没有进过学校，乡村就连会计都很难选出来，能读书识字一定是个幸运儿。

1958年，土比八友被推荐上了凉山州雷波民族学校，毕业后回昭觉县当了一名农业会计，成为当地系统培养的本地化干部。1965年，他经过培训，转为乡镇领导。1978年，他还在西南民族大学进行过为期一年的系统学习。1982年，他担任昭觉县拉西乡党委书记。20世纪90年代，四川推行撤乡并镇，乡镇职位减少，必须有部分人离岗，土比八友并不留恋这个被亲友们羡慕的职位，主动提出退居二线，退休后即回到老家三河村。土比八友因自己经历和见证了彝区的整个变革而骄傲，他时常向老友们讲起那些已不为人知的经历，认识或不认识他的人都对他充满敬意。对于土比八友而言，这是他这个年纪的人难得的精神享受。

土比八友说，在乡镇工作时，一直想为国家做更多的事，但受现实条件限制，总是力不从心。工作的 30 多年，彝区也在发生变化，但身在其中，反而觉得日复一日、年复一年相差不大。当年，土比八友这样的干部总是坚持原则，先人后己，他并未给老家谋什么福利。他回想起来，为老家做的一件最为重要也最为骄傲的事情，就是他在任拉西乡党委书记时，给老家带来了电。

拉西乡有河流经过，境内有巨大落差，因而设计建设了一座水电站。水电站建成后，所发的电需要找出路卖出去。于是，土比八友想办法，往邻近的三岔河乡拉了一条输电线，三岔河乡因此在昭觉县的乡镇中较早地用上了电，三河村的夜晚从此被电灯照亮。这算三岔河乡在昭觉县遥遥领先的为数不多的事情之一。通电那几天，全乡人像过节一样，不少人盯着电灯看，奇怪一根小小的电线不烧油、不用柴，就可以让灯泡发光发热。不过在那个年代，三岔河乡对电能的利用就是照明，并未用来发展生产。现代文明的亮光也未能启迪三岔河的群众再往前迈上一大步。

在土比八友的记忆里，三河村的苦难首指交通。日子社在山顶，海拔近 2800 米，过去老百姓买油盐等生活用品，需要到百里外的西昌城，来去得一两天。直到 20 世纪 90 年代，三岔河乡及三河村才通了机耕道，才有了第一辆车开进三岔河乡，而能沾这条机耕道光的，仅是阿基社等三河村极少的部分。日子社离乡政府差不多有 10 公里，即便村民身手敏捷，抄近路，单边也得一个多小时，而如果从乡里上来，则需更长的时间。如果要带东西，就得用肩挑背扛，历尽艰辛。

交通不便也让这里的孩子们吃尽苦头。过去，只有到乡上或更远的地方才能上学，上学之路不畅，老一辈人中，大都是文盲或者只念至初小，村民们所能知道的也就是日子社这巴掌大的一块天。教育的缺失让日子社落后于整个时代。

日子社地名中的"日子"，彝族语言中是水塘、湿地之意，说明过去这里曾经水草丰美。而今，这一优势荡然无存，饮水困难成了寨子过去很长一段时间的另一重苦难。

日子社地势高，从海拔 2800 多米的坡顶一直下延到海拔 2300 多米的山脚。寨子就在一处山坡上，十几户人家围拢在一起建房，住房间的空地成为猪牛羊们的娱乐场，深深浅浅的蹄痕完整地刻印在土里，杂乱一片，风干后清晰可辨。

寨子可俯瞰或平视四周的群山。早晚时分，山风呼啸，寨子便四处是呼啦啦的响声，猪牛鸡鸭们便乱作一团，叫声四起。天气好时，朝霞一下子就映照在土墙上，红灿灿的一片。太阳绕着寨子转大半圈，便在西面的山头隐去，留下一圈余晖在山峦间久久不散。夏秋季节，降水充沛，村子背后的一小块草地甚至会积水，形成季节性湿地，吸引众多候鸟前来落脚栖息。而在冬春季节，太阳每天起起落落，三河村几乎天天晴天，云彩都很少见，天空蓝得耀眼。晴天迅速抽干大地的水分，日子社渴得冒烟。此时，地表水没了，山泉水也日益变小。春节以后，饮水困难便萦绕在日子社村民心头。村民们需要追逐泉水的脚步，找水的时间越来越长，甚至要下到山谷沟底，才能找到生活用水，而牲畜饮水、生产用水则顾不上了。此种年份，冬春时节地里的庄稼就全毁了，牲畜也得趁早贱卖了。

交通不便、饮水困难的双重制约导致日子社总是在苦日子里挣扎。过去日子社的主要农作物就是马铃薯和荞麦，这也是村民一年四季的主食。很少有人能吃上白膜、白米饭。谁家有白米饭吃，那定是寨子里人们羡慕的对象，因为米面等是需要用钱换来并背进村子的。

村民们伴随马铃薯、玉米佐餐的，并不是各类时令蔬菜，而是一年都不变的彝族酸菜。彝族酸菜的做法很特别，这是充分利用当地物产的一个特例。酸菜制作的原料主要是圆根（凉山出产的一种萝卜）收获后的茎叶。村民们将这些茎叶洗净后煮熟，放入木桶或塑料桶中，放点老酸菜或者老酸菜桶里的残汁，不放盐，利用原有菌群发酵，放上几天即可。酸菜可以煮肉、煮菜，或直接下饭。

每到秋冬时节，彝族村民家家户户都要制作几筐酸菜，以供大雪漫天时佐餐之用。洛古尔地说，自己在圆根收获的季节，总是要把菜叶做成酸菜，装满几大缸，否则心里不踏实。

就着酸菜汤，吃马铃薯、玉米面，即便这样简单的食物，过往在日子社也难以满足。对于日子社的大部分村民来说，玉米、马铃薯总是不够吃。有时，马铃薯在贮存中坏掉了，村民们会把马铃薯腐烂掉的部分去掉，剩下部分煮熟后食用。这里家家户户都有青黄不接、互相借粮渡难关的经历。

恶劣的环境，让日子社苦不堪言。全社有 3 个寨子 350 多人，其中贫困户就有 47 户。经过最近 3 年努力，有 3 户贫困户退出，还有 44 户贫困户要努力脱困。

苦难教育了日子社的村民，他们也力图自救。村民们也勤奋地养牛养羊，但过去缺技术。日子社冬春奇寒，在动物保暖、防疫方面难以到位，经常发生牲畜死亡的事情。牲畜一死，村民们致富的希望没了，胆子也就越来越小了。几番折腾后，他们剩下的最好的出路就是走出大山，奔向外面的世界，希望通过务工找回自己的尊严。这是他们摸索多年，在精准扶贫实施前唯一的一条出路。不过，由于村民大多受教育程度低、交流不畅，因此大多是干最苦最累而收入最少的活。

（五）教育拖了三河村的后腿

"关键一点，是教育跟不上。"分析昭觉大面积贫困的原因，阿克鸠射经常这样总结。因贫困而受教育少，难以摆脱贫困，导致下一代也难以接受完整的教育——一个难以解开的闭环，这似乎是三河村人的一个死结。

凉山州是四川目前贫困人口最多的地方。2018年，在四川全省藏区、彝区有45个深度贫困县尚未脱贫，70余万贫困人口中，彝区11个贫困县占了近一半。在昭觉县，尚有7.5万群众尚未脱贫，可谓任务艰巨、任重道远。但留给凉山的时间并不多，需要百倍用心、千倍用力，背水一战。在这场必须取胜的歼灭战里，一个不容忽视的背景就是，四川彝区社会发育程度滞后，人均受教育年限短，彝区群众要掌握现代技能、适应现代生活、熟悉市场规则尚需时日，脱贫攻坚难度极大。

一个尴尬的数据是：昭觉人口受教育程度统计显示，平均受教育的年限只有4.4年，大大落后于全国、四川省的平均水平。21世纪初的人口普查统计显示，昭觉县6岁以上民众中，37%从未上过学，15岁以上人口的文盲率达40%，这便是昭觉县的教育欠账。在三河村，30岁以上的人口中，不少人仅念过初小，大多数的贫困户未接受过正规教育。

教育滞后是凉山彝区最需解决的病根。病得越重，就意味着病程越长。凉山彝区教育的落后，也是历史原因和文化原因交织形成的。

彝族有自己的文字，但这样伟大的发明却因历史原因被深深地藏了起来。彝族文字过去变成了宗教文字，仅专业从事彝族宗教文化活动的毕摩及少数上层人士才能掌握。有学者甚至认为，彝族文字从来不是作为文化传播的载体而出现，因此凉山彝族未能形成自己的系统的教育体系。彝族以往的教育更多的是口耳相授的家庭教育及满足于社会必要交往的社会伦理、社交教育，并非现代教育的形态。对教育的漠视，从某种程度上阻碍了整个民族的现代化。

正是这些历史原因，造成过去彝区群众不重视对子女的教育。子女的成长，更多的是依赖自然的因素，父母看着孩子长大，是寄希望于他们长大放羊挣钱，从而娶妻生子，壮大家支。这样一代一代地形成循环，历史的闭环过去长期难以打破。

虽然凉山彝区传统的力量很强大，但现代文化的渗透力无往不在，无坚不摧。特别是 20 世纪 90 年代后，更多的凉山群众走出大山，奔赴沿海等地的大城市打工。高峰时期，仅在珠三角一带的凉山人就超过 60 万；而今，这 60 万人转向新疆等地，离家乡越来越远。

尽管他们文化水平低，很多务工人员甚至不识字，但市场经济的洗礼、现代文明的浸染，却让过去一直被大山封闭的人群认识到，要想融入现代文明，享受现代生活的便利，有更多的幸福感和获得感，受教育是达到这些目的的基本条件。外出打工者的基本共识就是：没有文化知识，只能卖苦力。他们深刻地意识到，如果不接受教育，如果不能掌握汉语，不能对外交流，就不能找到更好的工作，也不会有更好的收入，一切现代的文明都将与自己无缘。有人评价，这二三十年外出务工者的观念转变了，一种要改变现状、改变命运的冲动在内心激荡。

接受教育意识的觉醒，送子女上学的热情高涨，无疑是自 20 世纪末以来人口流动带给彝区的最大推动力。彝区群众的觉醒，让本就条件不足的教育承受更大的压力。与巨大的需求相比，彝区的教育供给始终不足，一直在追赶时代的步伐。

这几年，凉山加大了对基础教育的投入，但与快速扩张的需求相比，跟不上也不适应彝区的发展，学校设施、教师等教育的关键资源也捉襟见肘，时常短缺。

现在，即便在彝区内部，区乡与县城相比，教育质量也存在很大的差异。昭觉群众甚至认为，子女如果在乡镇读书，教学质量得不到保证。因而很多家长努力把孩子送到了昭觉县城上学。以往只针对县城人口设计的学校一下子增加了这么多生源，这些学校显然容纳不了这么多人，要寻找一个学位，家长们可得使出浑身解数。

与前几年需要动员家长送孩子上学不同，现在昭觉县的学生家长通常较为主动地把小孩送到学校。在三河村，也有不少家长尽力把子女送到西昌去上学，这是整个彝族聚居区的进步。现在，三岔河乡全乡少年儿童的入学率接近 100％。2017 年，有两个小学生辍学到外地打工，乡党委书记多次做家长的工作，最后通过动员家长把孩子劝回来上学。

三河村所在的整个三岔河乡，人们对教育的重视从三岔河乡中心校的变迁就可以看出来。

三岔河乡中心校在乡政府所在地，处在群山环抱的底凼（洼地的底部）里，与乡政府仅隔着一条小水泥路。学校进门右边一幢平房，两间教室，安排了学前班、低年级。左边一幢小楼作为教室及教师办公室。平房和教学楼中间是一块水泥地，是孩子们上体育课及平时玩耍的场所，也是师生们唯一的活动场所。教学楼后一幢小楼作为寄宿制学生宿舍和教师周转房。学校并不起眼，却承载着山乡的希望，多数能走出三河村的孩子都在乡中心校的院子里奔跑玩耍了几年。

三岔河乡中心校的操场上站满了孩子

　　把三岔河乡中心校与外界隔开的，是一堵围墙和一道有些沉重的铁门。推开铁门，看见的正是学校的午后时光。那是学校最为轻松、喧闹的时刻。老师们在办公室里打个盹，孩子们则在并不宽敞的校园里奔跑、嬉闹。

　　在这时，你能见证彝区农村孩子最淳朴的一面——天真无邪。这里孩子的衣服总是沾满灰尘，颜色虽然也多样，但看上去总是有些陈旧，很难找到新衣服明快而绚丽的颜色。孩子们眼睛发亮，很少见到戴眼镜的孩子。这里每个孩子的脸都因阳光的辐射而发黑、泛红。不少小女孩已经戴上了耳环，银质耳坠亮闪闪的——按照彝族的习俗，女孩两三岁就可以穿耳孔了，这是彝族乡村千百年来形成的审美习惯，至今未曾衰减。

如果你想和学生们聊天，可能开始的时候聊天并不顺畅。因为孩子们见到生人的时候不多，他们要在熟络后，才对你报以灿烂的微笑。学校从安全考虑，一般情况下都紧锁铁门，只有到周末时放学回家，孩子们才有机会见到学校以外的人。而即便是校外的人，也多数就是村里的叔伯姨姑。

只要看见陌生人进来，校长首惹拉格总是会警惕地上前问明来由。这既是他的责任，也是他的工作方法。首惹拉格个子不高，微胖，已经在乡村学校工作了20年。20年里，他工作生活如一，唯一的差别就是在不同的学校、不同的山水间与不同的学生打交道。像他这样扎根彝区的教师，用默默奉献撑起了凉山教育的天，他们是凉山教育真正的脊梁。

首惹拉格坦言，教师们都希望到条件更好、待遇更高的地方工作。但既然干了现在的工作，从事了这项职业，就必须立足现实，做好每一天、上好每一节课，这样才不愧对自己，不愧对岁月。

只要是正当的来访，首惹拉格都会很亲切、很热情地介绍情况。

这是一所完全小学，有一至六年级。学校还有一个学前班。不过，因为教师、教室都短缺，这个学前班挤了100多人。一至六年级，有 400 多名学生，全部寄宿。不过，学校地盘狭小，住宿条件紧张，总计不足 200 个床位，因此都是两三个小孩挤在一张床上。

学生寄宿，需要增加厨师、生活老师，教师辅导、看管的时间也大大延长。人员及工作量增加了，却没有相应增加经费，这让首惹拉格有些捉襟见肘。

现在的学校与过去相比，更为热闹了。原来的三岔河乡中心校仅有二三百人，而今一至六年级就有 400 多名学生，而且人数还在不断增加。首惹拉格说，这得益于精准扶贫后群众送子女入学的积极性空前高涨。孩子到这里上学后，住宿是政府买单，而且每天每个学生有三元的营养午餐费，住宿的学生还补贴生活费，因此学生进校后几乎不花钱。学校为了让孩子们吃好，中午都是供热饭。食堂需要精打细算。现在的问题是教师不够、宿舍不够。学校仅 8 间教室，教师 15 人，而其中 5 人是代课教师。现在的班级都是大班额，五六年级都是 70 多人一个班。学生们的课桌从黑板前排到教室后门，满满当当，瘦小孩子起身回答问题，桌椅也要挪开位置，教室里时常发出乒乒乓乓的碰撞声。人多，教师需要花更多的时间组织教学；学生住宿，教师们也需要投入额外的精力进行管理，不能有任何闪失。

现在临时聘用的教职人员仅 1800 元一个月，都是从学校公用经费中解决的。全乡总计聘用了 11 个教职人员，这对学校运转来讲，是一个巨大的压力。

现在，县里正在逐步规划，加大对教育的投入。在昭觉县的规划里，三岔河乡中心校要新建一幢综合楼，既适应学生人数不断增加的状况，也适当兼顾解决教师宿舍周转用房短缺的问题。

目前，这里招不来教师，即便招来了，也留不住。教师待在这里，就是一种奉献。让更多优秀教师来彝乡任教，不仅需要对教师进行理想信念教育，还需要采取更多的制度性安排和措施，鼓励教师到基层，让他们有成就感、荣誉感、获得感。

（六）过去的习惯需要改一改

在总结凉山的社会发展时，无论是学界还是民间，都时常会用"彝族是直过民族（指在新中国成立后，在党和政府关怀下，由奴隶社会直接跨越几种社会形态，过渡到社会主义社会的民族——编者注），社会发育不充分"来概括。三河村人可弄不懂"社会发育"一词，老村主任洛古有初的直觉是，"我们的习惯与别处不同，有的已经落后了！"

的确，凉山彝族一步跨千年，从奴隶制一下子进入社会主义制度，在与现代文明的激烈碰撞中有些不适应。尤其是改革开放后，传统的农耕方式与现代商品经济的隔阂更甚，这种不适应更加明显，传统文化对彝族人民的一些负面影响也日益凸显。卫生习惯、生活习惯等诸多方面都需要与时俱进地作出调整和改变。而这样的调整和改变，既需要外部的影响，更需要来自内部的动力。

过去，彝族大多生活在海拔较高的山地中。昭觉县至今仍有4.8万余名贫困群众居住在海拔 2300 米以上的高寒山区。这些区域一年四季气温低，环境恶劣，交通不便，这里的村民需要适应严酷的自然环境，同时又与外界交融较少，因而形成了诸多适应生存需要又相对封闭的生活习俗和制度。而这些习俗和制度，伴随社会的变迁与进步，逐渐与时代产生裂隙。现实与观念的激烈对撞，都显现在三河村村民的生产生活中。

邓海春长期研究彝族的制度。在他的视野中，在彝族的传统社会里，家支是非常重要的概念。彝族孩子都能背诵自己父母的家支传承，因而不认识的两人见面，一问就知道彼此之间是不是亲戚，以及辈分和亲疏关系有多远。

何谓彝族家支？就是同一父系祖先的后代，互不通婚的集团称为"家"，"家"之下又分"支"。家支就是这个血缘集团及其分支的总称。家支用习惯法维护社会秩序，对家支成员具有一定的强制作用。家支成员之间互相帮助、互相支援。

彝族家谱中，男性成员名字进入家谱，而女性成员则不能进入。按照家支文化惯例，两个儿子成为家分支的基本要求，男孩子13岁以后就可以参与公众事务，学习各种礼仪及规矩。没有孩子的家庭，不论夫妻年纪有多大、经济情况如何，彝族社会都认为称不上是真正的家庭或完整的社会单位。这样的文化渗入生活的方方面面。

在彝族的丧葬文化里，除早夭的婴幼儿外，传统丧葬方式大多用火葬。同样是火葬，有儿子和没儿子的人在死后享受的礼仪也不一样：没儿子的丧者出殡的时候像抬担架一样抬出去，而有儿子的则放在肩膀上抬出去。此外，火葬时搭建的柴火堆的大小、高低也有区别。这些习俗与彝族的生育观交织在一起，结果是希望多生孩子。一对夫妻，总是想方设法生儿子，而且最好是两个以上，因此很多夫妻都是生多胎——家支文化直接影响了生育文化。没生儿子受歧视，生儿子少了也受歧视。在人的数量起关键作用的农耕时代，这样的观念无疑有利于农耕生产的扩大，而今则成了一种阻碍。

在彝区，一个人发生大小事情，往往不是一个小家的事情，而是整个大家族的事情。哪怕是邻居家有事，整个村子的人也都来帮忙。这既是一种团结互助，也是在农耕时代人们面对灾难和外族侵袭等不确定因素时的一种很好的保护，可谓一种有效的保险，形成了彝族社会"一人有事百人帮，一家有难百家当"的传统。

但不可忽视的是，这样的文化渗透到现代生活中，就难免产生异化。过去，彝族群众外出打工，通常要找一个熟识的领工。领工制度，实际上是奴隶制管理方式的一种现代化演变。这些领工与工人要么是同族亲戚，要么是相近邻居，多少都有血缘、地缘关系。领工与资方谈判，一旦有事，他们带领大帮人蜂拥而至，有时甚至引发敲诈勒索，虽然极为少见，却也影响了整个群体的声誉。

"钱财是一阵子，朋友是一辈子。"这是凉山世世代代流传的谚语。它揭示了彝族群众一个固有的消费习惯：有钱就花掉，只要认为好耍、有趣的事情，就大胆花钱，花完了再找钱，扩大再生产的意识不足。

凉山彝族是好客的民族，只要有客人来，不管认不认识，都要想方设法招待好。善良、好客、热情大方，是彝族群众的优点。但是有的却过头了，互相攀比，形成大操大办、铺张浪费的风气，这样不仅破坏生产力，还导致部分群众一夜致贫，这种习俗成为扶贫攻坚路上的拦路虎。过去，朋友前来，按照习俗必须"见血"，也就是必须杀鸡宰羊，尊贵的客人还得杀牛招待。但不管是猪牛，还是鸡羊，都是彝族群众非常重要的生产生活资料，一旦失去，需要很久的积累才能恢复。

即便现在，走入三河村人的家里，村民们都会把最好的东西拿出来招待客人。

凉山彝族，是讲求尊老爱幼的民族，有厚葬的习俗。彝族群众是很爱面子的群体，无论红白事务，总是要想方设法大操大办。有老人离开，家里人无论如何都要风风光光地操办，一场丧事往往有两三百人甚至更多的人参加。在相互的攀比下，一场丧事往往可以杀掉几十头甚至上百头牛、上百头猪、上百头羊。同时还放烟花鞭炮，一场丧事，烟花鞭炮就耗费数万元。杀的牲口多了，三天三夜的丧事吃不完，主人会用草绳拴上六块大大的坨坨肉赠予来宾，这既不卫生，也非常浪费。

在凉山彝区，酒是不可或缺的东西。凉山彝族多居于高山寒冷之地，加之过去缺医少药，彝族喜欢喝酒的文化由此形成。彝族同胞好酒，他们认为，生活中没有酒，就没有生气。饮酒既可以抵御高山的寒冷，也成为生活娱乐的一部分。特别是在红白事务中，彝区群众都喜欢喝酒。过去常喝苞谷（玉米）酒、荞麦酒等。现在彝区群众办红白事务，大多改用了啤酒。这里喝啤酒不是讲买多少件，而是用大卡车运一车到办事现场，三天后把酒瓶和剩下的酒拉走。因为喝酒的时间长、量大，喝得醉醺醺以致饮酒误事的人不少。啤酒，被戏称为大凉山的"饮料"。曾经有州上的人大代表和政协委员正式建议，在凉山禁售啤酒，但显然此建议遭遇到的阻力远大于支持的力度。

我们第一次去村民吉好也求家，好客的女主人招待来客的就是每人一瓶啤酒。

在婚姻上，凉山彝区同样有自己的习俗。这里虽然婚姻自由，但仍然存在着父母之命、媒妁之约，甚至残存着结娃娃亲的习俗。男女婚配，通常情况下男方要向女方支付一笔较为高昂的费用，即平时俗称的"彩礼""聘礼"。这笔费用的多少，通常被视为关系一个家支或者是一个大家庭的荣誉，因而在这样的"压力"下，过去彩礼费用越来越高，甚至明码标价，有正式工作的大学毕业生的价码在数十万元，成为一个家庭或者家支的巨大压力。

传统上，彝区群众都住在高山峡谷间，因而住房就地取材，形成了用夯土筑房的习俗。土坯房是当地群众一项伟大的发明创造，材料易得，建造技术易于掌握，也经久耐用。无论家里多少人，就集合全寨的力量夯筑一间土房，土房分两层，中间用木头做梁，铺木板隔开，房子上层可贮存粮食、腊肉、杂物，上盖小青瓦。家里人口多的面积大一些，人口少的小一些。这些土坯房为适应寒冷的自然气候，大多低矮，没有窗户，仅一张门进出，个子高的往往需要低头勾腰。

这间大土坯屋子，几乎承载着一个彝族家庭的全部。房里一角堆着马铃薯、荞麦，一角就是床铺、农具杂物。房屋中间，是一大家子赖以生存的火塘。火塘的铁架上会放上铁锅，熬粥煮饭炖汤。彝族群众鲜有炒菜的，很难也不习惯吃蔬菜。实际上，彝族群众过去席地而坐、席地而卧，生活极其简单，设施相当简陋。

在彝族群众的家中，过去一般极少有碗筷。吃饭时，大多每人一只木勺。这只木勺，就是向锅里取食物、盛汤的唯一用具。

在部分地方，因为牲口是家里最重要的财产，既要防止被偷盗，在冬季又要便于牲畜保暖，因而牲畜与人同处一室。家里一头牛，门口一堆肥（收集动物粪便作肥料）成为一种常见场景。

虽然现在"人畜混居"的现象越来越少了，牲口大多在院外，但与住房仍然近在咫尺，居住环境仍需改善。

三河村的老土坯房低矮破旧

即便物资不丰富，但彝族传统里是羞于谈赚钱，耻于经商的。在彝族社会内部，过去工商业一直不发达，男人们引以为傲的是去打仗，就各山寨的公共事务唇枪舌剑、斗智斗勇。彝族对商业的认识可用一段谚语来概括："养牛为犁田，养猪为过年，养羊为待客，养鸡下蛋为换盐。"以物易物是最重要的传统交易方式，过去不曾有集市。昭觉县城卖猪肉一度都被认为不合规矩，猪肉过去都是互相赠送。这些都是典型的生产发展滞后、自给自足的特征。

凉山彝区大都用水不便，公共设施配套不到位。过去，在山寨里，几乎找不到厕所，彝区有句谚语，"一棵树就是一个厕所"。在昭觉的许多山寨，"不洗手、不洗脸，席地而坐、席地而卧"等落后的观念和制约群众自我发展的陈规陋习依然存在。让彝区群众自觉地改变习俗，养成好习惯，每天洗脸、洗手、洗脚、洗澡、洗衣服、洗炊具餐具，是移风易俗必须啃下的一块"硬骨头"。

更为让人痛心的是，昭觉因毒因病致贫返贫问题一度突出，是全国的毒品、艾滋病问题重点地区之一。这几年，通过大规模开展禁毒防艾宣传教育活动、推行全民免费体检等，昭觉县彻底弄清了吸毒、艾滋病感染的情况，从而得以更为精准有效地推进禁毒防艾及相关治疗工作。2018 年底，昭觉从毒品问题重点"通报警示地区"降级为重点"关注地区"。形势虽有逆转，但其影响尚难在短时间内完全消除。

在三河村，这些习俗和问题同样存在，在脱贫攻坚路上，需要移风易俗，去除这些束缚与牵绊。

（七）期盼密织公共服务的网

在三河村，过去的农闲时分，马海子呷等妇女除了看管孩子外，几乎没有其他的事干。因为在这里网络信号很差，打电话都要找个更高更开阔的地方；电视频道有限，而且大多听不懂，彝语频道极少；网络对于识字不多的她们而言，也无太大的吸引力。

深入三河村，除感受产业匮乏、居住条件差、多种问题交织等困境外，还深切地感受到，过去公共服务很难抵达这里，公共设施相当匮乏。即便在三岔河乡政府，也就是几幢村民们见惯了的房子，没有像样的市场，无逛街的乐趣。宁静的乡村，需要各种公共服务撬动。

公共设施缺乏，一方面是因为过去对农村的投入曾日益减少，财政对公共设施的投入很难顾及这里；近些年来虽加大了投入，但历史欠账太多。另一方面也因为彝区社会发育程度低，在利用现代成果上动力不足。在彝族社会，过去以物易物是最重要的传统交易方式，商品经济意识匮乏，过去不曾有固定的集市，彝族群众的猪肉都是互相赠送的，买卖猪羊肉被认为是背离传统。直到20世纪80年代中后期，才在政府的引导下，在乡镇建立了交易市场。而这些市场在初期，要10天左右才进行半天的集中交易。村民上午10点左右到达乡场，下午两三点就收市了，这样便于村民回到遥远的山寨里。后来，场次增加，商品经济才逐渐走入彝家村寨，彝族乡民才逐渐形成商品交易观念。

在发达地区，村里有通畅的路网，有像样的办公场所、卫生室、图书室，活动广场、文化设施、健身设施等是一个村的标配。而在三河村，这些都是村民们的期盼。

在新聚居点建成前，三河村过去仅有的两间村活动室建在了乡政府旁，楼上楼下各一间。这里楼梯狭窄，楼道逼仄。两间房中，一间用作了幼教点，另一间挤进了从县发改局下来的七位驻村帮扶工作队队员。考虑到群众住宿分散，为解决幼儿进幼教点的问题，三河村还特地争取多增加了三个幼教点，但即便如此，部分居住点的小孩子要上幼儿园，每天上下学至少要走上两三个小时，因此部分四五岁的儿童还未能进入幼教点上学，成天在田野间疯跑。进村道路近 10 公里，破烂不堪。入社道路需要修 22 公里，直到 2019 年才全部建设完成。

三河村是三岔河乡政府的所在地。如彝区绝大部分乡镇一样，走遍整个三岔河乡，找不到一家菜店，找不到一家肉店。唯一的一家饮食店开了两三年，大多时候闭着门，它最主要的生意就是卖老面馒头给乡中心校的孩子们做早餐，一天可卖出好几百个。这里不会有化肥的零售店、牛羊的销售场。仅有的零售店，也是附近村民利用自家房屋开在路口、学校旁边，出售食盐等小商品，主要对象除村民外，就是学校的孩子，"五毛"的辣条、棒棒糖等"三无"产品居多。现在，三岔河乡 10 天才有一次赶集，村民们来此购买必需品，以至于三河村的驻村工作队、省里派遣的综合帮扶队找不到地方买菜，买蔬菜需要劳师动众到几十公里外的昭觉县城或邻近的四开乡。

三岔河乡政府处在三条溪流的交汇处。这里处在群山延绵交叠后的山脚。2018 年前的乡场，其实就是三个单位四五户人家，整个街道不足 50 米长。

三个单位就是乡政府、乡卫生院和乡中心校。

乡政府由低矮的瓦房围成一圈，形成单独的一个四合院。屋子的墙用砖垒成，涂上一层薄薄的水泥，刷上了少许白灰。瓦是过去用土烧制的，因为窑温控制不完全一样，瓦呈现黑灰不同的颜色，加上岁月风霜的浸染，就更为斑驳多样了。四合院的缺口就是院子的入口，汽车等由此进入，门口挂着汉彝双语写就的乡党委和乡政府的牌子。透过钢条做成的铁门望去，院子就一览无余了。门口还贴着精准扶贫、禁毒防艾等标语。

乡政府的院子中间是一块长不到 50 米、宽约二三十米的水泥地，水泥地已经起砂起灰、凹凸不平。房间的房门直接对着院坝，一间挨着一间，作为干部的办公室、会议室及值班的住房，空余房间现在住上了省派综合帮扶队。院坝里停着乡干部们或者来办事的以及县上派驻工作队人员的车。每辆车都沾满灰尘，还有大块小块的泥土粘在车身的各处。

这个院子虽小，但里面却挂着乡邮政局、乡广播电视网络站等机构的牌子。据说，这里的邮政局一周才送一次报纸，每次都是看过期的报纸。不过，信息化也在这偏远的三岔河乡有所体现，乡干部、帮扶干部们都配备了台式电脑，在夜深人静闲暇时，上上网，是离家已久的干部们最为轻松的时刻。

乡政府院子一角的两间屋，是乡里的食堂。食堂的灶台上有两口大锅。大锅通常不是炒菜的，而是如同彝区的乡村一样，用来蒸米饭和煮坨坨肉。煮坨坨肉之后的汤加点作料就会成为当天最鲜美的汤。现在，来三岔河指导脱贫攻坚的人络绎不绝，有不少人中午要在食堂搭伙吃饭。因此，简陋的食堂总是很热闹。据说，人最多的一天，仅大米就煮了 120 斤。

三岔河场镇街道就是一小段仅容两辆小车错车的水泥路。两边是窄窄的水沟。一边是乡政府，一边是乡中心校。学校围墙外，有一节自来水管露出地面，接了一个水龙头，孩子们在放学或者下课时就把嘴伸向水龙头，然后拧开开关，水哗啦啦地就流进了肚子里。

乡卫生院位于道路的尽头，一道铁门虚掩着，来了人，自己推开就进入医院的院子。没有救护车，空荡荡的。其实医院还算这里最好的建筑，三层，外墙贴上了瓷砖。医院较为整洁，墙角还种上了草皮。这里仅能应对村民的简单病患，病情复杂一些，就需要转院。缺医少药、因病致贫、因病返贫时时威胁着三河村这样的彝族村寨。

三岔河乡有四个村，2018年前已有一个村完成脱贫。现在看来，三岔河乡要脱贫，不仅仅是增加村民的收入，还需要补足基础设施的短板，让彝族群众感受到现代生活的便利与进步。

（八）努力改变从未停止

三河村穷，昭觉县困，这是大多数人对彝区的刻板印象。这样的印象并非一日所致。

在现实面前，其实不管是三河村村民，昭觉县的群众，还是凉山的人民，都始终未曾放弃努力与希望，始终与贫穷抗争。

自民主改革开始，国家的每一轮扶贫都将凉山列为重中之重。国家制订的"八七"扶贫攻坚计划，凉山名列其中，四川省和凉山州制订了相应的攻坚计划。从1994年起，用7年时间，到2000年，凉山州稳定解决了210万当时贫困标准条件下的贫困人口的温饱问题。用今天的眼光看，解决凉山这样连片贫困地区数百万人口的温饱问题，已经是非常了不起的成绩。

2012年初，国家启动乌蒙山片区区域发展与扶贫攻坚，四川凉山州的普格、布拖、金阳、昭觉、喜德、越西等县在列。四川一直以极大的热情与毅力想尽各种办法来扶持凉山的发展。近十年的努力，极大地改变了彝区的面貌，彝区的交通条件、人民的生产生活有了巨大的变化。用三河村老百姓的话讲，"现在都能吃饱饭，就是缺钱用，条件艰苦"。

十年前，四川启动彝族新寨建设，为当时的贫困户建设新的住所，同时，花大力气推动移风易俗。三河村当年的贫困户们，也建起了砖房，结束了人畜混居的历史。

在那一轮的扶贫中，最为重要的就是已经关注到彝区要发展，必须立足长远，注重提高人口素质和巩固提升扶贫成果。四川大力做了两方面的系统性工作：一是加大教育投入，改善当地办学条件；二是进行移风易俗，着力改变彝区部分落后的生活习惯。

在教育扶贫上，四川拿出真金白银，在中小学推行寄宿制和"9＋3"免费职业教育。中小学寄宿制，这是四川民族地区经实践证明行之有效的改善落后地区教育的好方法。2000年，在全国"两基"攻坚时，四川率先在全省藏区推行中小学寄宿制，让学生住校并配发生活费，解决了藏区学生距离学校远、上下学时间长、学习时间短、家庭负担重、学生营养不良、辍学率高的问题。但限于当时财力，对学生基数更大的凉山未全面推行。"9＋3"免费职业教育就是民族地区孩子在完成9年义务教育之后，不上普通中学的孩子，可以免费接受3年中等职业教育。四川为此遴选了上百所优质中等职业学校及部分职业学院完成这一使命。2009年，四川在藏区启动实施"9＋3"免费教育计划，2014年扩大到凉山彝区。上学免费，吃住也全免，还发放生活补贴，发放统一服装，配备专门教师进行管理。期末，有的学校还发放交通费，便于这些贫困家庭孩子返家。十年来，超8万个民族地区家庭受惠于这一计划，其中来自偏远、贫困农牧家庭子女占90％以上。

解决一人就业，就是让一家人脱贫。四川努力帮"9＋3"免费职业教育的学生找工作，并且出台若干鼓励措施，鼓励企业、单位甚至政府部门接纳这些年轻人。十年来，受惠于"9＋3"免费教育计划的4.2万名藏区和凉山彝区毕业学生初次就业率均超98％。此举被彝区群众称为真正的脱贫措施。

另一项措施移风易俗确实影响了每个家庭。全省确定对口支持单位，买了铺盖、被褥、凳子等，赠送给彝区贫困家庭，促使他们摒弃人畜混居的习惯，从席地而坐、席地而卧变为坐在凳子上、睡到床上。首批赠送的凳子大多选择好看、实用的木凳，不过，令对口帮扶者们始料未及的是，第二年春天再去回访时发现，在部分高寒山区，木凳没有了。一问方知，老乡把凳子劈成柴火，烤火做饭烧掉了。此后，帮扶者们接着送凳子，不过由木凳变成了铁凳子。今天到三河村家访，仍能见到很多当年的铁凳子，为改变生活习俗发挥着作用。除此之外，四川一直不间断地努力改变群众落后习惯，让文明新风刮进彝族村寨。纵向比较，凉山彝区的脱贫进程始终滚滚向前，未曾停步。

在社会各方支持凉山彝区脱贫的同时，彝区群众也在努力前行。一方面，风起云涌的打工潮在彝区兴起，数十万青年南下珠三角，北上京津冀，西进新疆，东到宁沪浙。离凉山不远的成都也去了大量的凉山群众。他们外出务工，大多能获得比在家务农高得多的收益，用以改变整个家庭的物质生活条件。而更为显性的成果是，这批凉山的中坚力量，在市场经济大潮中开阔了眼界，打开了思路，开始反思与追赶，学会了先进的生产方式与生产技能。这些都是推动凉山前行的动力。在三河村阿基社，原本20多户的寨子只剩下7户长年有人居住，其余的大多外出务工。整个三河村，有上百名村民在外务工。

此外，另一项自我改变也悄然兴起——自发搬迁。

自发搬迁，就是在无外力组织下，自己举家寻找新的居住地。其中大部分是为了追求更美好的生活，为了子女能够接受更好的教育，自发搬迁到气候条件、教育条件、交通条件较好的地区。

彝区群众自发搬迁，首选的搬迁地，便是习俗相同，生产生活相似，但条件更优、更便利、机会更多的安宁河谷。

2018年年底，我们便寻访了这样的村落。这些自发搬迁群体，已经引起当地政府的高度重视，正着力解决由此而产生的问题，为自发搬迁者提供更好的服务。

我们寻访的时候，正是凉山州州府西昌市最吸引人的冬季，阳光灿烂，气候温暖，三角梅等各色花卉开满大街小巷。邛海闪着银光，吸引着大量的游客。

西昌市坐落在狭长的安宁河谷内，邛海就像一个大肚子，吸纳上游安宁河的河水，然后再吐出去。这个高原湖泊极少受到污染，在西昌市精心打造后，邛海及周边湿地烟波浩渺、风景如画。河湖两侧的小平原，物产丰富，交通便利。越过小平原，两侧便高山隆起。山原交接处，林地密布。这些林地间，也有不少适合耕种和聚居的地方，而当地人过去则把这些地方视作荒地草坡。从昭觉、美姑、喜德等县迁入的群众，就住在这样的城郊接合、山坝接合的地方。

西昌所在的安宁河谷平原，是四川的第二大平原，距离成都有500多公里，距离昆明有400多公里，是人口、产业理想的集聚地。西昌属亚热带高原季风气候区，素有"小春城"之称，冬暖夏凉、四季如春，处在大香格里拉旅游环线、川滇旅游黄金线的重要节点，境内及周边有邛海、泸山、螺髻山、泸沽湖、灵山寺、卫星发射基地等旅游景区，曾先后获得国家森林城市、国家卫生城市、中国优秀旅游城市等50余项称号，旅游业发达。每到冬天，这里一房难求，全国各地的游客都到这里享受攀西温暖的阳光。有如此强劲的产业支撑，对劳动力的需求也日益高涨，可提供更多的就业机会。

见到衣觉觉哈（音）的时候，她正带着两个孩子坐在路边晒太阳，孩子大的三岁，小的仅一岁。水泥路旁边就是一条背靠山脊的灌溉水渠。与水渠一路之隔，是衣觉觉哈与丈夫自己搭建的三间砖瓦屋。有一个闭合的小院，院子的最左边是猪圈，不时还会传出几声猪叫声；紧挨着的一个房间，就是做饭的地方，火坑上面挂了腊肉腊肠，水泥地面上是从市场上买的玉米棒子；小院子内放置了一台洗衣机，上面还堆放着几件衣服。进入正屋，映入眼帘的就是一台年代比较久远的大头电视机，还有一个蓝色的皮质沙发；里面的小屋，则是一张小床和堆放的衣服。院子的布局与陈设、功能，既显示了城市文明对衣觉觉哈一家的影响，也留存着来自彝乡山寨的文化习俗，养猪、火塘……城市与乡村的碰撞和交织，在这个不大的院落里表现得淋漓尽致。

今年二十来岁的衣觉觉哈仅能用简单的普通话同我们断断续续地交流。她用碎片化的汉语告诉我们，她没上过学，他们家七八年前就跟着孩子的姑姑一家从昭觉县搬到了西昌，现在丈夫在西昌一家饭店打工，全家的花销就靠这位务工者。

衣觉觉哈说，他们是自己迁移过来后，寻找到一块附近的荒地耕种。现在居住的土地是私下给当地村民一些钱"买下"，然后自己逐渐修起了房子。我们寻访到的一户来自喜德县的搬迁人家，十多年前花了11元钱就"买"了一块山坡边上的地，建起了住房。

衣觉觉哈一家落脚的荒地伴随城市化的进程，如今已经成为城市的边缘。她家虽然与几十米外矗立的楼房没法比，但对比以前，她觉得现在的房子比以前在昭觉寨子里住得更舒服，生活也更加方便，可以去市场上买东西，生活不用那么辛苦。耳濡目染周边西昌群众的生活，这位不识字的母亲和她的丈夫打算只要两个孩子，等孩子六岁后，就送去上幼儿园。

衣觉觉哈家所在的地方属西昌市瓦尔村。这里是山地和平坝的交界处，过去荒芜无人问津，而今则人来人往。衣觉觉哈的生活与城市居民相比，无论物质层面，还是精神层面，显然都难言舒适。但与她家的过去比，与她一些尚未脱贫的高山上的乡亲比，她家无疑是幸运的，也是更幸福的。正如衣觉觉哈自己所说，这里各方面都比家乡好，在这里就不想回去了。城市，是令人向往的栖息之地，城市化的进程，谁也阻挡不了。

从衣觉觉哈家仅是看到了凉山自发搬迁群体的冰山一角。顺着瓦尔村公路的尽头往里走，更大的群落呈现在眼前。

通往瓦尔村自发搬迁者聚落的路，其实就是在溪流河床上踩出的一条路，过人，也过车。路上还有很多积水，溪水还把部分路段淹没了，来来往往的行人就踩着裸露的石子跳跃过去。如果一直往上走，就需要爬很陡的坡，一些低矮、构筑简单的房子在两岸的树林里若隐若现。

爬上一个陡坡后，豁然开朗，眼前是一大块山岭台地。路旁种着萝卜、青菜、小白菜等，成片的房子有夯土的，也有砖砌的，还有一些猪圈夹杂其间，"哼哼"的猪叫声在耳畔鼓噪，让人一下子就想起昭觉大山深处三河村的寨子。

所不同的是，这里的建筑更为密集，巷道狭窄幽深。

午后的阳光正好，乌儿和她的朋友正躺在房子旁边的路上晒太阳——这是大凉山深处常见的场景。

今年56岁的乌儿有三个儿子、一个女儿。三个儿子和媳妇都在荷兰当船员，女儿住在山上面，经常会来看她。乌儿说，他们一家从喜德县搬到西昌已经差不多30年了，见证了这片土地从不毛之地到如今的"繁荣"。乌儿一家在房子背后的山上开垦荒地。她种了5亩地的玉米、7亩地的红薯，玉米主要用来喂猪。过彝族年的时候，她家杀了两头猪，而其他的东西都是从街上买来的。以前乌儿住在喜德县的高山上，出门一趟十分辛苦，所以她很喜欢现在这个地方，这里不仅买东西方便，房子也修建得比过去好。以前没通电，儿子回来一趟，接电话都需要下山。2018年，西昌市投资数百万元专门为这些自发搬迁者形成的聚落通了电，他们十分开心，觉得生活更加便捷现代。

在瓦尔村，我们还碰到一个27岁的年轻人，昭觉人，名叫阿尔，他有5个兄弟姐妹，十几年前举家来到瓦尔村。全家倾尽家族的力量，用 15 万元"买"下了当地 50 亩荒地。这块地位于半山的台地上，缺水，地里原来基本不长东西。家里人齐心协力，从高山上引来泉水，让这些荒地变成了庄稼地。随着越来越多的彝族群众涌入，他家陆续"卖"了部分土地出去，给不断涌来的山里乡亲建房。

聚落面积在这十来年的时间里呈几何级增长。在瓦尔村，据说有 1700 多户自发搬迁的人家。这里就有来自三河村的搬迁者。2018 年，三岔河乡对自主搬迁者进行摸底调查。驻村第一书记张凌得到的数据是有 120 多人迁出。虽然他们的户口还在三河村，但他们实际上与三河村已经几乎没有联系了。张凌分析，村民外迁，一方面是想获得更好的生存条件和发展机会，另一方面也希望子女获得更好的教育条件。从这些角度讲，这是时代的进步，也是彝族群众对美好生活的努力追求。

像衣觉觉哈、乌几、阿尔这样跨地域的自发搬迁者有多少？据凉山州对西昌市、冕宁县、德昌县等地的统计，有 17 万人之多。这些不辞辛劳、在异地艰苦环境中安家的彝族群众其实是最敢于同生活抗争、最能吃苦耐劳的群体。他们向往美好的生活，想办法走出大山，融入城市。他们勇敢地与艰苦的自然条件、恶劣的生存环境抗争，这在某种程度上折射了这个民族向来的不屈和与自然抗争的精神特质。他们希望通过自己的努力，真正改变自己的生活。

西昌市周边的自发搬迁群体通过多年的集聚形成规模，在这一既成事实面前，我们要承认，他们表现出了彝族人民脱贫的强大内生动力，他们同样是社会前行的推动者。他们的生存环境还有待改善。因众多人口聚集在一起，社会公共服务、基础设施、社会治理等多方面均面临挑战，急需综合施策，彻底解决其存在的问题。面对这一庞大群体，凉山州也采取了果断措施。一方面加强管理，摸清自发搬迁者的数量和现状；另一方面积极采取措施，改善这一群体的居住环境、生活环境，积极提供就业扶持。2018年，瓦尔村的电、水、路等基础设施全部到位，自发搬迁的群众得以享受到现代的公共服务。

现在，一条公路通到瓦尔村的聚落，公共服务不断延伸到这里。孩子们每天从山上出发，沿着小溪到瓦尔村小学上学。村民们感受最深的是西昌这座城市日新月异的发展变化。

（九）无尽的希望

分析三河村人的族源，现有的住户大多是近几十年间迁入的。驻村第一书记张凌说："这说明这地方能养活人！"在他看来，三河村的困难是暂时的。

事实上，每一位三河村人都不曾放弃努力。即便已经60多岁的洛古日古老两口，仍然养牛养猪，不靠外界的接济。2018年，老两口卖了两头大猪、10多头小猪。洛古日古脸上堆满笑："我的日子越来越好了！"

剖析现状，三河村发展的不足难以尽述，似乎三河村脱贫攻坚遥遥无期。但实际上，对于三河村的干部群众以及前来帮扶的驻村干部、综合帮扶队而言，信心远多于困难。在他们看来，三河村虽然现在穷，但那是暂时的、可改变的，三河村有潜力、有潜质。村子能脱贫致富，三河村的人也有希望蹚出一条新路。

凉山州是党中央确定的深度贫困地区"三区三州"地区之

一。社会各界已经充分认识到，"三区三州"致贫原因复杂，贫困程度深，按时完成这些地区的脱贫任务十分艰巨。为打赢打好精准脱贫攻坚战，国家已经加大对"三区三州"重点支持力度，中央财政新增扶贫投入及有关转移支付向深度贫困地区倾斜。凉山脱贫不仅是凉山各族群众的事、四川的事，也是国家的大事。四川从自己的层面，想尽各种方法，进行了对口帮扶，从全省选派了帮扶干部，给了凉山特殊的支持政策，为凉山脱贫攻坚奠定了坚实基础。只要重视，就没有办不成的事。当脱贫攻坚成为全社会的首要任务之一，成为整个民族复兴的必由之路时，这一切困难就会在全民族的努力中迎刃而解。

具体到三河村而言，最大的优势，还是这方水土。用昭觉县脱贫攻坚领导小组联络人、县机关事务管理局局长的话讲，"这可是一片好地方，可谓昭觉县地理条件的缩影！"

昭觉县位于四川凉山州中部偏东，属于川西高原雅砻江温带湿润气候区，年均降雨量 1021 毫米，年平均气温 10.9 摄氏度。境内最低点海拔 520 米，最高点海拔 3878 米，相对高差 3358 米，立体地貌产生了立体气候，高低点年平均气温相差 18 摄氏度。昭觉是半牧半农县，以马铃薯、山羊为主导产业。

三河村与昭觉县类似，有相对较大的高差、多样的地貌。三河村与整个县域的条件相比，更具发展的优势。徐正刚曾长期在昭觉县的农业部门工作，多次到三河村调查研究，对这里的自然条件与优势非常清楚。在他眼中，三河村比昭觉县其他乡镇的村庄有更好的自然条件。气象学者研究表明，三河村因特殊的山地条件，金沙江暖流沿三岔河乡几条河流河道的方向涌进来，形成较温暖的气候。而与三河村仅一山之隔的洒拉地坡乡则因高山的阻挡，水汽难以抵达，因而阴冷干燥。因此，三河村与洒拉地坡乡虽仅隔了一座山，但气候迥异，出产也迥异。三河村的土地，有更充足的阳光和丰沛的雨水，有更温暖的气候，有更高的积温，有更多的物产。

三河村虽然处在谷克德高原湿地附近，自然海拔较高，但这里处在凉山州府西昌前往凉山腹地的必经之路附近，与众多的彝族山寨相比，这里离已经改造完毕的国道不足 10 公里；到三岔河乡的县道建成后，将穿三河村而过，三河村交通将变得非常方便。

有了路，信息传播将变得更畅通。村民们过去闭塞落后的思想观念都会随着信息的畅通而自然改变，实现与现代社会、现代文明的完整衔接。

路通了，过去深藏大山、几乎一钱不值的资源、物产会展现出真正的价值，村民会将这些资源变换为实际的收入和资本，从而形成持久的发展能力。

三河村山脉向东南张口，虽然海拔较高，但阳光充足，相对来讲，光照条件是比较好的，是很好的种植场所。三河村是光叶紫花苕的良种基地，这种植物秋冬栽种，虽然产量不高，但既可以肥地，在冬季饲料短缺季节又可解决牛羊的饲料问题，还可让土地实现两季种植。相对于昭觉很多地方只能种收一季，冬天便土地荒芜来讲，光叶紫花苕实在是上天对三河村的赐予。光叶紫花苕的另一大好处，就是二三月份，其他花还未开放时，它已是花满山坡，可为蜜蜂提供蜜源。正是独有的光叶紫花苕、黄连花等，造就了三河村蜂蜜的优良品质，三河村的蜂蜜总是大受欢迎，昭觉人认为它是大凉山最好的蜂蜜。

三河村有着多样的地貌，阳光雨水充沛，适合发展种植业

　　三河村一位近 60 岁的老党员从老一辈那里学会了养土蜂，能用一个塑料桶捉住蜂王，引来一窝蜜蜂。这两年，他取得了令全村人刮目相看的成效。他仅养蜂这一项，2017 年就收入了5500 元。2018 年，这位老人干劲更大，扩大了规模，提升了产量，在养蜂上有了更多的收入。

　　农技部门此前的土壤检测表明，三河村的土地略偏酸性。这样的土壤适合优质马铃薯等农作物的生长，这里的马铃薯不仅产量高，而且质量好，口感佳。这块土地也适合不少经济作物的种植。

　　同时，三河村与昭觉不少深度贫困村比较起来，民风更加淳朴，群众受教育的程度相对较高，思想意识水平也相对较高，有强烈的致富发展愿望。这种内生动力，是脱贫攻坚路上最需要也是最根本的力量。

现在的三河村，因为习近平总书记的到来而备受外界关注。这种关注正日益转化为推动三河村发展的助推剂。这里平常就有不少部门、各界爱心企业前来考察，落实各种帮扶项目。这样的外界资源与三河村的需求相结合，将促使三河村的发展不断加速、资源得到有效转化，增强发展的动能，实现群众的致富增收。

三河村，正如其奔腾不息的溪流一样，义无反顾，永远向前。

第二章

三河村的攻坚 >>

站在三河村呷尔社的寨头，海拔近 3000 米，可纵目远望，可俯瞰群山。太阳东升西落、循环往复，看似相同，春夏秋冬的四季轮换却一直在云卷云舒中从容不迫地进行着。观察三河村的变化亦如此，须循序渐进，见微知著，不能过快过急。三河村要摆脱贫困，得从细处开始。

为实现三河村的高质量脱贫，昭觉县把三河村原本定在 2018 年脱贫的日期改到了 2019 年底。昭觉县的认识相当清楚：对三河村的脱贫攻坚，必须使出绣花功夫，精雕细琢，夯实基础，让三河村的精准脱贫经得起时间与历史的检验，而不是局限于数字上的脱贫。

正因如此，如同凉山诸多尚未脱贫的山村一样，三河村要走出贫困，需要历经艰辛，久久为功。

对于三河村人及各界帮扶力量来说，困难总是暂时的，三河村虽然面临经济发展滞后、基础设施薄弱、各种社会问题交织等复杂局面，但他们从困难里出发，不惧风雨，砥砺前行。一场改天换地的抗争由此开始。

（一）驻村干部来了

"全村有 355 户 1698 人，其中建档立卡贫困户 152 户 790 人。目前脱贫攻坚最难的可能是安全住房。"当张凌 2015 年作为三河村第一书记来到三河村时，摆在他面前的，就是这样"难看"的村情。对于张凌等驻村干部而言，实施脱贫攻坚，首要的就是要真正弄清楚村子为什么穷，穷在哪些地方，从而凝聚人心，有的放矢。两年后，贫困户已经调整为 143 户，有 9 户农户摘掉了贫困户的帽子。

派驻干部到农村去，帮助贫困群众脱贫致富，这一做法在我们国家一直是一个优良传统。这一次也不例外，让优秀的干部到基层去，帮助群众解决实际问题，并锻炼干部，密切干群关系，真正体现以人民为中心的执政理念。

"驻村，干部更能了解群众所需、所急、所盼，同时要不断给自己充电，从而找准脱贫突破口，精准发力。"把干部驻村帮扶作为精准扶贫的"滴灌漏斗"，统筹帮扶资源，整合扶贫力量，因村施策，切实把扶贫资金、扶贫项目精准地落到每个贫困群众身上，增强扶贫实效，这是四川在扶贫攻坚战中坚决落实的举措之一，全省上下全面组织实施，汇聚帮扶力量，构建省、市、县、乡联动机制，形成工作合力。

为推动驻村帮扶落到实处，四川省成立了全省干部驻村帮扶工作协调小组，各地参照省里的做法成立了相应的领导机构，确定牵头部门负责抓好工作组织实施和统筹协调。

驻村帮扶工作面宽、量大、任务重，帮扶对象差异性很大。四川广泛动员，至 2015 年 12 月底，仅省级层面参与驻村帮扶的单位就已达 586 个，省、市、县、乡共选派驻村干部 33847 人，组建 11501 个驻村工作队，安排第一书记 11501 名，动员组织 13646 个帮扶部门（单位）。驻村帮扶取得了阶段性工作成果，11501 个贫困村基本实现了全覆盖。

与此同时，四川还先后出台《关于建立干部驻村帮扶工作考评机制的通知》《深化干部驻村帮扶工作的实施意见》等文件，明确了行业系统、帮扶单位、驻村工作队等的职责任务，建立健全了驻村干部的培训、激励、考核、保障等机制。

张凌是昭觉县发改局的一名干部。2015 年，与他一起派下来的，还有发改局的 6 名干部。昭觉县的每个机关单位都承担了帮村、驻村任务，每名干部都有自己联络的困难户。县里安排发改局帮扶三岔河乡，就是要用发改部门较强的整合资源的能力，推动整个三岔河乡尽快改变面貌。

张凌当时还在想，下去咬咬牙，坚持两年，村子脱了贫就回县里。实际上他却"失算"了，一下来，就要带领贫困群众脱贫致富并巩固，一待就是 5 年。

其实，昭觉县发改局的工作人员并不多，派遣下来的要求挺高，要年轻有活力，最好是男性，还必须是共产党员，不能是"走读生"，必须长期待在下面。最终，年富力强、在办公室主任这一重要岗位上的张凌被选派了下来，并做了三河村第一书记。自 2015 年张凌他们 7 人下派后，昭觉县发改局就几乎只剩下"老弱妇"干部，以至于常缺人手。

驻村工作队平时就住在村活动室。活动室在三岔河乡政府旁边，一幢老旧的二层砖房，每层只有一个大房间。底层已经作为了村幼儿园的教室，孩子们在这里学习。而七位驻村干部就在二楼搭了一个通铺，挤在一起。因为房子不远处就是乡上的旱厕和垃圾坑，因此蚊虫很多。从早到晚，没有人敢开窗户。工作队队员凑钱买来电灭蚊器，24 小时开着，因为人经常进进出出，蚊虫乘虚而入，灭蚊器也抵挡不了蚊虫对吸食人血的渴望。后来，他们每人买了一顶简易蚊帐，罩在床上像个蒙古包，这是他们难得的私人空间。

长期驻扎，首先要解决吃饭问题。他们买来电饭煲，轮流做饭，自给自足。没有灶台，就找了两张废弃的办公桌替代。无法炒菜，经常把肉、菜用水煮煮放点盐就吃。

不过，对于工作队而言，生活的不便是小事情，扶贫取得进展才是大事情。

昭觉县发改局对口帮扶三岔河乡，张凌所带领的驻村工作队必须等到三岔河乡全部脱贫才能离开，而驻村第一书记实行终身制。因此，在三岔河乡干出成绩，干出成效，是驻村干部们必须完成的任务。为此，不仅张凌豁出去了，所有的队员也豁出去了。

三河村的党支部会

帮助三河村脱贫，必须号准三河村的脉，对症下药，精准施策。于是，驻村干部做的第一件事情就是确定联系户，分别走访，弄清村子的实情。

驻村工作队队员尔古拉合，是一位彝族同胞，是从三河村这样的乡村里成长起来的干部，他对乡村并不陌生，派到这里来，负责联系阿基社。三河村共有四个社，每个社之间就隔着一条沟，但这样看得见的距离要真正见面，得走上一两个小时。

尔古拉合对口联系两户贫困户。其中一户是洛古尔地家，住在日子社的山顶上，从机耕道走上去，单程需要两个小时。

洛古尔地家有 6 口人，他只有 30 多岁，却已经是 4 个小孩的父亲了，两个大孩子在读书，最小的孩子才两岁多。洛古尔地一家六口的土地仅两亩。他家还有部分山林，但山林不准随便砍伐，目前尚不能转化为经济效益。他家只有承包别人的土地耕种，但这些高海拔、大坡度的坡地只能种植荞麦、马铃薯等高山农作物。洛古尔地未能出去打工，能到手的年收入也就极少了。

不过，这位年轻人在尔古拉合的帮助和启发下，也意识到自己必须努力改变现状。而改变现状的方法之一，就是凭着年轻有劳力，外出务工挣钱。前不久，一家公司在三岔河乡搞建筑劳务工的培训，鼓励贫困户参加——实际上，大家也很积极。洛古尔地也参与其中，他挤进了爆满的砌砖培训班。看着成堆的砖块、水泥变成了一道整齐的矮墙，大伙别提有多高兴。这样集中全乡在家劳动力进行的培训，前后持续了一个多月。

对于村民的情况，尔古拉合很熟悉。他把村民的家庭状况写在手机的记事簿上，不时拿出来看看，分析对策。

尔古拉合的第二户联系户海来有布家，同样土地少、人口多，无劳动技能。海来有布 40 多岁，家里仅有耕地面积 4.6 亩，劳动力 2 人。尔古拉合在笔记本上写下调查结论：缺少产业启动资金，缺少劳动技能。如何帮扶这些贫困户，尔古拉合来村之后不久就有了自己的想法。他说："还是要针对村民的实际情况，慢慢来！"

苏里古是 2016 年初到达三岔河乡的驻村工作队队员。在驻村的 4 年时间里，这位仪表堂堂的帅小伙克服了各种不便。苏里古家里有 80 多岁的父母双亲、妻子、读三年级的女儿和 2018 年 9 月出生的儿子。女儿目前在西昌读书，父母亲因为年事已高，无法照顾孩子。苏里古的妻子是凉山州农牧局的一名干部，苏里古驻村不久，她也下派到西昌的一个贫困村当第一书记。

　　苏里古的妻子整个孕期一直坚守在工作岗位上。2018 年 9 月份，有身孕的妻子直到临盆，才独自匆忙赶往医院。同事们并不知道她已经住院，还打电话给在病床上的她，让她回去开会，此时，她才和盘托出自己已经分娩。同一时刻，苏里古因为扶贫的事情正在北京出差，孩子出生前后，苏里古都没有机会赶回家，直到孩子满月的时候才第一次见到儿子，之后也只是断断续续地休了一周陪产假。苏里古说："国家政策对少数民族地区很好，作为彝族干部，我们更要尽职尽责做好工作。"和苏里古一起工作的五合称赞他，"他是我们这里最困难却最顽强的人"。

　　苏里古说，外地来的工作伙伴在这里遇到的最大问题是语言障碍。彝语方言多，因此需要尽快适应当地语言。只有听得懂老百姓的话，才能深入其中，了解他们想什么、要做什么、需要什么。在这里，外界看来很普通、很细微的事情对当地群众而言都可能是新鲜事，要认认真真进行普及和推广。比如，当地的居民没有接触到太多的现代事物，所以发放的电器还要花很长的时间教他们使用。很多时候，驻村干部不被村民所理解，委屈是常有的事。甚至个别村民"等靠要"思想浓厚，对外界的帮扶没有太多的感激之情。有一次村里给贫困户发鸡苗，工作人员通知村民带背篓来背小鸡。可是个别村民两手空空而来，反过来责怪工作人员没有给他们准备纸箱。遇到这样的场景，苏里古便理直气壮地对村民进行说服教育。"对村民们习以为常的错误做法进行多次教育，他们也会反思自己做得对不对！"

时间久了，驻村工作队和苏里古就摸索出一套行之有效的工作方法。要取得群众的信任，就要与彝族群众坐在一起喝酒，与老少们一起烤火、烤马铃薯，像彝族群众家里人一样"不客气"。这样就能与群众想在一起，所有的工作就好做了。平时，群众有婚丧嫁娶等事情，工作队的队员还要去参与，拉近与群众的距离，也借此机会做移风易俗的工作。

在苏里古看来，最为困难的事情是开展移风易俗工作，需要反反复复地对当地村民开展说服动员，但效果并不明显，尤其是当地的一些老年人很难被说服。比如让老百姓做好个人卫生，规劝的次数多了，上了年岁的村民甚至会发飙："老子一辈子没洗都没得病。"后来，驻村干部们找到一条"捷径"：教小朋友效果很好，而小孩子回家就能够对大人有所带动。

在三河村，驻村干部们需要解决村民们很多长期形成的历史问题，只有干部们抽丝剥茧，一直困扰村民的老大难问题才能得到解决。在三岔河乡，有这么一户人家，死去的母亲的名字错上给了自己的儿子尔古莫有作，结果导致户口无效。尔古莫有作 47 岁，腿脚残疾，他媳妇是哑巴。这个家庭一共有 6 口人，其中 4 个娃：大的两个孩子为女儿，都在乡上读书，成绩很优秀；小的两个孩子一个三岁多，另一个 2018 年 9 月出生。家里的大人既无多少知识，也无一技之长，男主人还无户口，过去因户口原因一直也没有享受到贫困户的政策。了解到这一情况后，帮扶干部们多次跑派出所、民政等部门，还原真实情况，特地把这家人错误的户口信息改了过来，尔古莫有作终于有了正式的户籍。驻村干部们还举一反三，在全村进行了细致的户籍清理，该上户的上户，该改名的按照规定全部更正。村干部们还单独给尔古莫有作一家人送去了现金和物资，乡上从扶贫基金中借给了他们家一头牛发展生产。有一次村里给贫困户发放鸡苗，苏里古找来乡亲帮忙把鸡苗给尔古莫有作家背过去。在大家的不断帮助下，尔古莫有作家的生活在慢慢地转好。

而今，尔古莫有作家发生了很大变化，吃穿不愁，4个孩子健康成长，他深知这离不开驻村干部和乡亲们的帮助。他家在多年未好好过彝族年后，于2018年彝族年前，特地杀年猪庆祝这两年的变化。他特意背了一大块猪肉送到驻村工作队驻地感谢驻村干部们。在凉山的习俗中，背猪肉那是对长辈或者最尊敬的朋友的最高礼遇。对尔古莫有作来说，这是对驻村干部最尊敬的方式。他是从心底里感激驻村干部，他能表达的，就是用彝族自己的方式，礼敬驻村干部。

与工作队其他队员相比，张凌承担着更大的责任，要让整个村子脱贫，必须解决关涉村子发展长远而系统的问题，必须找到可持续的增收渠道。

张凌是彝族人。到三河村后，本来就偏瘦的他瘦了足足6公斤，现在是又瘦又黑。一副眼镜架在鼻梁上略显单薄，脸被晒得黑里透红。"原因是经常吃饭没准点，甚至吃不上！"他经常一两个月没有像样的休息，也很难回到位于昭觉县城的家。即便在回县城开会的间隙回家，也经常是拿上几套衣服就又回到三河村。

2015年，张凌作为第一书记派到三河村。刚开始的数月，他在发改局还有工作，因而两头奔波。而现在就全部脱产，全身心投入三河村建设。这对于已到中年的张凌来讲，长期不在家，对自己、对家人都是一种考验。

张凌有两个孩子，大女儿刚小学毕业上初中，而小的则上小学。张凌的妻子原本和几个同事商量，准备将大孩子与其他的同学一道送到成都的一所学校去读初中，这样便于共同照顾。但因周末要接送，而且负担较重，还是选择将孩子留在西昌市上学。张凌和妻子曾经是同学。对于张凌任驻村第一书记这件事情，妻子支持，也理解他工作忙。前段时间，凉山州妇联等部门开展寻找最美家庭活动，他们家被评为凉山州脱贫助困最美家庭。

作为第一书记，张凌工作的艰辛程度超乎想象。为便于工作，他把自家的小轿车开到了三河村。后来因建房，进村道路时常被压坏，轿车无法通行；他卖掉轿车，又花了十多万元的积蓄买了一辆越野车，以便进村入户开展工作。因长期劳累，2018年年中，张凌病倒了，做了一个小手术。手术后第三天，他又回到了三河村，本就瘦削的脸庞又小了一圈。坚持一段时间后，他又被病魔击倒了，这一次在病床上躺了20多天。这20多天里，他如坐针毡，只得随时通过电话与村干部保持联系，商量工作。他说，到三河村脱贫，就是要兑现给总书记的承诺，也要兑现给自己的承诺，把脱贫目标实现，把工作做到位。"如果我们把基础设施、住房等问题解决掉，村民收入一定会上去。另外，也要为乡村振兴打基础，从而实现真脱贫，不返贫。把彝区的脱贫之路探索出来，形成方法和模式。"

困扰张凌的难题是工作的较高要求与村社干部能力之间的不匹配。三河村的村社干部基本上都是本地人，大多文化水平低，眼光和视野不够开阔。在外界看来该雷厉风行开展的工作，往往需要花大量时间先做思想沟通和发动。很多时候耗费了时间却事与愿违，让张凌哭笑不得。但没有村社干部们支持，驻村干部们又很难发动群众大量参与。因此，村里工作的实际难度超过张凌的预期。

张凌的理想不仅是要把共产党对百姓的承诺，包括精准脱贫——兑现，还要为乡村振兴打基础，要让三河村在外打工的或者举家外出的人回来，要让他们在三河村的收入比在外打工更高。

张凌现在出门有一习惯：随手拎着一个文件袋，里面装着三河村的资料，也便于他把新的情况记载进去。

不过，更多的资料装在他的脑袋里。三河村每个居民点上的情况他都清清楚楚。

通过调研，张凌意识到，三河村的脱贫需要踏实走好每一步，每一步都不能脱离这片土地上特殊的村情。但铺陈在他面前的村情，并不乐观——

三河村，几乎家家户户都种马铃薯，每年每家都能产上万斤。过去道路不畅，大量的东西根本运不出去。因此马铃薯大量上市时，价格很便宜，一两毛钱一斤还卖不出去，绝大部分仅能自己吃，但这东西不能天天吃、顿顿吃。大量的马铃薯只能拿来喂猪、喂鸡等。而苦荞、燕麦、玉米等作物产量低，仅能供农户自家消费。

三河村养殖的猪和鸡等牲畜家禽产品倒是可以卖，但在传统的养殖方式下，未成规模，总产量不大，也受市场波动的影响。前几年猪肉价格较高，黑猪生猪能卖到10多元钱一斤，而2018年初猪价大跌，生猪每斤只有六七元；猪仔过去每斤十三四元，而2018年初只有七八元。喂一头亏一头，没有农户敢扩大养殖了。2018 年下半年，因为暴发了传染性疾病，生猪跨境调配受到限制，四川猪肉价格快速反弹，但村民们此时已经没有多少存栏量。因此，帮助村民树立商品意识，适应市场变化任重道远。

三河村农户 40％多是贫困户。但实际上，全村整体贫困，划定的贫困户和非贫困户差别并不大。因此，张凌他们要干的事情，并不只是让贫困户的收入上去，而是要让整个村子发生脱胎换骨的变化。

在张凌看来，三河村的脱贫绝不是敲锣打鼓轻轻松松就能实现，需要众志成城共克时艰。村里的党员干部年龄普遍偏大，受教育程度也不高，因此要将党和政府对脱贫攻坚的好政策措施落到实处，需要加倍工作。有时，张凌的想法不被村社干部理解，他就需要多次同村社干部沟通，直到他们想通了，从而全力支持，而这个过程既费时间，也折磨人。

现在三河村的知名度和受关注度都很高，因此要在三河村开展任何一项工作，都需要经过认真规划和审慎决策。

在昭觉县及帮扶干部心中，三河村最大的资源其实是良好的生态。如果把生态破坏掉了，村民一时增收了也没什么用，因此，三河村的脱贫必须守住青山绿水，宁可慢点，也不能急功近利。

有一种黑山羊，繁殖能力特别强，有人主张把其引入三河村，但张凌坚决反对。因为这种黑山羊适应能力强，所过之处，草皮啃食殆尽，而且还喜欢吃草根，差不多就是"斩草除根"了。如果引进这种山羊进行大规模养殖，对三河村来讲可能是一场生态灾难。

(二) 张凌的两大难题

脱贫攻坚的首要目标是要实现"两不愁三保障"。

张凌驻村，第一件事情就是要弄清楚村民们究竟缺不缺吃、少不少穿。他发现，就三河村而言，解决温饱问题并不难，而且绝大多数贫困户已经不愁吃、不愁穿，他们所面临的是如何提高生活质量的问题，要让村民们吃得更有营养、穿得更有质量，同时能满足生产生活的其他需求。摆在驻村工作队面前，急切需要解决的是如何实现"三保障"。"三保障"就是义务教育、基本医疗、住房安全有保障。这是国家确定的脱贫攻坚必须达到的基本要求和核心指标之一。如果"三保障"不落实，如何实现脱贫？

将村民们的土坯房改建为功能更为现代、更为完善的居所，改善居住环境，进而彻底改变过去某些陈规陋习的住房建设被第一书记张凌认为是最难但也是最为重要的事情。其实，在中国农村，历朝历代，都认为有家就有希望，家就是能遮风挡雨的地方。农民一直把盖上新房、娶妻生子作为人生的一大目标。

这件事情难在哪里？张凌细讲缘由：有安全住房，这是脱贫攻坚的硬目标。按照这一标准，三河村贫困户的住房都需要重建，其他村民的住房大多数也要重建。村民原来居住极度分散，生产生活设施配套差，不少村民还住在高山上，基本的饮水、交通都难以保障。系统改变现状，只有易地搬迁，才能使贫困户的居住条件得到改善。改建住房难，归根结底是修房子往往是农户家最大的投资，动辄数万元甚至几十万元，一下子就会花掉农民的所有积蓄乃至欠下一屁股账。

三河村的老土坯房

　　原有全村住房中，仅有 36 户是砖房，其余全是土坯房。即便是砖房，也建于十几年前，质量差、功能陈旧，也需要重新建设。洛古有初家就是这样的情况。

　　洛达社村民洛古有初，66 岁，在 20 世纪 90 年代当过村委会主任。那个年代的村干部，月补贴每人 30 元，还要承担代收农业税等多项工作。当时彝寨家家户户都穷，农业税很难收齐，洛古有初少不了自己掏腰包。在农业税费负担较重的 2001 年，他坚决请辞不再担任村主任。洛古有初头脑灵活，肯吃苦。在大集体时代昭觉县曾在三河村一片好地上搞农业科研，但几个寨子都不愿意接农业科研的活。后来，科研机构撤离了三河村，洛古有初就承包了这片 30 亩的缓坡地。这 30 亩缓坡地，只要撒下种子，一年可以收获马铃薯几万斤、玉米上万斤、圆根不计其数，解决了养殖的饲料问题。

三河村老村主任洛古有初和他的菜地

洛古有初在养殖上有一整套办法，因此他家一直是养牛、养猪的大户，也是村里的富裕户。过去三河村养殖户冬天通常饲料匮乏。他的养殖经验是把圆根切碎后晒干用作饲料，解决了严冬牲畜缺饲料的问题。

他每年收入在五万元以上。十多年前，他率先在村里改造了住房。住房选址在洛达河边，门前就是一片平整的河谷地。改造后的住房用水泥砖砌成，上盖小青瓦，地上抹上了水泥。他还给儿子也盖了一间。这两间住房与其他村民的住房相比，增加了一个小小的窗户，但同样低矮，同样没有分区，一家人的生活起居仍然以火塘为中心。住房门前的空地裸露着泥土。在住房的旁边，就是洛古有初家的牲畜圈舍，养着猪牛等牲畜。人畜分开，有专门的圈舍，这已经是巨大的进步，但因圈舍和住房距离不远，粪便、草木灰、腐草的味道便混合着在空气里弥漫。

我们去洛古有初家探访时，火塘火苗熊熊，房梁上的腊肉排成一排。与其他村民家不同的是，房间里多了一套已经破旧的布艺沙发。在今天来看，这套房子已经陈旧，也不适应现代生活的需求，洛古有初也盼望着自己能够修建新房——像城里人那样方便干净实用的新房。

前几年，三河村调查统计，有 72 户农户愿意参与易地搬迁。2015 年精准识别，新增 80 户，这 152 户纳入易地扶贫搬迁的农户，绝大多数是贫困户，建设资金将得到保障，村民每户自己仅需出很少一部分。通过测算，建设一套中等面积的村民安全住房，成本约 10 万元。如果是属于帮扶对象的建档立卡贫困户，通过各种帮扶政策，每户自己出的费用只在 1 万元左右，非贫困户村民则需要自己筹资。

张凌担心的问题是，另外 200 多户的条件也很差，大都是土坯房，环境差，无配套设施，他们怎么办？作为驻村第一书记，不仅要考虑建档立卡贫困户，也要让全村人都能稳定脱贫，稳固发展。

"村子里 80％以上的土坯房，都要进行安全住房建设。200多户，意味着我们的工作、压力、资金要求都大大增加。而既有的 152 户中，也有个别户不能享受优惠条件，矛盾很大。"张凌说，即使工作队用上吃奶的力气，每户建设好住房要花费 10 万元。200 多户，按照每户 90 平方米计算，每平方米建设成本 1680 元，要 3000 多万元。这些钱从哪里来？过去，彝区的老百姓在消费观念上都是有钱就花掉，村民极少有大笔的积蓄。具体到三河村，生财之道本就不多，有大笔存款的人自然就更少了。但这根本性改变彝乡面貌的安居房工程，无论想什么办法都必须保质保量地完成。张凌一直在努力寻找解决办法。

另外，如何易地搬迁？在三河村，全村仅有 4 个社——呷尔社、日子社、阿基社、洛达社，但这 4 个社却分散在 19.24 平方公里的山山岭岭上，居住点多达十几处，一个寨子村民之间的住房有时相距也有一两公里。

能否都搬迁到一块？村民们不同意，特别是距离乡政府较远的呷尔社、日子社的村民坚决反对。村民阿呷说："如果搬到山下去，我的牛羊、我的土地咋办？我又不能只喝西北风。"

张凌曾做过多次调研，结论是，要全部搬迁到一块居住才最经济、最省事、最节约土地，也便于配套基础设施和服务。但这最不现实，村民们首先投了反对票，反对的原因有故土难离的乡愁影响，更为主要的还是经济原因。如果集中在一个地方居住，对绝大多数村民来说，则意味着离土地太远，而土地就是彝区群众的命根。离土地太远，将会留下返贫隐患。

在长达数千年的生产生活史上，彝区群众逐渐将自己的土地铺展到了从山脚到山顶的山坡上，或者平缓，或者陡峭，或者河谷，或者高山，都是他们赖以生存的家园。三河村的可耕山地大多在平缓的山坡上，一块一块的，镶嵌在林地、草地间。这些地，大的也不过几分地，而且全都靠天吃饭，雨水充足，收成就高，雨水少就歉收。每年的产出并不多，这也是贫困的原因之一。

同时，张凌也注意到，正如中国农村大多数村寨一样，城镇化的脚步也影响到了彝区村寨，空心村在这里同样存在。目前全村355户，住在村上的不到一半。在吉好也求所在的阿基社的寨子，也就是习近平总书记考察过的村庄，原本有20多户村民，但常年住在这里的仅7户。张凌说："在建设住房的时候，如何做到精准？要摸着石头过河才叫精准。"必须寻找到集中居住与兼顾生产生活的结合点。

通过无数次的调查、座谈，无数次的方案征集，无数次的协调，甚至争吵，最终形成了三河村的易地搬迁方案——大搬迁、小集中。4个社的村民根据自愿原则，同时兼顾生产生活，采取相对集中的方式，既照顾生产生活，又适当集中以利于生活设施配套，分别搬迁到9个相对集中的安置点。

2018年4月，第一个安置点在三河村动工，被命名为1号安置点，这里将安置29户村民。这个安置点顺着阿基社老寨子的山脊前行不足一公里，坐落在一片松林里，处在一个土丘顶部的平台上，视野开阔，两侧是山谷，村民可以轻松地进入自家的田地，种植马铃薯、荞麦，可以赶着牛羊走上背后的山坡放牧。这里森林苍翠，绿草如茵，天上云卷云舒，这样的风景，今后都将是三河村赖以发展的旅游资源。

除了村民的安全住房，张凌最为操心的就是进村入社的公路。有了路，村民才能把资源变现，把东西转换成钱，急需的东

西才能运进来。

路是整个凉山发展的痛。凉山地区地震断裂带和大小河流纵横交错,山高坡陡谷深,72%的面积为高山地貌。"对面能听声,相见需数日。"2015年末,凉山州三级以上等级公路里程为1719.87公里,

三河村的易地搬迁实行大搬迁小集中的方案。这是修建中的日基社集中安置点

仅占公路总里程的 6.6％，高速公路通车里程仅占公路总里程的 0.87％，乌蒙山片区 8 个县均没有高速公路，全州尚有 9 个乡、24 个建制村不通公路。截至 2017 年底，凉山州高速公路占比仅为全国平均数的 1/4，全州 2/3 的县未通高速公路，四级及以上

等级公里占比较全国低 12 个百分点。即使至 2019 年底，整个凉山高速公路通车里程也仅 213 公里。落后的交通是制约凉山发展的最大短板。未来两年，凉山将成为四川交通建设的主战场，投资规模将突破 2000 亿元。

三河村如同整个凉山一样，脱贫必须先修路。初步勘察，需要修通村公路 9.6 公里，还需要修入社道路 22 公里。按照每公里造价 70 万元计算，仅入社道路即需要 1540 万元，资金缺口很大。张凌经常到乡上、县上汇报，不放过每一个争取经费的机会。"三河村正特事特办。"

对于修路，村民都有很高的积极性，村社干部带头，穿丛林，攀悬崖，过河滩，带着挖掘机、推土机开路。不到一年时间，全村将建设的 9 个安置点，所有的毛路都出来了，偏远的日子社、洛达社、呷尔社，公路都通到了寨子口。

但要让三河村真正改变面貌，细算下来，要建设的道路会远远超过 22 公里。对于三河村的发展，张凌已经思考了很多遍：从长远来看，必须把公路修成环线，这样后续才能发展旅游，游客来了可以看到不同的风景，全村人都有发展的机会。道路形成环线，就可以从现在的村委会轻松地通往最远的日子社了。

三河村就是昭觉地貌的一个微缩版。今后在三河村转一圈，其实就是在高山草甸、湿地、森林、沟涧间旅游了一遍，把昭觉的地貌看完，这对外界来讲，是有巨大的吸引力的，这也是三河村独特的优势。

在张凌的人生阅历中，路的通达不仅事关三河村的致富增收，而且是改变彝区群众的生产观念、生活习俗的根本性措施。

在他看来，路有了，村民自然会向公路沿线聚集，从而自然形成聚落，传统的落后习惯在车来车往的现代交往中自然会被消灭，新的思路、好的生活方式等现代的东西自然会随着车轮进入彝寨。

张凌妻子的老家——凉山州越西县，有一个叫新街子的地方，张凌偶尔会去。这个小镇的崛起给了他深刻的启示。新街子，顾名思义是因为新修了道路，周边群众都从高山上搬下来，在道路周边建设新房，出现自然集聚，进而形成了崭新的街道和市场。新街子，因路而生，因路而兴。这说明，彝区群众同样会在现代社会发展中寻找机会，利用机会。

（三）筑基工程走出了第一步

在三河村，要系统改变村民绝非易事，也非一日之功，需要从细处着手，系统全面地推进。需要改变的，有村容村貌，有生产生活，更为根本的是人的面貌。

经过努力，一种改变正在悄然发生：村民们不管条件多苦，都想办法送孩子上学。如果与过去彝区群众不重视教育，子女懂事了就帮家里干农活、放牛羊、带弟妹相比，这是一种巨大的社会进步。彝区群众已经认识到，要想生活好，读书识字、会说汉话会交流很重要。

三河村里已经设立了幼教点。在每个行政村建立幼教点，让彝区孩子在幼儿时代就有机会走进学校，这是四川针对彝区教育的一种特殊措施。

早在 2013 年，时任昭觉县教育局局长发现，很多彝族儿童进入小学后，因为没有受过学前教育，不懂普通话，很长时间仍进入不了学习状态。等到初步掌握了汉语、能够进行基本的交流时，课程已经落下了很大一截，不少学生从此就跟不上课程了。我们调查了三河村的多名小孩，没有上过学前班的孩子，大多到三、四年级才能完全听懂老师的讲课，此前大多似懂非懂。这一状况极大地影响了彝区教育质量的提升。因为进入学校难以融入学习生活，不少彝区孩子从一开始就讨厌学习。

这让同样生长于乡野，在昭觉县摸爬滚打很多年，干过乡镇干部、水利局长的时任教育局长深受触动，他似乎又看到了自己的童年，因语言障碍迟迟不能融入学校生活。要让彝区教育质量得到提升，必须让孩子们喜欢知识、喜欢学习、喜欢进步。要是能提前学习普通话，这一切难题不都迎刃而解了吗？

这位局长咬咬牙，同时也向县里争取，在昭觉县部分村试点办幼教点。幼教点办起来后，彝区群众送孩子入园的积极性很高。这几年，凉山彝区尚处在生育高峰期，一个村子办一所幼儿园，生源是有保证的，因此幼教点教室总是被挤满。父母送孩子进入幼教点，一方面是思想意识的提高，认识到受教育的重要性；另一方面也可以把家长从带孩子的烦琐中解放出来，参与更多的生产性事务。

一年多试点下来，这批孩子进入小学。小学的第一次考试，这些孩子的平均成绩比没有进过幼教点的孩子要高近 30 分；而且他们已经适应学习生活，有较好的学习习惯，同时已经较好地掌握了普通话，能够与外界较好地进行沟通。无疑，在村上设立幼教点，对提升彝区人口素质至关重要。四川省委相关领导了解情况后立即批示对这一新生事物给予支持。

这位局长感慨，要实现凉山州脱贫攻坚，提升人口素质才是长远之策、第一要务。同时，语言统一、交流顺畅是国家统一的象征和基础，彝区儿童从小学习通用语言，是民族之幸、国家之福，是彝区与国家繁荣发展的基石。

2015 年 8 月，在总结昭觉县的经验后，四川省决定，在全凉山州推行"一村一幼"工程，也就是在凉山州的每一个行政村，要建设一个幼教点，省州财政解决每个幼教点两名保教人员的工资待遇。其后，这一提升民族素质的奠基工程还扩展到四川其他民族地区。

于是，幼教点像星火般在凉山点燃，许许多多幼儿从山间田野跨进了教室。在昭觉县，进入村级幼教点的学生有 1 万多人，而小学附设的学前班还有 9000 多人。但一下子涌入这么多孩子，地方上一时间找不到这么多教室和教师。乡村里能腾出的村活动室、文化室，能租用的民房几乎都拿了出来办幼儿园。凡是本村或者回昭觉，有教学意愿的高中生、大学生经考核招聘后成为幼儿教师。这些教师一面教学，一面培训提升素养。

在三河村村委会幼教点，教师热烈日作与来自邻村的一位男教师吉木尔古搭档，每天教 40 多个孩子学习普通话，洗脸洗手，养成好习惯。

热烈日作就是三河村人，她当幼儿教师的时间并不长。在习近平总书记来三河村考察时，她对总书记说，自己想当幼儿教师。三岔河乡圆了她的心愿，让她在三河村幼儿园教学。

三河村幼教点里的孩子们有了一个不错的学习环境

　　热烈日作，名字的意思是"天上的花"。热烈日作只有20岁出头，年纪不大，却经历了人生的曲折，一路走来，颇为不易。

　　热烈日作因小的时候遭遇车祸，左腿安装了假肢，这对于一个女孩来说，是多么的残酷，这让她过早地失去了许多梦想。

　　当初听说总书记要来三河村，热烈日作相当激动。那天，所有的村民都起得很早。老阿妈吉木子洛与平常一样，把院子打扫得干干净净，火塘早早地生起了火。总书记在察看了村子的基本情况，走访了部分村民后，走进了热烈日作家，坐在了火塘边与村干部、村民座谈。此时，本来有些紧张的热烈日作胆子大了起来，她直接告诉总书记，自己想做教师，教育村子里面的孩子。

为何要做教师？热烈日作回答总书记说，自己喜欢这样的职业。而未曾说出口的另一层考虑就是与她同龄的人，都有了工作，自己要挣钱养活自己。她，经历了别人想象不到的困难，当时一直没有正式工作，整个家庭都收入微薄，被列为贫困户。

热烈日作很小的时候，正当壮年的父亲因病去世了，这对于彝族家庭来说，就是倒掉了顶梁柱。按照过去彝族的传统，父亲走后，她和弟弟就被认为是孤儿。其实，母亲节列俄阿木还是想办法抚养他们。可偏偏祸不单行，热烈日作很小尚未记事时，左腿因为车祸，被大货车碾轧截肢，后来安装了假肢。她可以正常地走路，但已不能像其他妙龄女孩那样疯跑，走路时也得特别小心，每一步都要踩踏实。远远看去，还是能感觉到热烈日作的一条腿并不灵便。在坐凳子的时候，她会特意选择稍高的凳子，略微侧侧身，以便把左腿伸直。

因为有各种困难，热烈日作的成绩并不拔尖。初中毕业后，妈妈逼着热烈日作学习护理，初衷是今后可以照顾自己和家人。四川在多年前就开始推行"9+3"免费职业教育政策，即藏区、彝区等民族地区的孩子在接受9年义务教育后，可以免费到四川省内优秀的中等职业学校就读3年，毕业后学校及教育部门将努力帮助这些孩子找工作。届时，政府部门在招聘等方面提供必要的优先机会。这样的政策已经惠及许多家庭，有了一个人就业，家庭经济条件就会大为改观，这些家庭大多就会迈过贫困线，摆脱贫困。

于是，2014年，热烈日作告别家乡，来到成都市区附近的一家卫生学校学习。

命运又给这个大家庭一个重击，这个大家庭一直未能走上顺境。热烈日作的爷爷本是退休人员，有固定的退休收入。正缘于此，爷爷重视热烈日作爸爸和叔叔的教育，爸爸成为村里当时为数不多的大学生，二叔等也走出去，购买了货车，开车赚钱。但二叔的车没买多久就发生了严重的车祸，需要赔伤亡者一大笔钱，二叔赚的钱赔光后向银行贷款，银行要求有抵押物，爷爷的退休工资就成为扣款的目标。十余年后，45万元的欠款，至今还欠15万元。热烈日作的爷爷已70多岁，有老年病；奶奶69岁，也有小毛病。热烈日作家里面的农活等一般是爷爷奶奶干，有时邻近的姑妈会来帮忙。慈祥的爷爷和奶奶始终支撑着热烈日作一家，但对于大孙女和大孙子的教育与发展，他们则无能为力了。

热烈日作的妈妈为了养活热烈日作和弟弟，终日在昭觉县城打拼，开饭店、开酒吧。在复杂的社会交往中，热烈日作的妈妈因复杂的社会关系，交上了不应该结识的朋友。

在热烈日作还差三个月即将从卫生学校毕业的时候，妈妈出事了，触犯了法律。这对于热烈日作和弟弟来说，无疑是天塌了下来。因为这事，热烈日作中断学业回了家，她至今都后悔自己未能拿到毕业证。因为家庭变故，一个未经世事的姑娘无法处理家庭、社会、学校的矛盾冲突，缺乏与学校的有效沟通，学校因而未发给热烈日作毕业证。

热烈日作回到家乡，希望能帮妈妈分担一部分压力，照顾好弟弟。她努力寻找机会，一位亲戚在喜德县医院上班，她于是到这家医院实习，培训了一个月，但因为拿错药，挨了批评，自尊心极强的她就没去了。任性让这个小姑娘付出了成长的代价。

但热烈日作不甘心，她又跑到成都，找了一份工作。这份工作其实就是火锅店里的服务员，这样的工作不仅工资不高，而且需要频繁往返送菜、收拾桌椅锅碗，对体力是一个巨大的考验。因为身体原因，热烈日作吃不消，心疼孙女的奶奶要热烈日作回来。热烈日作于是在 2017 年 12 月份回到老家，她认为在这熟悉的环境里，可以有所作为。

2018 年下半年，热烈日作又去看了妈妈。妈妈的精神状态好多了，她静静地思考了很多问题，平静地对女儿说，"妈妈错了！"并让女儿不用担心，她一定会改过自新。

这些经历让热烈日作真切地感受到，做任何事情都必须自己努力。而自己和别人不一样，必须走自己的路。自己必须与过去道别，做崭新的自己。

爷爷奶奶虽然精力不济，但仍然每天都照顾热烈日作两姐弟。热烈日作家是建档立卡贫困户，在热烈日作家的墙上，贫困户联系卡上赫然写着，"户主：节列俄阿木；人口：3 人"。爷爷奶奶虽然只是这户贫困户的"编外"人员，平时他们也看不惯儿媳的做派，与热烈日作母亲的关系并不融洽，但一旦这个家庭遭遇困难，还是打断骨头连着筋，老两口总是竭尽自己的力量，拉扯着这个家庭。他们帮助两姐弟养猪、养牛，为两姐弟积攒下每一分钱。

告别过去，热烈日作迎来了崭新的生活。弟弟原来在昭觉县城读小学，成绩很好。昭觉县对口帮扶方绵阳市涪城区每年都会选拔部分优秀的学生进行资助，把他们送到教学质量较高的绵阳的中学去学习。第一年，很多家长不相信，报名的人不多，只选拔了20多个学生。这些学生到绵阳市后，绵阳方面配备了较好的师资，解决了学习生活费用，孩子们一下子乐观开朗起来，效果很好，于是要求去的学生就多了起来。2017年，选择了50个学生。2018年，报名的学生有800多名，无疑，选拔竞争更为激烈。不过热烈日作的弟弟非常优秀，成为800多名学生中的优胜者，已经在绵阳顺利就读初中。

过去，每到周末，热烈日作都要赶到县城去接弟弟回家，星期天再送弟弟到学校。现在弟弟到绵阳上学，全寄宿制，有老师照看，热烈日作轻松了许多。这个20来岁的女孩感受到了沉甸甸的责任。她已经与过去的无忧无虑告别，心里想的是自己的未来，弟弟的未来，整个家庭的未来。承担起家庭责任的热烈日作，必须在磨炼中尽快成长。这是几乎所有在困境中成长的人的共同道路。

在见到总书记的时候，热烈日作原来设想的要表达感谢的话一句也没有说出来，反倒是表达了自己希望在村里的幼教点教书的愿望。总书记的鼓励给了她最大的信心。

热烈日作的诉求得到了昭觉县最好的回应。2018年4月，热烈日作到三河村的幼教点当上了一名幼儿教师，虽然2000元的月工资并不高，但这是实实在在的工作和收入。她说，"有工作总比没有工作好，自己必须努力"。有了工资性收入，热烈日作一家就可以实实在在地脱贫了。

实际上，直到上班那天，热烈日作对"一村一幼"及如何教育幼儿都一无所知。对于如何与小朋友相处，如何拉近与小朋友的距离，这个自己心智还未完全成熟的姑娘最初显得束手无策。她上网查资料，到邻近的解放乡参加职业培训，向同行学习，逐渐掌握了教学的办法。

在幼教点上，为照顾热烈日作，中心校特地安排了一个男教师和热烈日作搭档。这个男教师叫吉木尔古，26岁。吉木尔古8岁才开始上学，上学前没见过幼儿园。他初中毕业后曾到深圳的电子厂打工。不过，打工反而让他更怀念上学时无忧无虑的生活，于是2009年他又回到昭觉读书参加中考，后来又在昭觉县民政中学复读一年。2012年考上凉山民族师范学校，毕业后就回到了昭觉县幼儿园工作。

吉木尔古的老家就在三岔河乡的米洛村。他家有四姊妹，自己是老大。

"回家教书可以帮家里干活！"吉木尔古说，自己的一块心病就是父母尚未脱贫。父母家是贫困户，父亲年轻时喝酒很厉害，长年累月如此伤了身体，父母一年的收入也就几千元钱。弟弟妹妹们都在读书，一个上大学，一个上高中，一个上初中，正是用钱的高峰期。吉木尔古每个月有2000元的收入，他自己仅花200多元的生活费、100多元的零用钱，剩下的钱都交给父母。

吉木尔古的另一块心病是一直未能找到自己的另一半。其实，吉木尔古结过一次婚，是当年父母一辈给定的娃娃亲。但结婚后多年，女方未能生育，这在彝族传统中，几乎是双方家庭不可接受的，因此两人平静地分手，留下吉木尔古孑然一身。

热烈日作和吉木尔古两位教师每天一起上课，吉木尔古负责教彝语，而热烈日作负责普通话。热烈日作的方法是，自己念普通话的词语，孩子们跟着念。目前还没有像样的配套教材，得完全靠自己组织，她通过游戏、唱歌、动画片等方式教孩子们，很快，他们就对普通话有了浓厚的兴趣。热烈日作准备弄一些绘图，对照普通话词汇，这样能让孩子们有更为直观、深刻的印象。

对于热烈日作来说，另一重要的任务就是要培养孩子们良好的卫生习惯。在幼儿园，每天都要检查孩子们洗脸、洗手的情况，也通过孩子们带动家长养成良好的卫生习惯。

好习惯，从孩子抓起，热烈日作充分感受到了这份工作的重要性。3～7岁的儿童，在这里有42个，黑压压地挤满了教室。两位老师时常告诉每一个孩子，要尊重他人，而不是恃强凌弱、随便打人，不准以大欺小。

"我有两只手，左手和右手。常常洗洗真干净，干净的小手真喜欢！"每天，这样的歌声都会在教室里响起，激励孩子们爱卫生、勤洗手，养成好习惯。这是一个新的开始——一个民族新的开始。

现在，热烈日作有了新想法：希望在一边教书的同时，一边努力学习，炼就教师所需的各种技能，更好地适应这份工作。对于她来说，崭新的生活就像窗外的春日阳光，一切都灿烂明媚，新时代前进的喜悦扑面而来。有了这份工作，不仅可以为改变三河村的一代人做点贡献，还可以让家庭摆脱困境，热烈日作前所未有地有了成就感。

(四) 我们的日子在变化

吉好也求是三河村阿基社的村民，他现在成了远近闻名的红人。因为习近平总书记到了他家，并且和他全家合了影。

那一天，习近平总书记穿过他家用土墙夯筑的低矮院门，身材高大的总书记弯下腰，才进到院子里。进入屋内，总书记先用手压了压床，看床结不结实，又掀起被褥，看厚不厚实、保不保暖。总书记的细致让吉好也求倍感温暖。

亲眼看到总书记，吉好也求十分激动："平时只在电视里见过，真没想到今天能亲眼见到您啊！"拉着总书记的手，吉好也求邀请总书记坐坐。

当时，吉好也求 10 岁的女儿吉好有果正好在家，得知有果喜欢唱歌，总书记问她："要不要唱一首啊？"

小姑娘很爽快，在回答"要！"之后就唱了起来："国旗国旗真美丽，金星金星照大地，我愿变朵小红云，飞上蓝天亲亲您……"总书记带头鼓掌，称赞她唱得好，发音很准。之后，总书记主动提出和一家人合影。一家人簇拥着总书记，这成为这个家庭最温暖、最珍贵的记忆。

女儿吉好有果稚嫩的歌声通过电视、网络传遍了大江南北。吉好也求现在想的是尽快实现自己的夙愿，发家致富。

吉好也求就像是三河村的一个符号，他的困境是大多数村民的困境，他的向往是村民们的向往，他的变化，也是村民们的变化。

吉好也求高挑的个子，黑黑瘦瘦的，时常穿一件浅灰色的小西服，看上去特别精神。遗憾的是，他没有上过学，不认识汉字，也不认识彝文，即便普通话也仅能听懂小部分。与人相处，他有些腼腆，话很少。他的发型如彝族大多数男子一样，四周用剃刀剃得很短，头顶头发稍长，发梢偏向一侧，在风中轻舞。这缕稍长的头发宛如过去彝族男子的"英雄髻"。

吉好也求生于1979年，是从普格县到昭觉县三岔河乡三河村的上门女婿，他与妻子马海子呷相识是经人介绍。普格县和昭觉县一山之隔，吉好也求的老家就在山那边。老家与三河村比起来，土地更为贫瘠，离交通线也更远。当上门女婿，在彝区的传统观念里被认为是要受欺负的，爱弟心切的大哥坚决不同意，两兄弟为此大吵了一架。

妻子马海子呷一家可是三河村的大家族。马海子呷有六个兄弟姊妹，她是老二，结婚后兄弟姊妹们便要分家，邻里其实都是或远或近的亲戚。吉好也求成家建房，是大舅子提供了宅基地，一大家人划了一部分地给他耕种。

马海子呷只有39岁，却早已是五个孩子的母亲了。大女儿吉好有作在昭觉县民族中学读书，二儿子吉好有子与姐姐一个年级。老三吉好有果和老四吉好有谷在乡中心校念寄宿制小学，最小的五女儿吉好有茉在村幼儿园上学。吉好也求两口子很勤奋，但却因地少人多，孩子多并且正上学花销大等原因而经济条件差，处在贫困线下。

驻村干部阿枯子夫仍记得初次去马海子呷家老房子的情形。院子脏乱不堪，牲畜圈舍就在家门口。尽管家里只有一头母猪，但也臭气难闻，卫生状况堪忧。家里土豆、粮食胡乱堆放。阿枯子夫暗暗下决心，一定要让这家人从精准扶贫开始就彻底改变。

大红的"四川省扶贫攻坚贫困户精准帮扶手册"清楚地记录着吉好也求家的情况。他家的脱贫目标定在 2019 年，人口 7 人，其中劳动力 2 人。致贫原因为缺乏发展资金、因病、缺技术、人多地少。扶贫的主要措施：建设安全住房、发展产业。扶贫的进展也一清二楚，采取金融扶贫，目前已经贷了两万元，发展牛、猪、鸡养殖，在种植上发展花椒、马铃薯；把他家纳入易地搬迁、"四好创建"范畴，并把全家纳入医保范畴。

人多地少是三河村人面临的共同问题，吉好也求家土地都是山坡地，经过折算后只有四亩多地，这些山地还不能满打满算，因为需要轮种。这里的村民是不会使用化肥的，原因是彝区群众没有使用化肥的习惯，而且化肥购买和运输成本都很高。发展资金，对于吉好也求而言，更为捉襟见肘。因为缺乏积累，难以扩大种植养殖规模，家里过去只能养一头黄牛，黄牛本身繁殖慢，虽然可以赚钱，但对于这个七口之家而言，也只是杯水车薪。

过去，妻子马海子呷经常生病，常患感冒、胃病之类的常见易发病。虽然不是致命的病，但隔三岔五到县城住院，一年的花费达好几千元甚至上万元，这对于一个贫困家庭来说是不能承受之重。

脱贫攻坚，无疑给吉好也求家这样勤劳、想致富的一家人带来最大的利好。前两年，吉好也求将家里的很多事情交给了妻子打理，而自己则寻找一些打零工的机会。2017 年，吉好也求到了西藏打工，在高原架设高压线。对于长期在高原奔波、自幼就在山林间劳作的他来说，攀爬电杆那是一件轻松的事。但因为高原寒冷，施工期短，因此，一年只能干五个月，除去花销最终能带回家的收入不到两万元。

马海子呷身材娇小、又黑又瘦。初见马海子呷，都感觉与实际年龄不相称。要是放在城市，多半会以为她是一个五十岁左右的妇女。其实，一脸黝黑，那是大凉山丰富阳光的赐予，证明她屡经风霜寒暑。

同马海子呷对话，会发现她一双眼睛不时地转动，似乎在思考问题。但实际上，她不懂普通话，仅能听懂很简单的汉语，她希望通过聚精会神地聆听，知道对话者的意思。

马海子呷弟弟家在村道旁，那条路是进入三河村的必经之路。从弟弟家去她家，要走上斜斜的坡，那是进阿基社老村寨的主路。小路上已经铺满了红砂石的石板，这是在"四好创建"活动中铺上的。红砂石因碾压深深地嵌入了褐红色的泥土中，村民们再也不担心下雨天脚会陷入稀泥里面去了。

早在 2013 年，四川就针对凉山州的特殊情况，提出脱贫攻坚中要实现"四个好"，即"住上好房子、过上好日子、养成好习惯、形成好风气"。随后，四川将"四个好"作为脱贫攻坚工作的四川版目标，是对中央"两不愁三保障"的具体细化和深化，不仅强调脱贫攻坚中的物质要求，而且要通过脱贫攻坚改变一些不适应时代发展的习俗。

石板路的材料就地取材，并不规整的石板造就了错落有致的韵味。石板路干净，没有纸屑、烟头等杂物，人走在上面，不用担心踩上泥土与粪便。

在过去，村民的日子可不是这样，因为山高气候寒冷，加上用水不方便，他们很少洗脸、洗脚，家里是很少有牙刷、毛巾之类的东西的。

群众过去的习惯是一间大的土坯房里，一家老小挤在一块，有的村民有床，而有的村民没床，他们习惯于和衣而眠，身上盖的可能就是一件擦尔瓦。擦尔瓦是彝族的传统服饰，是将羊毛捻成线后用织布排线法织成的类似于披毡的织物，保温效果很好。

过去，彝族群众的衣服是很久不换的，因为也没几件衣服。村民们，尤其是妇女穿盛装出门的时候，那是去参加节庆，如火把节、亲戚的婚事和丧事等重大活动。

过去彝族长期的习惯是人畜共居。大房子中间是火塘，一角住宿，而另一个角落就留给家里的大牲畜。大牲畜关在屋里就不怕贼了。同时，凉山大多数地方气候寒冷，尤其是冬天，有的地方零下十几摄氏度，滴水成冰，如果将牲畜留在室外，多半会生病甚至死亡，而关在屋内既安全又能保证牲畜的存活。这也是人畜共居长期难以改变的一大原因。

现在，人畜混居的现象很少见了。但很多牲畜还是养在邻近的院落里。牲畜产生的粪便也会像宝贝一样累积起来，就放在院子里。

马海子呷家的房子也是一间大屋子，土坯房，因岁月的流逝而裂缝，墙体已经被火塘飘荡的烟熏得漆黑。从低矮的土坯院墙到房间，二十米的距离也铺上了石板，与过去踩下去一脚泥截然不同。养牲口的圈棚搬到了别处，院子简单清爽。

马海子呷家里有四张床，被盖都很新，厚厚的，足以抵挡寒冷侵袭。为保暖，每张床的床头和房梁上都放置了彩条布。这些彩条布能抵挡房顶落下的灰尘和遮挡风。

大屋子里仅两盏白炽灯。一般情况下，马海子呷是只愿意开一盏灯的，这样节约电。

马海子呷家现在粮食是丰盛的。几十袋荞麦、土豆就躺在屋子靠近火塘的一侧，这是这个家庭一年的口粮。子呷抓起一把荞麦让我看，荞麦粒粒饱满，散发出诱人的光泽，麦香扑鼻而来。

马海子呷家的主粮，除了土豆、荞麦外，还有部分玉米、四季豆。常年吃土豆胃肠受不了，因此就需要用荞麦、玉米这些东西调剂口味或者用这些东西养肥牛羊后换大米回来。吃上白花花的大米饭，对三河村的村民来说是一种难以名状的幸福。

马海子呷家一条小凳上放着电饭锅。使用电饭锅是近几年才形成的习惯。平时就用电饭锅煮一点饭，然后在火塘上烧点汤。虽然平时很少吃肉，但温饱问题在这个家庭已经解决，虽然是"土豆＋酸菜"式的温饱，但吃饱饭已经不再困难。

她家的收入主要来自养猪、养牛和养鸡卖的钱。过去，她家养本地黄牛。黄牛适应凉山气候，散养在山坡上，自己就能攀枝吃草。不过，黄牛两三年才产一胎，并且生长很慢，逐渐就被淘汰了。

这两年，在帮扶部门的帮助下，马海子呷逐渐改变了想法。通过帮扶小额金融贷款及发放的产业基金，2018 年，她养了两头西门塔尔牛——而且都是母牛，一头能繁母猪，还有 10 多只鸡。

西门塔尔牛繁殖快，马海子呷的牛几个月之后就产下了仔，一年后就可以卖一万多元。而母猪一年能繁殖两季，若行情好，这也能给家里带来一笔可观的收入。

　　每到早上，马海子呷就会把牛从牛圈里赶出来，连同父亲的牛羊，放到山林里去，自己有空就在山上守着，有事就交给父亲看管。傍晚时分，牛羊回家，子呷会吆喝着将牛赶进圈舍。此时，看着油光水滑、长势喜人的牛，子呷最为满足，干劲与希望都与日俱增。

马海子呷和她的西门塔尔牛

　　过去马海子呷随时会担心看病、孩子上学等问题，而现在操心得少了。马海子呷现在也会住院，由于参加了新农合，而且建档立卡贫困户门诊费用也可报销，一年下来，加上自费药花销，花费的并不多。

现在五个孩子，大的孩子都在寄宿制学校上学，有伙食补助、午餐补助，基本上不怎么操心。五个孩子，买练习本、笔的花费以及别的零星费用，一年总计仅支出一两千元。

养殖有了好的开头，但在马海子呷看来还远远不够，她开始谋划种植产业——自家的地少，必须得精打细算。

村上倡导种冬桃、种花椒等，马海子呷眼睛发热。她说，自己必须得跟上。现在已经种了花椒，村上有技术人员辅导，销路也有人帮助落实，发展种植业，自己比过去有信心多了。

正是有了这样的信心，马海子呷一家租种了其他村民的土地，土豆种了四五亩，玉米也种了几亩，荞麦有三亩。这些土地大多是外出打工老乡留下的。

"总书记也为我们加油鼓劲嘞!"马海子呷说，她相信日子会越来越好。从精准脱贫攻坚开始，马海子呷经历的是一天一个变化。

(五) 致富的产业如何抓？

三河村人最喜欢的季节是村子褪去春装的初夏。太阳照在山岗上，明晃晃的。松树褪去老枝，白杨树可劲地长出新芽。马铃薯的花朵渐次开放，满坡的绿色里点缀着星星点点乳白色的花，间或冒出浅黄、浅红色的花，与不时掠过的微风一起吟唱一曲大自然的赞歌。

村民们喜欢这样的风景。如果在过去，他们会坐在屋旁、田头，晒着太阳聊着无关痛痒的话题。现在不同了，他们有大把的事要做，每一天，他们都起得很早，要抓住一切可能的机会。

这是 2018 年的夏天，光热充足，雨量正好，三河村的花椒苗冒出了地面，绿油油的叶子蓬勃向上。

每隔两天就会有村民来查看长势。当年的花椒苗长势还不错，但出苗率有点低，需要在合适的季节补苗，不能让金贵的土地荒芜下来，况且，花椒苗承载着全村人的希望。寻找适合这片土地生长的经济作物，是三河村一代又一代人的接续努力。

2018 年一年里，三河村已经种下 6.85 万株花椒，这些花椒 3 年后就会陆续挂果。盛果期，每株花椒会产生上百元的收入。花椒品种也是精心选择过的，是适应凉山气候的大红袍。过去，村民已经在小范围试种，发现这里很适合这种经济作物生长，而今作为主要种植品种发展。

三河村人对于花椒并不陌生，平时煮坨坨肉偶尔也会撒上一把。这种小蒺藜状的红色果实气味芳香，可除各种肉类的腥膻之气，是常见的调味品。巴蜀自古喜辛辣。花椒是西南地区，特别是川渝地区餐饮上的常用作料，人们喜欢舌尖上的麻辣鲜香，凉菜、卤菜、炒菜、火锅如果没有花椒，不会被食客欢迎。人们甚至会在泡菜坛里也放上不少的花椒提味，体验麻爽的味道。在四川的火锅店，红红的火锅里总是漂着一层厚厚的花椒。

品质好的花椒在市场上不愁没有买主，经常卖出高价。从市场回来，吉好也求听到了令人兴奋的消息，"今年的干花椒卖到了每斤一百元！"这是多年来未曾有过的价格，这样的消息增强了每一位村民的信心。

对于三河村来说，自脱贫攻坚开始，安全住房、道路等基础设施建设项目，必须等规划出来并经过层层论证，时间上往往急不来。而产业则不同，早谋划早动手，村民可以早受益，如果稍有迟疑，荒掉的就是一年的收成。张凌说："要实现脱贫，要紧紧盯住的就是产业发展。"

在三河村发展什么样的产业？其实，历届党委政府也都在不断努力。过去，三河村曾经发展过烤烟。烤烟由烟草部门定向收购，效益高，当年也是作为扶贫项目引进实施的。但烤烟这一产业并未像在很多低海拔地区的彝区村寨一样变成增收项目，烟草种植在三河村并未取得成功。为何失败？村民们事后分析，认为就在于没有根据实际情况发展产业。烤烟的生长需要光照充足，并且积温较高，也就是温度要求较高。三河村虽然光照强，但对于烟草生长来讲，海拔还是高了一些，积温不够，特别是烟草猛长的七、八月份，需要像蒸笼般的腾腾热气，而这一点三河村的气候条件是难以满足的。三河村没有令人难以忍受的暑湿天气，烟草的长势和品质都并不好。

三河村当年还发展过贡菊，因为有技术门槛、需要接近市场，贡菊也不适合三河村的气候条件和土壤，搞了两年也没有什么实际效果。这些年经历了各种各样的折腾和失败，群众对新项目、新种植愈加谨慎。村民们相互议论："看来我们适合的还是种植马铃薯和荞麦。"这两样东西已经在彝区种植了上百年。

老百姓失败过，耽误了时间和精力。因此现在即便有好的产业项目，村民也会谨慎观望一段时间，等待市场、技术成熟。张凌说："如果有效果，能挣到钱，他们会迅速跟上。"他自己也在昭觉县古里片区的农村长大，深知村里的长辈也是循规蹈矩，极难接受创新和尝试。20多年后，有些农民的思维方式也没有发生根本性变化。

张凌和村干部们讨论再三，村上的策略就是每发展一个种植养殖项目，都事先做广泛动员，并且找愿意干的村民率先做试验，用实际效果引导群众。

发展什么样的产业能让三河村老百姓的荷包鼓起来？张凌他们商议，其实无非是两条路：一是走出大山谋生，主要依靠的就是外出务工；二是要靠三河村的山水田林，也就是发展种植业和养殖业。

在养殖业上，驻村工作队、村干部和村民们多次聚集在火塘边，几番面红耳赤的争执后，逐渐形成了统一的声音——发展自己的优势养殖品种。村民们讨论再三，认为一定是看得见、摸得着的项目。他们自认为自己有优势又敢于投入的，就是养殖牛、羊、猪及小家禽。

其实，养家禽家畜三河村群众打心底里愿意，而且一直在自发地推进。过去的症结在于群众有的无本钱，有的无规模，有的牲畜夭折后，便再也无机会翻身了。

这两年，昭觉在全县范围推广贫困户小额贷款项目，建卡贫困户每户可低息贷款两万元。两万元对于一个贫困家庭而言，并不是一个小数目，它可以启动再生产，可以助力发展一项新的产业。这相当于给了贫困群众启动资金。

这笔钱用来干什么？昭觉县也有长远的打算。当地积极引导群众进行养殖品种的改良，引进优质肉牛养殖品种西门塔尔牛。这种牛对各地的黄牛改良效果都非常明显，杂交一代的生产性能一般都能提高30％以上，很受欢迎。

马海子呷一直关注着县里的推广活动，她对养牛特别感兴趣。西门塔尔牛浅浅的黄色皮毛闪着亮光，四肢健壮，脑袋很大，脑门上有一团乳白色的毛，就像一朵大花罩在头顶，马海子呷很喜欢。

三河村人喜欢西门塔尔牛更直接的原因是这一从国外引入的品种适应性强，而且体型大，生长快，饲养得当，一天可长两斤多肉，相当于一个月可增加1000多元钱，8个月就可以出栏。最让三河村人喜欢的是，这种牛繁殖快，一年就可以生一胎。养上能繁殖的西门塔尔牛后，农户可以年年卖牛增加现金收入，一头牛的价值动辄就是一万多元。在农户眼中，这比过去养的黄牛好多了，黄牛两三年才能繁殖一胎，制约了规模的扩大和出栏数量。

在三河村，传统上就喜欢养殖山羊、半细毛羊、本地黑猪以及小家禽。这些养殖项目，只需要配套政策，给资金和项目扶持，加快品种改良、疫病防治，加快圈舍等基础设施建设，村民就可以风风火火地干起来，成为增收项目。这两年，三河村的贫困村民每户都获得1000元的养殖基金，这些基金都变成了每户一头的能繁母猪。母猪一年内可产两胎，可增加现金收入约2000元。

在解决养什么的问题后，张凌接下来自然要解决种什么的问题。

在种植项目上，三河村也有较大的空间。为此，干部们做了更多的工作。

"凉山人都是在火塘边掏食土豆长大的！"张凌说，正缘于此，种植马铃薯是无论如何都绕不过去的话题。

昭觉县马铃薯产业已经覆盖到所有乡镇、所有农户，年种植马铃薯达到了23万亩，占全县粮食作物种植面积的80%，年总产量达到了 45 万吨以上。昭觉县全县的共识是：这样的优势不能丢。这几年，彝区推动马铃薯品种的更新，新品种马铃薯青薯 9 号可将亩产提高近三成，可以通过借薯还薯等方式将新品种全面铺开。

借薯还薯，是凉山州美姑县普及推广马铃薯良种的一种新方法，是对过去扶贫方式的改进和纠偏，更能激励群众的积极性。

过去扶贫，方式往往简化为直接给贫困户发放物资，对后续进展缺乏监督。不少贫困户直接将这些珍贵的用于再生产的物资吃掉、用掉，而不用于生产。在前几年的彝家新寨建设中，就出现过这样的状况。当时，四川各界积极行动，帮助凉山彝区改变生活习惯，其中的措施就包括发放凳子、床等生活物资，发放鸡、鸭、羊等生产物资，让村民扩大生产，同时摒弃席地而卧、席地而坐的生活习俗。可不久后回访时发现，部分村民家里的木头凳子、木头桌子等不见了，鸡、鸭、羊等用于发展的家禽家畜也不见踪影。一问方知这些无偿赠送的东西被当作柴火烧掉了，被当作食物吃掉了，甚至连粮食种子也未能幸免。此后，这些赠送的木凳、木桌变成了铁凳、铁桌，发放生产物资变为更有效的租借方式。

借薯还薯也就是给村民家每亩发 500 斤种薯，村民经过一季种植后还回 500 斤种薯。这种办法可以让村民意识到，外界的支持不是不讲条件的，借的东西是要还的，要还就要努力生产。只有努力扩大再生产，才可能获得更多的资助。这样，可迅速扩大种植规模，而且防止了种薯被丢弃或者被不当使用，也激发了群众的积极性。

除此以外，三河村的脱贫还需要发展更多的经济作物。经过对气候、土壤的分析测试，结合村民的种植习惯和市场因素，三河村最终将目光瞄准了花椒以及中药材种植。

在花椒种植上，虽然尚未挂果，但张凌已经未雨绸缪。考虑到彝区群众技术的粗犷和未来劳动力可能的短缺，现在正在推广花椒新的采摘技术，即用剪刀将带果实的枝丫一并剪下来，改变过去用手采摘，速度慢，且技术要求高的旧方法。实际上，每年都要对花椒进行剪枝。连同枝丫一起剪下来，就相当于给花椒树修枝，但这也有一定的技术要求，需要提前对村民进行培训。

这几年，三河村试种云木香。云木香是攀缘小灌木，分布于四川、云南等地。云木香的根可作为中药使用，而且这种植物还有较高的园艺价值。三河村试种的效果不错。张凌的意见是一定要和医药公司签订合同，由医药公司来参与投资并进行销售。医药公司参与，主要是因为中药材种植有较高的技术规范要求，而且市场特殊，与其合作就能将中药材的种植规范化、规模化，而不是像以往很多项目那样今天市场好种下，明天销路受阻，农民拔苗。

下一步，三河村还准备试种重楼等中药材。

"必须先引进公司，整体种植，农民可以打工、获取土地收益，也从这一过程中学习种植技术。公司、集体及农民个人都得以壮大。"

张凌的看法是，在产业项目的培养上，必须借助龙头企业的优势，必须以大代小、以点带面，必须抓集体经济，通过集体经济带动大户，大户带动农户。如果没有公司、大户联动市场，又会出现农产品丰收了却卖不出去的伤农现象。

张凌的困难在于短时间内如何找到更多的土地启动这些项

目。三河村准备先用轮作地，这样阻力小。

昭觉县农办有100万元的周转金支持三河村发展产业。如果这100万元分到农户，不仅钱少做不了事情，而且会产生新的矛盾。张凌与村里商量，决定修圈舍，先发展壮大集体经济。

村集体准备承包一个地方，建设养殖场。之前选了一块地，水源、交通等各方面条件都具备，但县里看过以后紧急按下了暂停键。因为三河村最重要的资源和财富是生态环境，并且今后三河村要发展旅游，必须首先确保环保生态，在视线范围内不能有不协调的建筑存在，因此重新选址。张凌带着村干部把全村乃至相邻村的地盘都探访了多遍，最后在邻村的土地上选了一处。项目落地红旗村、光明村地界的阿细日沟，与其合作形成飞地养殖园。与邻村合作，邻村提供场地，由集体经济买入牛后通过产仔或者催肥产生效益，通过成本核算，实行分成。

村上已经成立公司着手发展集体经济。三河村准备先拿出50万元建牲畜圈舍，购买50头牛，建设500平方米的圈舍，再建设一些配套设施。这样，落到实处的就是集体经济有了起步的50头牛。集体经济发展了，贫困户及其他群众可从集体经济发展中获得务工机会和分红。同时，集体经济也能示范带动贫困户，做给他们看，带着他们干，从而引领他们走向富裕。

张凌深信，已经备受关注的三河村会有更多的渠道资金及捐建等进入，会形成更大规模的产业发展。

三河村的一切都要立足长远，看到更远的未来。有了谋划，三河村的未来可期。

(六) 新风吹进了三河村

现在三河村的人很少有空闲时间。不管大人小孩,早上起来第一件事就是洗脸刷牙,把房前屋后打扫干净。隔三岔五,他们会把大堆的衣物塞入双筒洗衣机,把花花绿绿的衣服洗得干干净净。

这平常的生活场景在三河村其实并不平常,这是这几年才兴起的习惯。过去,由于用水不便和传统使然,洗脸洗手是极少的事情。平素穿的衣物搁置在旁边,想起了又拿来穿上。因此,过去的三河村,村民们对衣物颜色的选择总是以黑灰为主,经久耐用的东西备受青睐。

省里来的脱贫攻坚综合帮扶工作队刚刚到三河村的时候,帮扶队员向洪就对三河村的很多习惯极不适应。

他刚驻村时,村民们的习惯都是一天只吃两顿饭。向洪准备入乡随俗,但帮扶队员们需要走村入户,劳动强度很大。有一天,向洪不到早上八点就吃过早餐出门,直到下午六点也未能回到驻地。

"简直遭不住!"向洪饿得差点休克。后来,帮扶队员们决定努力改变这种状况,把一天三顿饭的习惯带入三河村,让群众营养更为均衡。帮扶队员们自己开始做午饭,做好后还到处吆喝,邀请群众一起就餐。一段时间下来,响应一日三餐倡议的群众越来越多了。

这两年变化最大的地方是什么?三河村的多数村民认可的答案是生活习惯上的变化。移风易俗,在凉山彝区,其艰巨性不可低估，其作用也不可低估，其重要性甚至超越发展一批产业、新修一批道路。在凉山坚定的移风易俗行动中，彝区正悄然发生变化。村民逐渐改变千年习俗，变革个人习惯，坚冰开始悄然融化。

昭觉县历史学者阿克鸠射称移风易俗是彝区民主改革以来的第二场革命。他说："如果说民主改革是人身解放，而昭觉搞的'3579'则是思想解放。""是向落后的习俗挑战，向落后的习俗说'不'。"

1956年，凉山开展轰轰烈烈的民主改革，一举粉碎了奴隶制度，实行人民的人身自由和政治平等，废除奴隶主阶级的土地所有制，实行劳动人民的土地所有制，借以解放了农村生产力，百万彝区群众翻身做了主人。民主改革的成效很多，仅仅在消灭奴隶制度、彻底建立人民政权这一点上，就已经是一个了不起的变化，这也被称为凉山在历史形态上的"一步跨千年"。

当旧有的制度被打破之时，许多沿袭已久的生产生活习惯并不会迅速消失，也不会自然而然地被取代。它需要生产发展、教育水平提高而逐步改变，需要社会参与者的进步从而与生产生活发展相适应。

三河村人并不都知道自己族群的历史，但他们都为这个族群骄傲。在他们看来，彝族身上有许多历史积淀下来的文化优点，如族群间的团结，面对困苦生活的乐观豁达与坚韧不拔，对待朋友真诚、热情，这些优点是彝区走向新生的精神财富。

善良、好客、热情大方，是彝族群众传承下来的优秀人文品格。但长期以来，为了所谓的"体面"，也盛行互相攀比、大操大办、铺张浪费的风气，不仅破坏了生产力，还导致部分群众一夜致贫，这也是脱贫攻坚路上的拦路虎。

凉山州彝区的群众，特别是高山区的群众，受过去观念的影响，认为不让客人吃饱吃好自己没有脸面。红白事宜必须按照传统习俗，杀牛宰羊，煮坨坨肉，呼朋唤友，大宴宾客数天。他们认为节约办红白事宜，或者炒菜避免浪费是羞人的事情。

坨坨肉，是按彝族群众喜欢的特有制作方法，将新鲜牛羊肉等分割成大小不等的块状，用清水煮熟，加少许盐即可。因肉质鲜美，能品尝到肉的原始味道而成为彝族饮食的一道名菜。据说，坨坨肉越大块就认为主人越大方、有钱，越小块越小气，也容易被客人看不起。过去做坨坨肉，牛肉大的有一斤多一块，一只鸡只砍成四块。按照彝族的习惯，客人吃肉，鸡肉一般一人吃一块，牛肉随便吃，猪肉一般两块。因为场地有限，宴席通常在露天开设。吃不完的牛羊猪肉等用草绳穿起来，随客人带走，时间长了就会发馊变质，浪费现象也严重。牛羊杀掉了，往往这户农户也彻底返贫，多年都难以翻身。

如果用历史的眼光看，过去办红白事宜，一个寨子、一个家支全部参与，杀头牛、杀只羊，全寨子、全家支都来饱餐一顿，借此改善生活，这是经济的，也是有人情味的，用以维系农耕社会时代的人际交往与人际互助是十分必要的。从一个更长时间段来看，这相当于是轮流的聚会，整体负担并没有增加多少。但现在生活改变了，这样的饱餐实际上是浪费。加上互相攀比等因素的影响，红白事宜异化为不得不为之的一次实力展示。杀牛宰羊不再是仅仅满足宾客的口欲，而是变成一次力量的比拼。红白事宜中的大操大办、铺张浪费已经到了非刹不可、非治不行的地步。

从 2013 年起，四川针对凉山的情况，细化"两不愁三保障"，强调在物质脱贫的同时也要协调推进精神脱贫，重视扶贫扶志、扶智，提出要实现"四好"目标，一场文明新风在凉山刮起。

2016 年，昭觉县从与贫困群众生产生活息息相关的小事抓起，开展"三建四改六洗"活动，就是要建庭院、建入户路、建沼气池，改水、改厨、改厕、改圈，洗脸、洗手、洗脚、洗澡、洗衣服、洗炊餐具。

"不洗手、不洗脸，席地而坐、席地而睡"等一些落后的观念和制约群众自我发展的陈规陋习依然在彝区普遍存在。即便是扫地，过去不少彝族群众是拿起扫帚把垃圾往两边扫，结果垃圾还是在屋子里。而现在要求群众打扫卫生要彻底把垃圾扫出屋外。

这些具体措施都是针对过去彝区生活习惯的应对之策。过去，彝区村寨家家户户大多就是一间土墙夯筑的大屋子，一大家子的大部分家庭起居都在其中，没有功能分区，没有厨房，没有卫生间，生活污水随意倒，一棵树就是一个厕所；牲畜往往和人混居，因而卫生条件堪忧。另一方面，因为彝区群众，特别是高山区群众，长期生活在高寒地带，家里的餐具就是木勺和一口大锅，不习惯用碗筷；洗澡、洗衣服等多有不便，甚至取水不便，也很少洗餐具，家家户户都很难找到牙刷、毛巾等个人用品，因此也形成了个人卫生上的一些坏习惯。

"三建四改六洗"活动开展后，一项项改变贫困群众最基本生活习惯的工作，一场场引导群众过上健康文明新生活的活动，在昭觉各地展开。

三岔河乡中心校利用课间休息时间，专门安排学生打水到操场，方便孩子们洗手。最开始是学校和老师要求，但孩子们很不愿意。经过长时间的引导教育，现在400多名学生都养成了饭前洗手、饭后洗碗的好习惯。

　　在三河村幼儿园，幼儿教师热烈日作和吉木尔古每天极为重要的一件事情就是教孩子们洗手洗脸并且检查。

　　不管是中学、小学还是幼儿园，老师们都引导学生把洗脸洗手的习惯带回家，检查家里长辈是不是爱卫生。

　　昭觉县还给每个贫困村配备两台洗衣机，由专人负责消毒，教会村民用洗衣机洗衣服。不少村庄还规定每月固定的清洁日，实行大检查，并展开评比，对好的家庭给予物质奖励，用这种精神和物质双激励的办法激励彝区群众改变卫生习惯。三河村的村民们定期进行评比，马海子呷经常能得到洗衣粉之类的奖励。每每得到这些奖品，从村上走路回家，她都特别高兴，感觉大家都在关注她。

　　现在，每天早上在三河村叫醒大家起床的不是闹钟，而是村里的大喇叭："该起床刷牙洗脸了！"

　　在三河村的每一户贫困户家，都配备了衣柜、洗漱用品、取暖炉。过去随处乱扔的衣物被藏在了柜子里，家里多了脸盆等物品，卫生习惯已经有了改变。吉好也求家就经历了这样的改变。院子里的牛羊赶到了专门的圈舍里，锄头、犁耙等生产工具搬离了房间，进入了工具屋。原本未硬化、下雨便泥泞一片的院坝铺上了红砂石板。屋内，粮食摆放得整整齐齐，床铺收拾得干干净净。过去部分彝区群众没有床、和衣而眠的习惯也有了彻底改变。

昭觉县为让村民养成"六洗"习惯，在贫困村配建了太阳能热水澡堂，阳光充足时热水器里的水温能达到90多摄氏度。有了热水，即便是冬天，也不再怕洗澡、洗衣服了。

昭觉彝区群众的社会风俗风气，正发生艰难的嬗变，其中一个重要表现就是丧葬活动的新办简办。

2016年7月29日，昭觉县四开乡洒瓦洛且博村洛切吾社村民、53岁的阿说尔布去世。

阿说尔布的妻子沙马阿呷估算，需要杀12头牛、10只羊、10头猪，约12万元才能办完丧事。

"12万就12万，再穷也得大大方方地办，不让别人轻看说闲话。"阿说尔布的弟兄为了家族的面子，决定就是举债也要大办这场丧事。按照习俗，弟兄们将分摊办丧事的所有费用。

当时正值昭觉县开启"四好家庭"创建活动，其中一条就是红白事宜不能大操大办。为摒弃薄养厚葬这一根深蒂固的陋习，昭觉县决定，以这场丧事为契机，在全县开一个丧事新办的好头。

7月30日，由昭觉县、乡、村干部组成的吊丧小组的干部分头找阿说尔布的同胞弟兄们，宣讲丧事新办新风尚，做思想工作。同时，干部们也在群众中广泛宣传丧事新办的好处，减少阿说尔布弟兄们面临的社会压力。

接下来几天，按照既厉行节约又大气风光的原则，在待客日、送客日等活动中，严格按丧事新办标准帮助操办。这一次的送客礼既简单又卫生。以前不分老少，每人发放六块坨坨肉，用草绳拴起带走。现在变为一块，用食品袋打包。

沙马阿呷家1200余人的丧宴风风光光办下来，共杀了3头牛，买了近200斤猪肉，客人们吃起了回锅肉、炒菜。这场仍然盛大的丧事活动总开销不到4万元，比原来的计划足足节省了8万余元。看到具体的成效，客人们也觉得这样的方式好。

这一案例给昭觉带来了震动，也给移风易俗开了个好头。村民说："彝人薄养厚葬的习俗终于迎来改革的曙光，彝族儿女再也不用担心举债为亲人办丧事了。"

接下来，昭觉县再接再厉，让一部分群众先动起来、改起来，思想意识提升起来，在全县铺开"四好村"创建示范工作，在全县展开红白事宜革命、生活用能革命、厕所文化革命、餐饮习俗革命、个人卫生革命。

阿克鸠射介绍，过去昭觉彝区群众婚丧嫁娶滥杀牲口，主要是为面子互相攀比，牲口是生产资料的一部分，滥杀牲口对开展精准扶贫十分不利。昭觉县要求乡、村干部不但自己严格执行规定，而且要包片督促村民按照规定办。如果是干部违反了相关规定，纪委就要介入进行调查处理。纪检监察部门的介入，对党员干部产生了硬约束力，而他们在群众中的示范效应明显，群众也跟着党员干部开始红白事宜简办新办。

彝区丧事简办新风气就这样吹入高山峡谷，逐渐被群众所接受。与此同时，对群众来说，另一项负担沉重的习俗——大办婚事的坚冰也在逐步松动，婚事新办也在昭觉县彝区陆续出现。

婚事历来被彝族认为是人生乃至家族的大事。在彝区，一人结婚，整个家支都要出动。过去结一次婚，男方需要向女方下彩礼，彩礼的价码动辄十几万、几十万元，甚至演化为部分地方根据女方的学历、工作条件等明码标价。男方家里经济拮据，就通过家支向亲戚朋友借。结婚，成了一个有男孩家庭的一道坎。因为一场婚事，农村群众一夜返贫的情况时有出现。

村干部们在不同的场合给村民们讲，"以前给娃儿娶个媳妇，得花个 20 多万元。现在政府明文规定婚嫁礼金总额不超过 8 万元，婚宴只能办一次。对于我们靠天吃饭的农民来说，这简直就是个天大的喜讯"。2016 年，昭觉县人民政府专门出台文件，对农村举行婚丧事宜做出具体规定。有了红头文件，不少群众便可以不被面子绑架，这一举措获得群众拥护。

为推动红白事宜改革和餐饮习俗改革，昭觉县克服财政资金紧缺的困难，挤出 577 万余元为全县各村发放了炊餐具，并配备厨师。这样，但凡有红白事宜，由专业厨师出马，引导群众用炒菜代替坨坨肉，改变手抓肉和共用餐具的习惯，同时也大大降低了红白事宜的费用，改变了用餐习俗、高额婚嫁礼金等陈规陋习。仅 2016 年，昭觉县就为 271 个村发放了炊餐具，为 830 多个社培训了 1672 名乡村厨师，修建公厨 226 个，成立了红白理事会，干部主动介入，推进厚养薄葬，治理高价彩礼。

借文明新风，昭觉县不少村寨还把这些规定内化为自己的行动，通过修订村规民约等形式固定下来。

2018 年，吉好也求的老丈人走完了人生旅程。在干部的动员下，一家人决定丧事简办。家里只杀了两头牛和三头猪，买了 30 箱啤酒。如果放在过去，吉好也求至少得预算 7 头牛，2000～3000 斤猪肉，酒水也得翻倍。所有的花费按照彝族的传统，由马海子呷几姊妹分摊，一件过去很难办的事情很圆满地解决了。丧事简办，一方面是崇尚节约，不再像以前那样铺张浪费，从而花费更少；另外一个直接的原因是彝乡外出打工的人多了，亲戚朋友能前来参加红白事宜的人越来越少，大家匆匆忙忙，难以像以前一样一待就是几天，通常都是上午来，晚上就离开了主人家。

在三河村村头，一幢白色建筑引人注目。建筑不大，两道小门，分别对应男女厕所，厕所里的排泄物进入旁边配套的沼气池，实现就地净化。这是昭觉贫困村或聚居点的"标配"，改变了过去彝区乡村无厕所的历史。

在中国，农村的进步从某种程度上讲，就是厕所的进化史。至 2019 年底，昭觉县已修建公共厕所近 200 座，新建、改建家庭厕所 1 万多座，浴室约 3000 个。昭觉县还结合城乡环境综合治理，开展卫生大清理工作，至 2019 年底已修建垃圾池 321 个，为每村配备 2～3 名保洁员，专门开展卫生清洁工作，落实每月至少一次大扫除工作机制，确保村庄整洁。

2017 年，为巩固"四好创建"成果，昭觉县结合脱贫攻坚，提出创新实施"3579"工作模式，致力于在思想上、制度上、工作上全面推进"四好创建"工作。

"3"就是实施三项教育，破除思想桎梏。依托农民夜校和新型农民素质提升工程，开展以现代意识和职业技能教育、法德教育、感恩教育为主的三项教育。主要就是针对群众法律道德意识淡薄、现代商品意识差、内生动力缺乏的问题开展培训和教育。改变群众中存在的不送子女读书、有病不就医、信迷信不信科学等与现代社会普遍价值观格格不入的落后观念和意识。通过送法进村、编写《彝族传统道德教育读本》等方式，大面积地开展遵法守法教育，弘扬民族传统美德，营造良好乡风、民风。把党和国家的惠民政策宣传到每一户农户，让老百姓清清楚楚地知道自己享受了国家哪些扶持政策，通过对比过去和现在的生活，让老百姓真切感受到来自党和政府的温暖和关怀，让老百姓常怀感恩之心，进一步激发他们创造幸福美好生活的内生动力。不到两年时间，昭觉县依托农民夜校、新型农民能力提升工程、实用技术培训等对 1000 户贫困户开展了全封闭的能力提升培训，在全县范围内开展了厨师技能、电焊技能等实用技术培训近 500 人次，农民夜校培训 10 万余人次。

"5"是推进五项革命，革除陈规陋习。昭觉县开展红白事宜革命、生活用能革命、厕所文化革命、餐饮习俗革命、个人卫生革命等五项革命，让群众过上文明、现代的健康生活。制定了村规民约，明确规定了红白事宜行为规范，明确了丧事杀牛最多不能超过 5 头，婚嫁礼金不能超过 8 万元等；解决高价彩礼、薄养厚葬、盲目攀比等问题。积极发动群众通过建沼气池、以电代柴项目、推广机制炭取暖等方式，转变群众生活用能的方式，解决乱砍滥伐、破坏生态环境的问题。在全县 830 多个社修建男女厕所，解决农村如厕难的问题。各村成立了红白理事会，建立了餐饮申报制度，为每个社培训了两名厨师，解决菜品单一、不营养、铺张浪费的问题；积极开展"六洗"活动，由各村成立卫生监督队，对个人卫生进行监督，解决个人和家庭卫生问题。

"7"是建立七项机制，确保工作落实。昭觉县以建立农民教育培训机制、农村卫生清扫机制、禁毒防艾机制、红白事宜从简操办机制、规范有效的村民自治机制、"四好创建"专抓专管和督查机制、舆论监测机制为保障，全面推进各项工作。到2018年底，全县已成立 271 所农民夜校和 271 个广播站，实现夜校和广播站全覆盖。确定每月 1 日为大扫除日，每周一小扫，改变"脏乱差"面貌。通过"支部＋协会＋家支"禁毒防艾模式，执行"禁毒 20 条"，全面开展第二轮禁毒防艾大宣传和民间禁毒活动，通过民俗活动开展禁毒等。成立了271个红白理事会，干部主动介入，推进厚养薄葬，治理高价彩礼。修订完善了村规民约，把党委政府的意图，通过村规民约转化为群众的自觉行动，约束群众不健康、不文明行为。通过专兼结合的方式，组建三支队伍，确保县、乡、村均有专人分管落实"四好创建"工作；确保上下都有人管事、做事，工作不落空；确保有县级专门队伍督查"四好创建"工作；确保尝试通过社会购买服务方式，引进第三方监督机制，定期不定期对包括"四好创建"在内的各项重点工作开展更为客观公正的督查。每村建立一个舆情监测队，在重点部位设立舆情监测点，及时了解本村社情民意动态，当好群众同乡党委、政府的沟通桥梁，并监控和制止各种恶意宣传、抹黑民族形象的行为。

"9"是办好九件实事，注重民生工程。昭觉县成立了两个厨师流动服务队，有专门的厨师和服务人员，专门为群众的红白事宜开展餐饮服务；修建了271个公共厨房，为每村购买了一套炊餐具，为每个社培训了两名厨师；为每个村修建了广播站，实现广播全覆盖；为每个社修建一所公厕；确保了一社一个垃圾池；配发了1706台洗衣机；指导农户新建、改建家庭厕所20582个，浴室4971个，为每户修建了石板入户路；落实一户不少于一分地的菜园地；为贫困户配发了生活用具等。

"3579"工作模式的推进，使得全县"四好创建"风气浓厚。2017年评选出"四好家庭"2.8万户，评选出县级"四好村"47个、州级"四好村"8个。

三河村也在这样的气候中逐步改变自己的村容村貌，从蒙昧走向现代。

（七）从"新克哲"到农民夜校

在凉山彝区，变化总是静悄悄的，宛若这里严冬之后春天的来临：黑夜慢慢变短，风慢慢变暖，柳枝在不知不觉中吐露新芽，山里的杜鹃花从山脚次第向山巅开放，春天就来了。

昭觉的变化也是这样。彝区孩子们的脸庞变得干净、衣服上逐渐没有了污垢，村庄的环境在不断改善，群众的笑脸增多了，思想也活泛了——心底的好想法逐步在彝区群众的心中扎下根，冒出芽，正等待开花结果。

"塔普村，有村规，树新风，扬正气；国有法，法有度，勤学法，谨遵守。行为美，有礼貌，破迷信，讲科学；红白事，倡节约，不攀比，不滥办……"2016 年上半年，昭觉县龙恩乡塔普村彝汉双语村规民约"新克哲"在昭觉县广为流传。

"克哲"是彝族的民间曲艺形式，类似于单口相声，诙谐、幽默，通过小故事打动人。这则"新克哲"从遵纪守法、家庭邻里、村务村事、综合治理等方面，用通俗易懂的语言对村民的行为习惯进行了约束。让"克哲"老瓶装新酒，无疑对群众更有吸引力。

塔普村的村规民约经全体村民讨论通过，是彝区实现基层现代治理的一次实践。

除了以村规民约"新克哲"这样的方式对村民进行润物无声般的引导外，塔普村还选取一些节日开展别开生面的农民运动会、劳动技能比赛，对村民养成好习惯、形成好风气进行强化。

在彝区，历史上长期施行的习惯法在群众中至今仍有广泛的基础，时至今日，在乡村，仍采用部分习惯法的方式来解决纷争，进行群体及个体间的行为调适。"新克哲"能发挥效用，就是这样的明证。按塔普村村委会主任刘子色的话来说，就是"没有想到效果有那么好"。

塔普村的尝试发生着积极的示范效应，各地争相推出更多的"新克哲"，进行自我约束。

昭觉县地莫乡规定，不准参与吸毒贩毒活动。如果参与，除承担法律责任外，家支头人和理事小组要把其开除出家支互助协会，不准他参与这个组的红白事宜等。全县很多乡村也制定了参与吸毒就开除出家支的严厉措施。

"没有比这个措施更严厉的了。"彝族学者阿吉拉则指出，在彝族习惯法中，比死刑还严厉的处罚就是被"开除家支"，它意味着一个人已被家庭和社会所遗弃，被遗弃者在物质和精神上均找不到归依，他们的社会地位、社会交往、未来的婚姻选择等都不会得到承认。

周边村庄的"新克哲"也激励着三河村。三河村村民经过多次讨论，也形成了自己的村规民约，要求村民们树新风扬正气，破迷信讲科学，在红白事宜上倡导节约，不攀比，不大操大办，要勤劳致富……违反者将受到在集体生活中的系列孤立和惩戒。

2016年，为了帮助农村群众了解扶贫政策、坚定脱贫信心、掌握农业技术、提高劳动技能，学好普通话、树立新风正气，一个新鲜事物在昭觉全县悄然兴起。

2016年7月20日晚，四开乡洒瓦洛且博村，昭觉县首个"农民夜校"挂牌授课。一堂关于精准扶贫的讲座让第一次走进夜校的村民阿车发吉感觉"太新鲜"。

随后一个月的三堂课让阿车发吉的印象更为深刻……学汉语、学政策、学技术、学新风；学习间隙，或看上一段新闻，或唱上一首民歌，或到操场跳上一段欢快的彝族达体舞。"不再是天亮起来干农活、天黑躺下睡觉，现在村民的生活内容丰富多了。"阿车发吉感叹。

这是昭觉县首个贫困村"农民夜校"，随后，昭觉县各乡镇纷纷开始创办"农民夜校"。夜校利用晚上、农闲等时间开展脱贫培训，作为脱贫攻坚路上的"加油站"。

农民夜校深度融入脱贫攻坚，既注重精神上的扶志，又注重技术上的扶智，弥补了农村思想文化建设方面的不足，补齐了农民致富增收的技术短板。

在昭觉县，"农民夜校"除了强化政策宣传、加强法规教育、加强技术培训等内容之外，还专门开设"道德讲堂""先进典型说事"等课程，多形式开展以明礼知耻、崇德向善、移风易俗为主题的文体娱乐活动，引导群众真正养成好习惯、形成好风气、过上好日子。

在三岔河乡，这样的农民夜校也开了起来，基本上每周都有课。三河村村民有机会走进课堂，学习更多的东西。三岔河乡的农民夜校侧重给三河村的村民们讲基本的公民规范、基本的法律意识、基本的农业技能，彻底改造村民的知识根基。

吉好也求的妻子马海子呷走进了夜校，她学习的是厨师，学会了做较为简单的农家菜。她已经感受到，将来会有很多人到三河村来参观，将来开农家乐，肯定会有挣钱的机会。况且这样的学习不花一分钱，技多不压身，多学一门技术何乐而不为。

学习厨师并不是件容易的事。要把彝族传统食物做成众人喜欢的美食，不仅需要技巧，还需要观念的更新。马海子呷在夜校的学习，彻底改变了她对生活的态度。现在，家里的锅台被打扫得干干净净，平时煮肉，切块比过去小了很多，这样更能适应多数人的需求。马海子呷也学会了炒菜，包括炒回锅肉。一盘菜，背后是三河村人逐步形成的开放与包容意识，展示的是三河村人勇于学习的心态。

吉好也求等男性村民参与最多的，是乡上联合国有建筑企业开设的建筑课程。村民们在三岔河乡政府的大院里，穿上工作服，正儿八经地调和水泥、放线、砌砖，用仪器检测所砌的砖墙是否水平、垂直。全村先后有 60 多位村民接受培训，不少人学会后就到建筑公司打工，一天收入几百元。

吉好也求家的墙上，钉着蓝色的"四好家庭"的牌子。这块牌子是对吉好也求家变化的肯定。他家的院子由过去的脏乱差到现在的整洁有序，见证的是整个阿基社寨子的变化。现在，三河村所有的寨子都变得整洁漂亮了。为了这份整洁，村社干部们不仅到处宣传，还要定期评比。评比请村民们自己投票，获胜的村民戴上大红花，披上绶带，那场景，比火把节选美得胜还气派。与此同时，获胜者还能获奖肥皂、洗衣粉等实用的东西。连续多次评比后，卫生条件差的家庭脸上也挂不住了，每天一早起来就打扫院子。

村社干部们还把社会各界的资助力量运用起来，为贫困户家里增添了碗柜、衣柜、洗衣机、电饭煲等物品。彝家山寨有了现代化电器。干部们手把手教会村民们使用这些电器。洗衣、做饭节约了大量时间，让世代勤劳的彝族妇女有了更多空闲时间从事其他劳动或者收拾家务。

这些，其实都是昭觉县坚决打赢"精神脱贫"战的一部分。

（八）村里来了绵阳的帮扶队

如同已与三河村融为一体的张凌一样，三河村的变化时刻牵动着更多人的心，他们心系三河村，三河村不脱贫，他们不收兵。四川省内的对口帮扶市州派出帮扶队，带着真情来，把汗水留在这片土地。

在脱贫攻坚路上，对口帮扶是中央作出的一项重大部署，通过先富帮后富，最终实现共同富裕。四川落实中央决策，根据四川地区经济发展差异大、民族地区相对落后的实际，启动实施省内对口帮扶藏区、彝区贫困县工作。

从2012年开始，四川就对藏区推出对口帮扶。2016年，四川将这一举措推广到全部藏区、彝区贫困县，即在原有对口援藏总体不变的基础上，确定一批经济基础较好、财政实力较强的县市区，开展省内对口支援藏区贫困县、扶贫协作彝区贫困县工作。四川省内7市35县市区承担对口帮扶任务，结对帮扶藏区、彝区45个贫困县市区。仅2016年，四川就明确了援建项目540个，到位资金7.8亿多元，各地选派的1300多位对口帮扶人员奋战在扶贫一线，充实到受扶地急需岗位。

2016年8月，绵阳市涪城区原本即将奔赴藏区帮扶的队伍接到通知：有新的任务。几天后，这些从涪城区各单位、各乡镇选拔出来的优秀干部奔赴凉山州昭觉县，开启一段艰苦的征程。

时任绵阳市涪城区副区长、对口帮扶领导小组前方负责人林勇带领队伍来到昭觉县，放下行李就奔赴乡镇。一段时间下来，由于工作的乡镇海拔高、工作强度大，来的 30 多人中有一半人血压升高。这些并没有吓退帮扶人员。加上支教、支医等方面的人员，涪城区常年在昭觉工作的人员有 100 多人。他们说，不看到昭觉脱贫绝不撤兵。

来到昭觉，对口帮扶队员们想了很多办法。他们注重对昭觉县内生动力的激发和外部环境的优化，形成互动性帮扶机制。他们协助昭觉实施专业人才培养计划，已先后开展专项培训 2800 余人次；上百次邀请昭觉干部群众到涪城考察学习交流、教师职工到涪城交流挂职。

涪城区是绵阳市的主城区，是川西北重要的物资集散地。帮扶工作队发挥涪城区的这一优势，助力昭觉脱贫，方法就是动员涪城区乃至绵阳市的各方力量，采用以购代捐的方式，帮助昭觉把资源优势转化为市场优势，把农民的产品卖出去。

以购代捐，是摒弃以前帮扶单纯捐赠的方式，让贫困地区、贫困人口以劳动换取价值，从而真正形成良性循环，激发贫困人口脱贫致富的积极性。

2017 年，涪城区在昭觉县实行以购代捐，在三河村就购买了 26.5 万元的农产品，购买价格都略高于市场价，让群众真正得到实惠，增添致富信心。三河村的土豆本来卖五六毛钱一斤，而涪城的收购价是一元钱一斤；猪、牛、鸡等都高于市场价收购。

当时，涪城区的帮扶干部组织了汽车在县城及各乡镇收购，彝族群众兴高采烈，像过年一样把羊、牛赶到收购点。干部们将货物装上车，连夜出发。因雅西高速冬季封路，车队只得绕道老国道，费时费力。到绵阳城区后紧急组织宰杀，然后分给购买的单位和干部。帮扶干部很累很辛苦，但一想到彝族同胞的腰包鼓了，就是再苦再累也值了。

2019年1月，发轫于基层扶贫实践的以购代捐获得广泛的认可。国务院办公厅专门印发文件，明确鼓励各级机关、国有企事业单位、金融机构、大专院校、城市医疗及养老服务机构等在同等条件下优先采购贫困地区的产品，优先从贫困地区聘用工勤人员，引导干部职工自发购买贫困地区产品和到贫困地区旅游。

林勇表示，将继续加大对三河村进行以购代捐的支持力度。今后的合作将引入国有企业或者市场主体来购买产品，而不是以往的方式。对口帮扶队员们意识到，对于帮扶干部而言，卖东西不是长项，专业的事情要有专业的知识和技能。同时，过去以购代捐不是市场化的方式，价格往往比市场价高，这样的方式难以持久，也吊高了群众的胃口，不利于脱贫成效的巩固。农民的产品好不好最终要靠市场来评判，只不过需要在市场和产品之间协助搭建起一座桥梁。市场属性不足的以购代捐不是长久之计。

2019年春节前的以购代捐，涪城区引入了更多市场化的因素。以市场喜欢的昭觉特色农产品为主，突出发挥市场的优势，一次就以购代捐了16万元的商品。购买三河村畜禽的那天，帮扶队请三河村洛古有格等人协助，将收购后的畜禽在昭觉连夜宰杀，然后用冷链车拉走，提升了效率。同时，三河村村民更多地参与，分享到的利益更多，阿牛尔子和冲尔子朵两人帮助收购，就赚了一万多元。

林勇思考得更多的是如何解决三河村的长远发展问题，长久之计是要帮助三河村形成持续的产业、持续的能力乃至稳定的市场和适应市场的能力。在这方面，涪城区已经在解放乡火普村做了很好的示范和探索，并准备把火普村的实践运用到三河村。

火普村和三河村仅一山之隔，海拔比三河村还高二三百米。过去，火普村也是穷得叮当响。火普村属于解放乡，解放乡乡长哈日古体介绍，火普村是全乡率先脱贫的村子。对比今昔，哈日古体感叹，火普村现在村上安全饮水、生活用电、广播电视等基础设施完全齐备。这个变化大大超乎了很多群众的想象。而在过去，村民家家户户一年四季挑水用。村民睡土房，又脏又乱，现在是砖房；圈舍从住房里独立了出来；过去村民都看不上电视，现在是电视、广播、洗衣机家家有；过去村道是土路，黑灯瞎火，现在变成了水泥路，太阳能路灯到了晚上就大显身手，再晚村民也不怕。"不愁吃不愁穿、日子好过多了。"

哈日古体说，为了这一天，大家也付出了很多。特别是修村道时，正值雨季，膝盖都陷在泥土里。为了赶工期，干部、群众都全然不顾，通过奋斗把路修通了。

哈日古体觉得变化最大的是，火普村有了幼教点，村里的娃不用再满山跑，通过学语言、学生活习惯，这些未来的脊梁能够迅速适应学校和现代生活，跟上时代的节奏。

火普村幼教点于 2015 年 9 月正式开办，教室就利用村委会的底楼。村委会是新建设的，二层楼，卫生室、图书室、广播站等一应俱全，门前还有一个很大的篮球场。公示牌里，鲜活的图片展现着火普村这几年的变化。

火普村幼教点目前有 29 名幼儿。有两名年轻的女教师，她们都是附近或者本村成长起来的，都是学前教育专业毕业。

老师们介绍，通过幼教点的学习，孩子们在 4 岁左右就能较为流利地说普通话。

中午时分，正是幼教点午餐时间。因为孩子数量不多，午餐是乡中心校配送的面包和牛奶，每天 3 元的补贴。孩子们拿着面包，自觉地坐在了小书桌前，这是他们一天中难得的看电视的时光。电视播放的是光头强的动画片，纯正的普通话配音，这也是孩子们最乐于接受的普通话的教育时间。

彝族男孩拉马天富刚满 5 岁，家距离村委会不足百米，他特别喜欢幼儿园。原因是：他认为幼儿园的阿姨喜欢他；有吃的，可以和小朋友们一起玩；有玩具，而且有小床。他已经在这里上学一年多了。

拉马天富家里有 5 口人，有姐姐、妹妹。他主动给我们唱起彝族歌曲《祖国之子》，那歌声发自他那愉悦的心底。

哈日古体介绍，火普村通过脱贫攻坚，风俗也改变了。"以前铺张浪费，吃不完，用口袋装，发霉后就扔掉。现在干（吃）回锅肉，而且用上了卫生的碗筷，过去是不用碗的，就是随地分坨坨肉。"说这番话时，哈日古体仿佛是经历了不同时代的变化，有感而发。

无疑，火普村的脱贫攻坚过程就是三河村的一个学习样板。

火普村在国道 348 线的旁边，离谷克德湿地很近。公路边一块大青石上，刻着红红的"火普村"3 个字，指示着这是总书记曾经去过的村庄。

火普村不大，只有 3 个社 700 多人，每个社其实就是一个大的聚居点。进入村子，宽敞平整的沥青路和水泥路路宽超过 3 米，连接起每一个聚居点。沿途，土豆花开得正艳。

2017 年，火普村就脱了贫摘了帽，但涪城区的帮扶并没有停止。

2018 年，涪城区建设了能容纳 200 头左右生猪的养猪场，同时搞林下养殖，也就是在茂密的树林里，利用山林地，给畜禽广阔的活动空间，同时，林地里丰富的食物也可减少饲料的投入。

养猪场选址在收古社，就在林下养殖场的两座山的对面。除了养猪、敞养鸡之外，还准备养鸭、养鹅等，准备吸收 50 户村民参与，这样每一户农户都有事干，有收入。听说要将家禽放养在山林里，村民们有些担心。因为林子里时常有狐狸、黄鼠狼等出没。林勇开导村民，"不要怕！"林下养殖场建在聚居点附近，就是要采取守护措施，规划养殖点离家近就是便于大家看护。

按照涪城区的设计，养殖场准备建带屋顶太阳能发电设施的圈舍，这样可节能，并且确保冬季圈舍内温暖，形成循环经济，有利于火普村的生态保护。为让三河村尽快发展起来，涪城区还准备把三河村的养殖户也吸引到火普村的养殖场去参股，共同发展。

在林勇的思路里，要通过渐进式的方式，确保一次成功，如果不成功，群众就不会干，也干不起来。养什么品种，大家也要研究。他通过观察，有一个基本判断，就是养本地鸡是最快的方式，群众易于接受，已有的品种也经历了实践验证。此前，涪城区支持村里贫困户养了 20 头牛，贫困户们有了可变现的经济来源。

涪城区还用 30 万元的投入帮助收古社发展起养殖业。今后，火普村的每个"铺子"都要有产业项目。一个点上到底能养多少，有多大的承载力，设计人员都在做精确的计算。

火普村与三河村不同，这里的水泥路早已经通到家家户户。为了这一天，涪城区已经投入 600 万元帮助村民建设道路、安全住房，改善了村里的生产生活环境。现在，火普村在蓝天白云下异常美丽，家家户户都是漂亮的砖瓦房，一应设施齐备。

路通了，诸多资源要素、信息都随着这些路深入到火普村的角落。同时，涪城区人大等机构与火普村党支部联建，增强了村党支部的战斗力，产业也随之全面布局。

火普村适合发展什么？涪城区的科技人员对火普村的情况进行了深入的调查研究，认为可以尝试高原大棚种植，利用高寒的特点形成高原错季节蔬菜水果的优势。

于是，涪城区投入几十万元建设了试验大棚。如今，一片白色和黑色的大棚建立在村口，成为火普村历史上最富有科技含量的设施。

之前，涪城区已经在昭觉县城周边的部分河谷地带试点种植羊肚菌，一亩土地可收入鲜菌 300 斤，产值达每亩 3 万元。自然，帮扶者也想试试在海拔更高的火普村羊肚菌能否健壮成长。他们估计，火普村海拔较高，气温比县城低一些，根据羊肚菌喜欢凉爽的特性，亩产可以超过 200 斤。除去成本后，仍然有近 2 万元的收入。

发展产业，首要的就是要让贫困户参与进来，但这样的过程往往要历经波折。

火普村村民从来没有种植过食用菌，更别说稀罕昂贵的羊肚菌。他们不相信在火普村海拔这么高、气温这么低的地方能够利用冬天土地闲置的时候种羊肚菌。

吉勒次子，火普村党员，51 岁，家中 5 口人，其中 3 个孩子。孩子们正是用钱的时候，仅老大从初中到大学，就花了他 10 多万元。

吉勒次子刚开始对种植羊肚菌也不看好。但党员总得带头，他于是成为涪城区重点培养的技术员。涪城区派他到绵阳市种植场去实地学习，接受种植培训。看到实实在在的种植场景和成果，学习实实在在的技术后，吉勒次子相信了，对各项技术也更加认真地学习领悟。

不过，羊肚菌的试种过程相当揪心。

刚开始的时候，由菌种培育菌丝，这个过程很漫长。羊肚菌还没有长出来，吉勒次子就担心会不会不长哟。十多二十天后，看着枯朽的木头上冒出了菌丝，吉勒次子压抑的心情云开雾散，担心消失了。

菌丝长出来了，每天都要浇水、观察长势。吉勒次子又担心：能不能长得好呀。

实际上，羊肚菌的核心技术已经在前端解决，这样就把复杂的事情简单化，村民容易掌握，他们要注意的是对温度的把控和对水的控制。羊肚菌最适宜生长的温度是 10～18 摄氏度。在火普村，通过大棚，基本能满足羊肚菌的生长要求。而关键是水，就是在出菌丝前后，也就是春节前后每天下午浇水，水要浇得恰到好处。

吉勒次子忙的时候，晚上打着电筒也得给羊肚菌浇水。

当收获来临的时候，村民们开始欢呼。刚开始时，新鲜的羊肚菌每斤100多元；知道这里有这么好的东西，买主逐渐增多，价格逐渐升高，后来卖到了每斤120元。最初的一茬，就卖了4万多元。试种成功了，火普村找到了一条生财之道。

2017年，涪城区的帮扶干部们指导火普村用大棚技术发展高山草莓产业。因为海拔高、气温低，高山草莓病虫害少，可以实现有机生产而且品质高。经过试种，火普村出产的草莓又大又甜。

羊肚菌和草莓，这两项产业都与贫困户紧密相连。贫困户优先在这两个项目上打工，获得了不菲的收入。

吉地尔子就是参与羊肚菌种植的八户贫困户之一。吉地尔子快60岁了，妻子57岁，有病，几乎不能劳作了，小儿子跟着他们生活。

贫困户拉马约热，58岁，也是妻子有病，因为没有外出打工，过去几乎没什么收入。他也通过产业项目，获得了一万多元的劳务收入。同时，全体村民通过产业发展，有了红利收入及土地流转收入。

2018年，火普村争取资金建设了大棚，羊肚菌的种植面积扩大到50亩，由农民入股，让贫困户参与，赚了就滚动发展。

村民们现在想的是，这样的摇钱树，一定要多栽。如今，羊肚菌已经成为昭觉的一个产业，2017年全县种植了50亩，一年后发展到了300亩以上。2019年，羊肚菌的种植遍及昭觉县各乡镇，发展到近千亩，成为当地群众新的增收渠道。更为重要的是，越来越多的彝族群众认识到科技的力量，新型大棚、滴灌等设施农业在昭觉县兴起。

林勇总结说，涪城区对昭觉的帮扶实现了三送：送技术，送项目，送人才。

涪城区在产业方面展开培训，他们组织火普村村民多次到涪城区参观学习。吉勒次子说，走出凉山去外地参观，才真正意识到他们的贫穷和落后，也就能平心静气地跟别人学。每次都有对比，每次都有收获。

涪城区还准备组织更多的骨干干部群众到十八洞村去学习，看看别人是怎么干的。

林勇说，涪城帮扶的核心是要提高脱贫质量，通过可持续、绿色发展，增强群众的内生动力，把火普村建设成为全国知名的脱贫攻坚的示范点，走在全省、全国前列。同时，涪城区还要帮助火普村壮大集体经济，带动群众致富。

林勇说，就是要帮助彝族群众明路子、挣票子、拔根子。火普村海拔近2800米，冬天会连续3个多月大雪、积冰，无法出门。虽然每人至少有3～4亩地，但过去人均年收入不足2000元。到2019年，人均年收入超过9000元。

从火普村村委会高处放眼望去，山脚下的土坯房在安全住房改建中并没有全部推倒，而是留下了部分。这些新旧建筑形成鲜明对比，这对于踏入火普村的人来讲，都是一种震撼。在蓝天苍穹下，留存的部分土坯房矗立在绿色包裹的山洼里。残破的陶土瓦片、破败的墙体、低矮黝黑的屋檐、简陋的陈设，每时每刻都在提醒我们，贫穷与落后并未被远远甩开。新与旧的对比，让人愈加深刻地理解脱贫攻坚对于彝族村寨的意义，也自然明白，彝族村寨走出穷困，奔向小康的艰难。火普村准备把这些旧有的土坯房改建为党风廉政教育基地，建成脱贫攻坚的大讲堂，让更多的人受到教育和感悟。火普村已经建成自己的电商中心，村里的商品通过网络，与山外的大市场建立了紧密联系，山货可以随时出山卖个好价钱。村里的村史馆、道德银行也建了起来，全村人感恩奋进，火普村真正迎来了脱胎换骨。

火普村未来将建成农旅结合的核心区，做成循环养殖的科普示范区。

涪城区准备帮助火普村建设循环步道，利用村民闲置的住房建设小旅馆。这里可以春观花、夏避暑、秋看叶、冬看雪。在赏景的同时在火普村消费。

火普村准备发展高山农业观光、特色产品采摘等项目。同时，开展斗鸡、斗牛等丰富的民俗活动。可以预见的崭新图景呈现在火普村全体村民面前。

2019年初，火普村第一书记马天表示，2018年，火普村已经实现整村脱贫，全村人均纯收入达到了9800多元，顺利摘掉了贫困帽。

火普村的脱贫，涪城区的帮扶在其中发挥了很大的作用。涪城区准备把这种经验运用到帮扶三河村及更多的贫困村上。

2018年6月，四川省出台《凉山州脱贫攻坚综合帮扶工作队选派管理实施方案》，选派5700多名干部组成综合帮扶工作队，分赴凉山州11个深度贫困县，开展为期三年的脱贫攻坚和综合帮扶工作，直到"一步跨千年"的凉山彝区人民与全国人民一道全面建成小康社会。

更多的帮扶干部深入凉山州 11 个贫困县的高山峡谷，用真情和付出写就中国脱贫攻坚史诗中最为铿锵的乐章。

涪城区对口帮扶领导小组前方负责人林勇说，对于三河村而言，其与火普村地理、气候、人文环境相近，火普村的变化更易引起三河村的共鸣。因此，火普村就是三河村学习的样板，三河村完全可以超越火普村。他们，正把这些年摸索出的经验运用到三河村。

（九）社会多方的援手

在三河村里，除了工作五年的驻村工作队，以及有项目、有资金投入的对口帮扶队伍——四川绵阳市涪城区昭觉工作队以外，还来了更多的队伍，一支是广东佛山的帮扶队伍，另一支是2018 年 6 月底到位的四川脱贫攻坚综合帮扶工作队。

陈乾，来自成都市下属的县级市崇州市发改局，向洪、李成勇来自雅安市政府部门，赵杰明来自雅安监狱……他们 7 人组成了综合帮扶工作队，进驻三岔河乡开展帮扶工作，实际上主要是帮扶三河村。他们告别妻儿，长期驻扎，山村不变样，他们不回去；山村不脱贫，他们不脱钩。

综合帮扶工作源起于四川对精准扶贫措施的深化。2018 年 6月，脱贫攻坚仅剩两年多一点的时间，而凉山州 11 个深度贫困县还有不少痼疾未消除，脱贫步伐缓慢而沉重。陈乾等人正是在这样的背景下通过自愿报名、组织选派等方式成为帮扶队员。

走入三岔河乡帮扶工作队办公室，可看到墙上挂着规章制度及耀眼的入党誓词，窗户上码着各类帮扶资料，房间不大，却整洁有序。

　　帮扶队员刚到三岔河乡，第一感受就是脏乱差，无论是乡政府驻地还是外面的马路，到处都是垃圾，无人管理。帮扶队员们分到的临时住房就在三岔河乡的院子里，破旧的砖瓦房，厕所就是院子背后的一个旱厕，需要走上几十米远。当时正值雨季，瓦房年久失修，晴天可见蓝天，雨天，外面下大雨，屋内下小雨。队员们只得自己爬上屋顶翻拣烂瓦，修葺房屋。

　　刚来的时候，帮扶队员们在乡政府的食堂蹭了两顿饭。结果发现，食堂用餐并不固定，蔬菜时有时无，而且卫生、饮食习惯完全不同。要坚持长达两年多的长期驻扎，不同于只待一两周，"粮草"不继肯定不能打持久战。要想有热饭吃，只能自己开伙。于是队员们腾出一间房做了厨房，在窗户上凿了个洞，买来了控油烟的排气扇和餐具，开启了"新"生活。向洪笑言，"我 20 年未下过厨了，来这里得随时做饭！"每次做饭，他只要有空就会掌勺炒菜，而其他队员则打下手、择菜洗菜，没有人闲着。

　　令帮扶队员苦恼的是，三河村、三岔河乡 10 天才赶一次集，村民仅在这一天的上午才来买卖必要的生活物资，而且大都是一些质量差的衣物等物品，没有卖肉的也没有卖蔬菜的。本地的三河村村民大都没有种菜的习惯，唯一能当作菜的就是马铃薯和圆根，收获的季节，村民随手就可给一大筐。队员们吃菜成了难事，他们只得凑钱租车去县城买菜。每买一次菜，租车等花费要400 元。平时，队员们连泛黄的菜叶都不敢扔，因为扔了就连烂叶子也会没有了。

世界上从来没有救世主，吃菜的艰难逼着帮扶队员们自己想办法。

帮扶队员们驻地后方有一块荒地，碎石满地。在这块土地上，曾经也种过丝瓜、冬瓜等，但都种不起来。农牧局说这块地太过贫瘠，种不出什么东西。帮扶队员们想试试看，于是开始开垦这块荒地。开垦过程中，向洪手上磨出了好几个血泡。

驻其他村的干部 10 天去一次集市，大都是买泡面等吃的补给，向洪他们则是带回种子、镰刀、薄膜等种地材料。在种植的过程中，村民看到后纷纷提醒他们，"这里种过的人不少，但没种出来过"。种植前期，也遇到了很多困难，很多蔬菜第一次种植都没结果。他们采取保水地膜覆盖的方法，蔬菜的中期管理上也是下了很大功夫。

不久后，向洪他们的种植大获成功，小油菜、白菜、萝卜、番茄、韭菜、空心菜、南瓜、茄子……各色时令蔬菜瓜果令人眼馋。乡政府门外的做饭师傅也开始来学习，以前他总认为帮扶干部们的做法不对，现在却刮目相看，他还请帮扶干部到家里帮忙修剪桃树。向洪说，其实很多百姓不懂如何管理，"我们通过双手让老百姓看到实际效果，才能影响他们，从而促使他们接受科学的种植方法"。用实践证明一切，慢慢改变其思维。现在，帮扶队员们还会经常将自己种植的蔬菜送给周边群众，目的是让他们重视、学习科学先进的种植方法。

向洪很自豪："整个三岔河乡，只有这有佛手瓜。"佛手瓜是他家乡雅安的蔬菜，这里海拔 2520 米，佛手瓜虽不及家乡那儿长势喜人，但也开花结果。如同这扶贫一样，只要努力摸索方法，总会有进步。

生活的不易，对于队员们来说都可克服，而工作上的困难则远比想象的多。陈乾坦言："最大的困难就是语言的障碍，我听不懂彝语，而当地群众也大多数听不懂普通话。"因此，帮扶队开展工作要依靠语言流利的村社干部或群众做翻译，无形中大大降低了工作效率。

帮扶队做的第一件事情就是精准的入户调查，他们花了近一周的时间，专访了每一户，对各家的情况进行了仔细了解。

帮扶队做的第二件事情就是开展移风易俗工作。队员们的切实感受是这项工作任重道远，要通过帮扶队的言行示范，帮助当地群众形成行为习惯。一次，向洪看见乡中心校的一群孩子把垃圾扔了一地，他就拿起笤帚扫得干干净净，并告诉孩子们，不能乱扔垃圾，应把垃圾倒垃圾池去。有了他带动，孩子们自觉把学校周边的卫生打扫干净。向洪说，凉山的贫困问题是漫长历史的遗留问题，实现彻底的改造需要一个漫长的过程。现在需要的是一点一滴地去改善。"就像当地群众的食物虽然很单一，但突然给他们一桌大餐，他们一下子也适应不了，消化不了。"

接下来，帮扶队员们做了大量的控辍保学、小额贷款、招商引资等工作，将整个三岔河乡贫困户的情况摸得清清楚楚，为乡党委和村两委提供了很多针对性的建议。

赵杰明说，来这里就是帮助乡和村组干部补短板。因此，除了自己驻村的工作外，他们还要教三岔河乡政府的工作人员使用电脑，组织群众学习生产种植技术。

脱贫攻坚综合帮扶工作队的队员们也很苦恼。他们来之前，都是单位的精兵强将，业务能力出众，而且责任心、事业心都很强。但脱贫攻坚综合帮扶队的职责定位是综合帮扶，并没有特别具体的任务，也不像挂职干部有明确的分工和责任，到帮扶单位后大多也没有具体指派工作任务，因此有力使不上，特别着急。

2018 年 11 月，三河村的蜂蜜丰收了。昭觉县一位副县长联系佛山的帮扶人员，准备以以购代捐的方式，将三河村的蜂蜜以每斤 120 元的价格通过佛山帮扶队员销往广东。

三河村村民养蜂，大都采用土方法：用一只木桶或其他工具将中华土蜂引来，收获蜂蜜的时候，将蜂巢捣毁，将里面的蜂蜜取出。这种方法获取的蜂蜜天然纯正，但破坏了蜂巢，让蜜蜂丧失了栖身之处，会损失大量蜜蜂，甚至会赶走蜂王，以致蜂群都被赶走。土法养蜂的另一个后果是蜜蜂第二年得重新筑巢，耗费蜂群的精力，导致蜂蜜质量和数量都下降。

这次听闻乡政府要收购蜂蜜，而且价格不错，三河村乃至三岔河乡的养蜂群众都奔走相告，把收获的蜂蜜拿了出来。短短一两天时间，就收购了上千斤。但这些蜂蜜是土法取蜜，不是手摇蜂蜜，掺杂蜂蜡等杂质，必须过滤。这样的累活，就交到了综合帮扶队员手中。

11 月的三河村，气温已经很低，正常情况下，蜂蜜已经凝结成固态，像动物的脂肪凝结成块，软软的，呈现出如琥珀般透明的金黄色。帮扶队员们专门腾出一间屋，买来电烤炉、铁皮桶等设备，昼夜不停地过滤蜂蜜，清除杂质。半夜也得起来检查过滤情况。稠密的蜂蜜过滤慢，历经几个昼夜的鏖战，这一耗时费力的工程才告结束。

这位副县长特地定制了一批蜂蜜容器，队员们又赶着将蜂蜜进行了分装，并贴上标签，工作才算全部完成。这些临时任务，是帮扶队员们事无巨细，但凡能推动脱贫的事就主动作为的生动写照。

在综合帮扶队员眼中，帮扶队的角色定位很重要。综合帮扶与以往对口单位既带人又带钱带项目不同，帮扶队员靠的是激情，靠的是经验，必须对精准扶贫工作中的各项工作尽职尽责。同时，定位为帮扶，就是要协助当地各级政府及当地干部，而不是越俎代庖，要增强当地干部的主人翁意识，发挥其主人翁作用。在彝区工作，帮扶队员们更深切地感受到，以前的工作经验很多时候无法直接运用到三岔河，很多工作按照以前的方式方法在这里无法开展，这种前所未有的无力感让队员们有力使不上。不过，他们坚信，办法总比困难多，通过努力，一定会解决当地办事效率低、部分干部能力素质不足等问题。

2018年年末，四川省委组织部表彰了一批表现优秀的综合帮扶队伍和队员，以此激励今后的帮扶工作。同时，相关部门也注意到综合帮扶队伍因无具体任务、不带资金、不带项目，工作效率和效果受到影响，因而准备对相关工作进行调整，让这批饱含激情、年富力强的干部更好地发挥作用。

除四川省内的帮扶队伍之外，另一部分人跨越山川而来。

2010年，广东珠海市开始对口帮扶凉山。5年帮扶期内，珠海累计落实资金1亿多元，实施帮扶项目100多个，惠及30多万凉山群众。

2016 年，广东把这一重任交棒给了佛山市。佛山行动迅速，当年 8 月就派遣 7 人的扶贫工作队长期驻扎凉山，1.1 亿元帮扶资金一次性划拨给凉山。为推动昭觉县有效脱贫，工作队深入山村调研，将 2000 万元资金专项用于三河村的农房改造和产业发展。2018 年 11 月，佛山将三河村的资源与广东的市场对接起来，通过跨省的以购代捐方式将三河村的部分特色农产品如蜂蜜、马铃薯、苦荞、牛羊肉等销往沿海。这些外在的力量，推动三河村迅速前行，跑出脱贫"加速度"。

第三章

三河村的悸动 >>

从 2015 年至 2019 年底，张凌已经在三河村经历了四个完整的春秋轮回。这片土地，已经从冰冷变得发热发烫，村民也由木然变得充满激情，充满生机。

用张凌的话说，从生活习俗到卫生习惯，从居住条件到交通等基础设施，三河村正迎来巨变。更为关键的因素，是群众的认识之变、观念之变，他们内心已经波涛汹涌，渴望美好生活，他们主动要求改变面貌，摆脱贫困。他们渴望富起来，强起来，不再被窘迫的物质条件绑住手脚，不再被旧有的观念所制约。他们各尽所能各展才华，构成脱贫攻坚这一特殊历史时期的磅礴力量，推动三河村不断前行。

（一）从厕所革命到生育革命

2018 年底，三河村村口的厕所"升级"了。

脱贫攻坚开始，为给村民树典范，带动移风易俗，村里在村头修建了一座旱厕。这是三河村历史上的第一座厕所。

"升级"是在过去旱厕的基础上配建了沼气池，可将粪便进行无害化处理，保护好三河村的环境。

一个小小的厕所，反映的是三河村前进的一小步。如果将此放到凉山来看，却是凉山进步的一大步。以前，凉山彝区村寨没有厕所。厕所革命可看作是凉山彝区农村精神文化变革的一个标志性事件。

过去，彝区群众常说："我们这里啥都是散养的。"人无拘无束，小孩稍大一点大部分时间就放在天地间疯跑，极少束缚。庄稼是一把种子撒在地里，等待风调雨顺，自然天成。牛羊鸡等牲畜家禽都散养，到处散落着畜禽粪便。到了晚上，畜禽们会自动归家，又在房前屋后留下自己的印迹。因此，过去的彝家院落难以下脚，气味也难闻。这样的场景伴随吉好也求、洛古有格们从孩童到少年，从少年到中年。

这几年，三河村的内外用力，实际上是在加速现代化进程，缩小三河村与广大农村的差距，让现代文明更多地渗入小山村。

现在走入三河村的家家户户，通村通户的水泥路取代了过去的小土路，漂亮实用卫生的安居房取代了过去的土坯房。大多数家庭用上了现代化的家用电器。用老阿妈的话讲："变化大得让人惊奇！"

阿基社一处聚居点

在扶贫进程中，为让村民们既找到差距，也树立信心，张凌数次带领村委会干部、村民代表等到率先脱贫的火普村、四开乡、西昌、绵阳等地参观学习。

每一次学习，三河村的干部群众都瞪大眼睛，看别人怎么干，想自己该怎么办，琢磨村子应该从哪些地方突破。他们一点点地缩小与外界的差距，浸润式地改掉三河村从精神世界到物质生产方面的弊端。

生产生活的不断前行让三河村人也开始思考，自己应该怎样才能生活得更好？他们发现，要生活得更好，不仅物质上要向外界看齐，在生活方式上、精神上也要同外界一样。他们首先检讨审视的，就是长期形成的生育观。

在凉山暖暖的太阳底下，处处可见的是天真无邪、在天地间自由嬉戏的孩子。这些孩子极少受大人约束，在尘土中、田野里、路沿上玩着游戏，自主地认识这个世界，自幼就熟悉大自然的一切。他们，是这片土地未来的掌控者，也是这片土地继续繁盛的希望。

但无数的研究和事实都证明，人口红利是建立在资源承载条件和社会发展程度基础上的，只有人口规模和增长水平与资源承载能力、生产水平相适应，人口才能最大限度地发挥作用。脱离资源水平和生产水平谈人口，一切的经验和结论都是空谈。

三河村这个场景与其他地方不同的内因，从根源上来讲，是凉山群众千百年来传承的生育观，生育多个孩子是这里常见的现象。因生育多、抚养孩子困难而陷入贫困的凉山群众不在少数。因此，控制超生，形成新的健康的生育观是凉山彝区脱贫的一项重要任务，迫切而紧急。

多生孩子的观念，主要是受农耕文化及彝族家支文化的双重影响。农耕社会里，劳动力是最重要的生产资源。在彝区，传统意义上要有两个儿子才叫"分支"。因此，彝区群众的传统观念中不仅要生儿育女，而且最好是两个以上的男孩，因而不少夫妇在生了多胎女儿后，还要继续生育，直到儿子降临。

我们在三河村走访，多个孩子的夫妻比比皆是。吉好也求与马海子呷夫妇，5个孩子，因土地少、孩子多、负担重而陷入贫困；曲木子舵家，5个孩子，22岁的大女儿没读多少书在外打工，其余子女在上学；阿巴呷家6个孩子，都未成年，仅家里的8张嘴巴，一年就足以消耗掉阿巴呷两口子辛苦劳作的所有成果；拉马俄日，年仅34岁，家里已经有4个孩子，都在上学，因孩子多、压力大而穷困；吉伍尔莫家有6个娃，至今还有4个未成年，其中两个小的尚未入学，收入不够支出；小女孩某色伍呷家，上有哥哥姐姐，下有弟弟妹妹；曲木子刀家，5个孩子，还有3个在读书……几乎家家都是多子女，极端的例子是凉山一对夫妻生了11个孩子。

凉山州国民经济和社会发展统计公报显示，2014年，凉山州的人口出生率为13.28‰，2016年为19.46‰，远高于全国平均水平；2017年凉山州人口自然增长率为11.71‰，而同期四川省的人口自然增长率为4.23‰。

人口出生率及人口自然增长率高于全国平均水平，让凉山人口年轻并充满活力，未来很长一段时间劳动力充足，为凉山经济增长留出了空间。但不可否认的是，多生、超生，具体到一个家庭个体，不仅使家庭陷入贫困，同时衍生的户口、户籍管理等问题也层出不穷。在彝区，不少超生家庭为逃避缴纳社会抚养费，不给孩子上户口。孩子长大后，难以顺利上学，难以外出打工，形成世代受穷的恶性循环。

为尊重凉山群众的文化传统和习俗，兼顾民族地区的实际，凉山州在地方立法中对地域内群众的生育工作作出了单独的规定：户籍在凉山州的少数民族群众，户口是城镇的，一对夫妻可以生育两个孩子；户口在农村的少数民族夫妻，一对夫妻可以生育三个孩子。这已经有别于其他地方的生育政策，但仍未挡住超生的浪潮。

过快的人口增长给环境资源等方面都带来压力。以教育为例，凉山州各县市的中小学都校舍紧张，教师不够用，大班额现象层出不穷。到 2017 年末，户籍人口为 521.29 万的凉山州有各类在校学生 85.87 万人，一年净增 4.88 万人。在各类学生中，小学生达 59.41 万人。

"越生越穷，越穷越生"，这是凉山深处还未完全根除的生育观念和生育现象。这一现象已经严重减缓了凉山群众脱贫攻坚的步伐，必须下力气遏止超生。

2017 年初，凉山州正式打响生育秩序整治战役，对生育秩序进行大整治。

在凉山 17 个县市里，布拖县、喜德县、普格县、昭觉县、越西县、美姑县、金阳县等 10 个县成为生育秩序整治的重点县。这 10 个重点县的地方领导与凉山州签订目标管理责任书，立下军令状，誓言控制人口过快增长。

整治的目标是确保 2017 年，凉山州符合政策生育率达到 90％以上，10 个生育秩序整治重点县超生比例下降至 12％以内，今后逐年向好发展。凉山州把整治分作多个阶段，要求对违法生育漏管、出生漏管漏报、孕情跟踪不到位、避孕节育措施不落实、社会抚养费征收不到位、流动人口服务管理不到位等开展全面清理。

三河村的妇女儿童

在三河村，对群众进行生育观念的引导与教育一刻未停。不过，村社干部都认识到，对生育观念最好的教育，其实是村民们自身认识到需要把日子过好，不是简单地靠人多。讲好一个故事远比讲清一个道理对村民的教育作用更直接、更有效。村社干部经常将村里因为孩子少，有精力发展生产而致富的家庭作为典型教育大家。

通过细致工作，村民们在对待生育上，有了积极的变化，多生孩子的欲望正在逐步削减。

在三河村，很大一批年轻人在外面的世界与凉山间来回穿梭，接受外来风尚的浸润与影响，生育观念也发生了变化。

回乡创业的大学生洛古有格，与妻子生了三个小孩以后，决定不再要小孩。在他看来，把三个小孩养育好，让他们接受较好的教育，将来能有所作为，已经是一件非常不容易完成的事情。只生不养，或者是今后孩子未能受到较好的教育，那是对孩子的一生不负责，也是对自己不负责。他说："过去那种养儿防老的观念在现代社会已经行不通。"

尼来日落，一个漂亮的彝族女性，28岁。尼来日落与丈夫在打工过程中认识并相爱。现在丈夫仍然在广西打工，从事高空建筑行业，每个月寄回五六千元钱。尼来日落独自在家种地、养家畜，已经生了一个儿子，两岁左右。因为和丈夫在外打工有了更多的见识，她和村里人的想法有些不同，不愿意生更多的孩子。她说，不能像村里很多夫妻一样生五六个，把所有的精力都放在孩子身上，但却养不好，家庭也长期贫困。她已经和丈夫商量好，两人最多要两个孩子，把每一个小孩都培养好，让他们健康成长，让他们接受更多、更好的教育。

年轻一代，已经在思考自己为什么活着。

实际上，过来人也在回头掂量自己的生育观，也在反思自己的过往。吉好也求就经常在我们面前谈及这样的话题。他的五个孩子，最小的两个小孩吉好有谷和吉好有茉都是超生的，他因此被罚了款。

"如果是放到现在，我绝不会去超生！"吉好也求说。因为孩子多，他和马海子呷受尽了苦，承受了巨大的经济压力，孩子成长的每一步都需要他们付出比少子家庭多得多的努力。同样，自己的孩子因条件所限，也经历了很多烦恼。父母无暇顾及每一个孩子，也无法为孩子们提供较优越的生活、学习条件。老大吉好有作因为家里没钱，还辍学了一段时间。后来发现必须读书才有出路，加上家里条件有所好转，吉好有作才再度回到学校学习，结果与弟弟吉好有子在同一个年级。

吉好也求有些不好意思，"如果我们不超生，只要努力，整个村子脱贫都很有希望"。

什么是真正的转变？真正的转变就是要让三河村群众内心产生脱贫致富的源源不竭的动力。

在经历外界的干预和动员影响后，在经历了自身的挣扎努力后，当地群众意识到了自己的不足、落后，有了改变的冲动，有了向前的冲劲，三河村开启了真正的变革，展现了蓬勃的力量。

（二）新房开启新生活

"如果要选我最高兴的一天，那肯定是 2019 年的 2 月 11 日。"吉好也求对那一天的记忆恐怕今生都不会忘记。他说的日子，是三河村阿基社的村民们喜迁新居的日子。

吉好也求的新居在村里的 1 号聚居点上，这里安置了 29 户村民 168 人。这个聚居点也是今后村里的文化、活动中心，配套的村活动室、图书室、卫生室等公共服务设施都在这里。

1 号聚居点 2018 年 4 月动工，年底竣工。建设期间，吉好也求就多次带着孩子来看未来的家。他时常看着满地砖瓦，梦想着自己新家的模样：一座漂亮的楼房，带着彝族建筑特有的门窗雕花图案；自己的彝家乐、小卖部已经开了起来，自己正忙着招呼来客，而妻子马海子呷则忙着在厨房为客人做饭……

三河村1号聚居点，黄墙青瓦的彝家小院整洁有序，凸显出民族特色　（供图：视觉中国）

　　房子建好后，村上就对村民们进行培训，主要是如何使用厨房和卫生间。独立的卫生间和浴室是三河村安居房的标配，过去村民们从未使用过冲水厕所，干部们担心村民们把所有的垃圾都往厕所里面倒，需要防患于未然。

　　接着，张凌和村干部就商量制定选房办法，最后一致决定按照不同户型进行"抓阄"——抓阄这一古老方式是基层群众认为最公平的办法。三河村的方法是按照户型的不同把29户分成了7组，提前将不同户型的房屋进行统一编号，然后抓阄确定每户对应的房子。

　　吉好也求在抓阄的时候很忐忑，"怕抓不到自己喜欢的号"。当他期待而又不安地把纸团打开的时候，令他欢喜的数字蹦了出来，他选到了紧邻道路、最靠广场、可利用的院子最宽的1号房。"将来开彝家乐就更方便了！"这是他最中意的房子，这里视野开阔，是做生意的首选之地。

吉好也求家的房子有100平方米，土黄色的墙，灰色的琉璃瓦，屋檐坠着彝族木雕。单独的厨房、卫生间和浴室，有四间卧室和一间客厅，虽然每个房间面积不大，但足够一家人使用了。房间里放上了床、桌子等简单但基本够用的家具，真可谓拎包入住。

"现在的房子结构好，房间多，配套和交通都很好。"吉好也求说，"这是真正的小洋楼，我的心情都不一样了。"

年轻的吉好也求对建房有道不完的艰辛。刚结婚时吉好也求两口子借了4000元钱，建成了可挡雨的草屋，这笔借债还了3年；后来建了土墙木板屋，这种房子如果不及时翻修，雨季来临就会垮塌；第三次，吉好也求建成了土墙瓦片屋。

"这是我的第四代住房了！"吉好也求说，"如果不是脱贫攻坚，永远也住不上这么好的房子，自己修至少要花10多万元。"

本来张凌还担心分房会导致群众有意见，结果抓阄下来大家都心服口服。村民们商量，选择总书记来三河村一周年的时候，也就是2019年2月11日搬家。

2月11日一早六点刚过，平时叫都难以醒的吉好有果和哥哥、姐姐、弟弟、妹妹就起了床，各自收拾自己的东西。孩子们把自己心爱的物品装到书包和编织袋里，高兴地在院子里跑来跑去。

上午九点多，一家人拿着用品向新房出发。吉好也求提着大麻袋，里面装着衣服和日常用品。孩子们则提着鞋凳、被子和各自的东西，一家人喜气洋洋。

此时，村子里已经热闹起来，村民们扛着桌椅板凳，抱着电视，抬着洗衣机，汇成盛大的人流，从阿基社老寨子一路欢歌奔向新居。

来到新家，吉好也求和妻子特地将精心包裹的相框拿出来，挂在客厅墙上中间位置。相框中的照片，是习近平总书记到三河村时与他们一家人的合影。

为纪念这一特殊的日子，搬家这天，在安置点的广场上，村民们摆了 30 桌坝坝宴，全村人用第一顿团圆饭共同期待未来的美好生活。第一顿饭还没吃完，不少兴高采烈的村民就放下碗筷，在广场的空地上围成一圈跳起欢快的彝族达体舞，尽情的狂欢荡涤了村民心头长久的压抑。

实现安居，这是中国历代农民经久不息的目标。在凉山也一样，其艰巨程度可想而知。

吉色方森，昭觉县联系帮扶三河村脱贫的县级负责人，是一位土生土长的彝族汉子。因工作原因，他经常坐飞机。每逢这个时刻，他都会选择靠窗的座位，目的是换个视角从空中俯瞰自己的家乡。透过舷窗，凉山总是晴空万里，山河尽览无余。

过去，当坐飞机飞越凉山高空时，看到的是一片黄土和土坯房，苍凉而破败。吉色方森无限感慨，而今是一天一个变化，一座座崭新的房子拔地而起，一条条水泥路蜿蜒前行，凉山展现出现代之美、进步之美。三河村也在经历着这样的变化。

村民们欢天喜地搬新家

村民们在安置点的广场上摆下坝坝宴，庆贺有了新居所

吉好也求一家人与旧屋和新居的合影 （供图：视觉中国）

在吉色方森看来，三河村实现脱贫攻坚任务，"两不愁"基本没有问题。"三保障"是目前的工作重心，保障义务教育、保障基本医疗需要的是健全的制度及经费、人员投入，而更加关乎村民利益的是安全住房建设。

在三河村，过去家家户户住的几乎都是土坯房。这些土坯房大多就地取材，用当地的砂质黏土夯筑，墙中夹杂竹条、杂草等，以增强墙体的韧性。墙壁风干后就出现了大大小小的裂缝，大的裂缝可伸进拳头。随着时间的流逝，这些土坯房在风雨剥蚀中毁坏严重，部分住房濒临倒塌。

三河村的土坯房不仅残破，保暖性差，而且功能欠缺。大多是典型的彝族土房，低矮，小的二三十平方米，大的七八十平方米。土坯房无功能分区，一家人挤在一间屋里，这间房既是卧房，也是火塘、库房、杂物间，生活环境糟糕。家家户户都盼望着有朝一日能住进亮堂堂的新房。住进新房，是农民一辈子的大事。

在三河村群众的心中，家是什么？家就是舒适的房子。有了房子，一家人有了安身之所，便觉得生活有奔头，一切困难都可以克服。从一开始，帮助贫困户建起新住房，就是脱贫攻坚的重中之重，是三河村的首要任务。

村民吉伍尔莫听说要建房，高兴不已。"想了好多年，一直无钱建！"现在她只需要筹集一万多元就可以住进新房。过去，她家一大家子住在一间土坯房里，下脚都没有地方，而且土坯房紧挨着牛圈，早出晚归的两头牛把院子踩成了烂田，出门就得穿雨靴。

2018年，在经历征求群众意见、规划论证设计等多个复杂的环节后，三河村安全住房建设拉开帷幕。考虑到三河村贫穷，一个重要原因就是居住分散，不能完全配套交通等发展设施，导致生产生活水平低下，因此新的住房必须避免走这些弯路；适当聚居，这成为大家的共识。为防止易地搬迁又陷入过去分散居住的窠臼，昭觉县也作出了规定，易地搬迁安置点必须集中安置10户以上，安置10户以下的，要作出书面说明。但现实是，三河村地域广阔，四个社，每个社之间相隔数公里，如果仅建两三个聚居点，部分村民离自己的土地、山林太远，今后生计仍然难有着落，同样会陷入贫困的窠臼。

张凌和村社干部多次与村民们开会，商量如何建新房。每次讨论都很激烈，建在乡政府附近，建在河边，建在公路旁……各种声音，多种意见，有时争得面红耳赤、不可开交，有据理力争，也有相互妥协。最后，意见逐步归于统一：既要考虑公共服务设施配套，也要考虑之后的生产生活方便，以利于巩固脱贫成果。

于是，三河村安全住房建设方案出炉，全村布局九个安全住房聚居点，少则十来户，多则近三十户，村民们可自愿选择这些聚居点。贫困户全部要建设安全住房，而非贫困户也可报名参加，实现自己居住条件的升级。

这九个点中，有的位于交通方便的路旁，将来生产方便。洛达社的一个聚居点位于河谷，溪水从一旁流过，环境怡人，生活方便。而最为特殊的便是1号聚居点——阿基社聚居点。这个点离阿基社现有的老寨子有近两公里，位于一道平整的山梁上，水可以从山上引来。这里视野开阔，周围是茂密的树林，清风拂过，松涛阵阵。这里的小地名叫"阿来果则"，意思是"离两边的田地很近"。从 1 号聚居点往下，两侧都是肥美的农田。春天，光叶紫花苕花掀开春的裙角，色彩斑斓；夏天，马铃薯花星星点点，或红或黄，十分耐看，墨绿色的玉米叶子哗啦啦作响，胜过一切交响曲；秋天，圆根叶苍翠欲滴，引来候鸟一片；冬天，这里白雪覆盖，远山层次分明，构成苍茫的田园画卷。

正是这样得天独厚的环境，1 号聚居点吸纳了 29 户村民在此居住，是聚居户数最多的安置点，有望成为三河村未来旅游产业的集散地。

修建地点经过激烈争锋定了下来，接下来的问题就是修多大的房子，修什么样的房子。因为建档立卡贫困户建设安全住房的资金，很大一部分来源于各级财政对精准脱贫的投入，修多大的房子各级扶贫部门已经作出了严格的规定，要求既能满足居住需求，又不能奢侈浪费，须与地方扶贫的财力和能力相当，面积和建设资金都不能突破限制。在凉山，根据需要，安全住房根据人口多少有 25～125 平方米等多种面积。修什么样的房子？没有村民同意修以前那种功能不分、人畜混居的房子。大家讨论后的一致意见是建凉山安宁河谷普遍适用的砖混结构房子，门窗齐备，屋里亮堂堂的，上盖琉璃瓦。房子配套建设独立厨房、厕所及洗漱间，彻底改变过去的卫生状况。每个聚居点集中配建一处畜禽养殖场所。这样既改善了居住环境，也照顾了群众的生产生活。

紧接着，一系列的招投标开始，每个聚居点都设置公开透明的招投标程序，几轮谈判下来，聚居点都找到了合适的建设者。2018 年春天，这些程序完成，每位村民都期盼着房子能像庄稼一样，一夜之间就从地里冒出来，然后噌噌往上长。

2018 年夏天，三河村遭遇了近十年来未有的多雨天气。原本

4月就动工的安全住房工程卡了壳。急需的水泥、钢筋、砖等建材运不进来。施工的机械在工地上倒腾几圈后，挖掘机便罢工了，它的铲斗里满是黏土，不能动弹；推土机也深陷黏土的重围，进退两难。

此时，所有的工程施工只得停下，等待天公作美。老天仿佛也要和三河村作对，晴朗的9月也不得安生，仍然下了好几场透雨。一下雨，一块砖都进不了三河村，机器设备也无法使用。10月，雨过天晴，各工地紧锣密鼓，加班加点。每天有100多车建材运往工地。为保障建材运输，原本已经进场施工的通村道路建设公司暂时撤出，道路建设让位于安全住房建设。县交通局选派专门人员随时修复被大车压坏的进村道路。每隔一天，这条路就需要铲车从头至尾修整一遍。

很快，安全住房一天一个样，从地基、圈梁到砌砖、刷墙，施工队伍铆足了劲想把耽误的时间赶回来。忙完秋收的村民有了新的增收渠道：就近在工地打工，每天收入上百元。

老村长洛古有初也参与其中。在洛达社的安置点建设现场，技术工人是从山外来的汉族师傅，他们需要小工拌水泥河沙并运送到施工现场，这些活就临时雇用当地村民干。洛古有初负责清点汽车运来的物资并给村民派工。每次卡车师傅运来材料，他就拿出小本记上。到工程结束时，卡车师傅、村民都要凭借他的记录进行结算。

"这次建房，好多村民一下子增加了好几千元的收入！"洛古有初很是兴奋，他会招呼大家中午的时候到他家去吃饭，喝两口小酒活络活络筋骨。

吉好也求等村民也参加进来，他们把从农民夜校学来的建筑技术用到了修自己的房子上。村民们高兴地说："名义上,我们是给中标的建筑公司打工,而实际上是给我们自己盖房子。我们一边打工,一边监测质量!"

2019年初,1号安置点率先建设完成,人们欢天喜地,放着鞭炮,呼朋唤友喜迁新居。

在这场浩大的建房过程中,备受瞩目的1号安置点进度一度最慢。慢的原因是这里的安全住房今后要适应三河村旅游发展的需要,因此需要县乡及各部门层层把关,层层论证,精细设计,精心施工,精雕细琢。把关的环节多了,要求就多而高。最开始,这里被设计为砖混结构,但一经专家审核,认为不能适应旅游功能需求,方案必须推倒重来。第二稿再冲关,被认为没有反映彝区特色,于是方案再度回炉,将现代建筑功能与彝族文化特色充分融合,一个具备彝族传统建筑外立面、功能齐全的建设方案最终胜出。最后,具备古建资质的一家云南公司中标。选择这家公司,是希望将聚居点打造成一个民族风情浓郁、彝族风格鲜明,又适应未来旅游发展的精品工程。

即便方案确定了,1号安置点的建设仍历经波折。早在2018年4月,即正式开工建设时,还在现场搞了一场启动仪式。启动建设那天,全村在家的大部分村民都自发地赶到阿来果则,认真地审视宣传板上的规划图,不少村民禁不住热泪盈眶。

承建方5月就进场,但因为雨季,材料无法运进,机器无法运转,延误了工期。2018年11月,29幢由木结构串联起来的房屋在1号聚居点现出雏形。所有的建筑木料都经过特殊处理,防潮防虫,木材颜色由淡黄色变成了浅灰色。此时,县上又通知施工方,要对墙体做微调,需要在墙体底层增加石头堆砌,让墙体看上去更古朴自然。于是，施工方赶紧在周边找合适的石头，最后在附近一个废弃的矿区里找到了砂岩。

不过工程师们担心，仅仅 37 厘米宽的墙体，如果都用这些不规则的砂岩砌成，能否承受住重压呢？而如果墙体太厚，会让房屋空间受到挤压，不利于今后旅游功能的发挥。经反复试验，最后专家们认为这个墙体方案弊大于利，必须放弃；于是重新用砖砌墙体，再进行粉刷加工，最终形成民族风格与现代功能相统一的建筑。为了使安置点风格独具，墙体先后推倒 3 次重建。为了敲定用什么材质、大小、颜色的瓦这类细节，甚至停工了一个月。

三河村安置点将现代建筑功能与彝族文化特色充分融合

虽然历经多次方案变动，但因为 1 号安置点是世人关注的焦点，因此在最终的建设方案确定后，施工方不计人力物力成本，加班加点赶工期，最终还是在 2019 年春节前交付使用。这里承载着三河村未来旅游发展的希望。

（三）阿俄次尔的三次建房

"家家都有本难念的经"，这样的定论适用于三河村的每一户。三河村村民中，不止吉好也求家经历了多次住房的修整。相较而言，日子社的阿俄次尔数十年里前前后后的三次建房，更能说明三河村人的不屈和抗争。

2019 年春天里，阿俄次尔一家住进了新房，出嫁的女儿带着家人回来了，在外读书的孩子也回来了。一大家人在崭新的客厅里尽情欢乐。凉山特有的铜火锅被请了出来，硕大的锅肚子里装上炭火，一圈铜锅里放上了各种各样的美味，热气蒸腾，飘散出诱人的香气。阿俄次尔的双眼迷蒙在蒸腾的热气里，分不清是雾气还是喜悦的泪水。

住上新房，改善居住环境，从而向过去告别，这是三河村绝大部分村民的夙愿。有了新的住房，村民才感觉有自信，有希望，也有了生活的动力。住房，被认为是进入文明的一个基础，无论城乡，不关贵贱。

在日子社，眼看着自己的房子从打地基、筑圈梁、砌砖、搭建屋顶到交房、搬入新居，村民阿俄次尔感觉新鲜，就像做梦一样。

贫困户阿俄次尔已经 50 多岁，高高的个子，头发、胡须已经斑白。他与人交流时有些木讷，但听得极为认真，不时歪着头想想。表情木讷的原因在于他汉语较差，交流时需要花较长时间才能领会对方的意思。能大部分理解外人的话，还得益于他前几年在外打工的经历。

阿俄次尔有5个孩子，3个大的已经成家，两个小的在县城读书，户口本上还有4口人。

阿俄次尔因家离乡上远，仅上过小学低年级，还没完全掌握普通话，就稀里糊涂帮大人干活了。年轻的时候，阿俄次尔沿袭父辈们刀耕火种的生产方式，仅靠种植养家糊口。但日子社交通不便，而且缺水，即便辛勤劳作，也难以养活全家。5年前，谋求改变的阿俄次尔在别人的介绍下去了遥远的山东打工，因不懂普通话，无法交流，在历经多次应聘失败后，他终于在一家砖厂落了脚。卖苦力，这几乎是阿俄次尔这一辈缺乏教育、缺乏技术者唯一的求生技能。砖厂的活计多，又脏又累，工作时间长，工资还很低。拉坯、搬砖、上窑，守夜、烧窑、添煤，不管什么辛苦活，阿俄次尔从不计较，再苦再累他都忍了，坚持了下来，一年有一万多元的收入，但家庭花销仍不够。

不过在他看来，这比在家种地强多了。家里累死累活，堆成小山的马铃薯、荞麦都不值钱，圆根更无人问津，只能喂牛喂猪。如果他待在日子社，这样的日子会日复一日、年复一年。

在砖厂干了4年，阿俄次尔的打工生涯走向了尽头。因为他老了，体力大不如前。过去拉着好几百斤的架子车健步如飞，而现在却拉不动了。而且那时他的身体经常出点小状况，难以再没日没夜地干。砖厂需要的是生猛如虎的劳动力，可不愿意养一个闲人。砖厂嫌弃阿俄次尔，让他卷铺盖走人。阿俄次尔明白，没有技术的打工者，50 岁是一道分水岭。他在外面没有了容身之处，只得回到大凉山，回到日子社小山岗上自己的家。

过去去阿俄次尔的家，因为没有路，需要从三岔河乡政府驻地，沿着山谷往上攀爬至少两个小时。现在去日子社已经轻松了许多，经过呷尔社，前往日子社的水泥路已经修通近 6 公里，还有 1 公里多的路 2018 年夏天已经开出路基，待经过一至两个雨季的沉降后就将硬化。届时，从日子社通往外界就轻松了。

阿俄次尔以前的家是土坯房，在高高的山梁上。进入他家的院子，首先要迈过用石头乱七八糟垒成的阶梯，爬上长长的土坡。院里，各类畜禽粪便与牛羊吃剩的草料散落一地，混合在一起。几头小黑猪在一个木槽里拱着猪食，发出嗷嗷的叫声。母鸡带着小鸡在院子里啄食，"啾啾"的声音不绝于耳。

在阿俄次尔家老院子的背后还有一块空地，散养着两头能繁母猪，猪的脖子和前膀上拴着绳子，绳子一头连着长长的钉入地下的粗铁钉，防止猪逃跑。

从阿俄次尔家的院子可以俯瞰三河村风景，沟沟壑壑尽收眼底。早晚时分，风就呼啦啦地吹起来。

阿俄次尔家的土坯房里，总是堆满了马铃薯、荞麦、圆根等，它们占去很大的位置。剩余部分是火塘，几张床散落在角落里。房子密不透风，一盏昏暗的白炽灯仅能照亮火塘周边。即便这样逼仄的空间，仍放着喂鸡的木槽。傍晚时分，小猪、小鸡都要拼命拱钻着木门，想挤进来过夜。牲畜家禽们也禁不住四面而来的山风，希望进土坯房躲风避雨。

阿俄次尔家的老院子里其实有两间大屋子。较为破旧的一间建于 20 多年前，那是他还年轻的时候，为孩子陆续出生而修建的土墙房，用茅草盖顶，隔两三年就得重新盖一次屋顶。十年前，因老房子四面透风漏雨，阿俄次尔在老院子旁边又建了一次房，这次又是土坯房，不过屋顶换成了小青瓦，旧房子变成了牛羊圈。这一轮精准脱贫，是阿俄次尔第三次建房，也是他最为轻松的一次建房，不需要为此而节衣缩食多年，也不需要费时费力地买材料、请工匠、谋划工期，不停地张罗。

三次建房，跨越近 30 年的时空，是阿俄次尔生活经历的浓缩，也是凉山时代变迁的真实写照。一步步迈向现代、迈向开放，这是整个凉山不断砥砺前行的发展轨迹。

能住上好房子，是阿俄次尔多年的期盼。虽然在外仅四年，但他也目睹了凉山和外界的差距，这位彝族汉子也在用自己的视角思考和学习。他利用有限的机会，尽量从工友那里学习普通话。现在，尽管他说普通话仍然困难，但大多数对话，他已经能理解。在山东的经历让他开阔了眼界，真正感受到自己居住的环境糟糕、生产落后，需要改变，这样的冲动是推动他向前的重要力量。阿俄次尔希望像自己所见到的一样，自己的住房有宽敞明亮的房间，有单独的厨房、卫生间，院坝里可栽种花草，而不是像以前，脚边总有几头小猪、几只小鸡在团团转。

这一切窘境，现在已成过去。2019 年初，日子社的安全住房建成了，阿俄次尔家 100 平方米的房子同其他村民的房子紧邻着。背后是密林，门前就是季节性的草海湿地。夏秋时节，草长水清，鸟雀成群，景致相当漂亮。新房子交通便利，门前道路硬化入户，自来水通到家家户户，厕所的排水直接进入统一建设的沼气池，不再像过去粪尿遍地、污水横流。房子在两山间的山坳里，秋冬季节再也不担心四面寒风肆虐了。

这样的变化，让阿俄次尔感慨："现在的日子既轻松又舒适！"

日子社村民们的养殖场所集中统一建设，距离住房有一段距离。过去村子里到处都是动物粪便的场景没有了，走路清爽了许多。

住进了新房，阿俄次尔走起路来腰板都更直了。过去常犯的头疼脑热的毛病这段时间也无影无踪了。他考虑的是，如何心无旁骛地增加家庭收入，让新家更温暖更富足。

阿俄次尔总结：过去穷困，一方面是孩子读书，负担重，另一方面是较为原始的耕种方式，自己也缺乏必要的劳动技能，又受制于日子社交通不便，种养出来的东西无法运出去，好东西变不成钱……如今，这一切都在彻底改变。

2018 年，得益于帮扶政策，阿俄次尔养了两头母猪，产了两窝猪仔，卖了近 3000 元；家里养了两头牛，其中的一头西门塔尔牛给他带来了惊喜，产了一胎，产下了两头小牛犊。这样，家里一下子就有了 4 头牛。2019 年，养牛就是阿俄次尔的一大笔收入。

阿俄次尔给我们算了一笔账：2018 年马铃薯产了 8000 斤，卖掉一半，另一半作口粮；收获荞麦 2000 多斤；收获圆根好几万斤，全部用作牲畜饲料；加上在建筑工地上临时打工的收入，杂七杂八地算下来，已经比往年收入增加了不少。仅从收入上来讲，他已经将绝对贫困抛在身后。

阿俄次尔总是努力地转动大脑，他相信"事情都需要提前谋划"。他思考着，要借着这样的好光景，不断增加收入。自家的土地海拔高，无法种花椒等经济作物，但可以把这些土地和山林利用起来，种植更多的草料和中药材，养殖更多的牛羊，让自己的日子更加红火。

已年过半百的阿俄次尔仍然有梦想，他坚信只要自己努力，不偷懒，一定能摆脱贫困，走向富裕。他的心气，是越来越多三河村人的心气：相信自己，努力想办法，一切的困难都将向他们低头。

（四）小村不再信"鬼"

在三河村，一场新与旧、文明与愚昧的交锋已经分出了胜负，那就是村民们摒弃了过去对疾病的错误认识，开始相信科学，相信医院，相信医生。现代医疗知识逐步浸润进村民的大脑。

吉伍尔莫一家就经历了这样的蜕变。

吉伍尔莫的家（搬迁之前的老房子）在阿基社寨子的山腰，一条上寨子的石梯路从她家门前经过，往下几十米，便是三岔河乡通往县城的公路。尽管车不能直接开到屋前，但也属三河村里交通便捷的了。

她家的老房子也用夯土筑就，低矮的屋檐难挡风雨，岁月让墙壁斑驳，雨雪将部分墙体侵蚀风化，裸露出树枝、杂草充当的墙筋，房子四面漏风。屋前的小院地面未硬化，若遇连绵雨天，人畜踩踏后泥泞一片。

吉伍尔莫家四周种满了白杨树，院旁也有一棵白杨，粗大的树干有近 40 厘米粗，在大凉山特有的风霜雨雪中树皮皲裂，像不规则的盔甲。这棵巨大的白杨树挡住了烈日，浓密的枝叶让小院难得被阳光普照。6 月时节，白杨树的花絮会铺满上山的小道，红色土壤被染上白色，其后的时光便是一片绿荫，阳光只能从绿荫的缝隙里挤下来。秋天，白杨树掉光了叶子，喜鹊的窝露了出来，高高的树丫上一根根树枝聚拢成一团，成为另一道风景。

吉伍尔莫只有 40 来岁，又瘦又黑，像是长期缺乏营养。

在吉伍尔莫家门口大声喊她，一般不会有回应的声音，熟悉她的人都知道，她就在附近，她准是听到了，但要耐心等一等。她隔许久才会从山坡下的落叶林里把牛赶上来。她往常赶三头牛——自家有两头，另外一头是母亲家的，母亲家的房子就在公路边，也是土坯房。吉伍尔莫算是招婿上门，因此结婚时就在父母家的旁边建了一幢房安顿了下来。

傍晚时分，吉伍尔莫赶的牛会准时从树林里出来，越过马路走上石头台阶。经过母亲家的门前时，一头壮硕的西门塔尔牛便自觉地与同伴告别，用头拱开木门，进入吉伍尔莫母亲家的院子。而另两头西门塔尔牛则不声不响继续爬坡，向吉伍尔莫家的房子走去。原来老牛也是可以识途的。

现在吉伍尔莫经常独自在家，照顾最年幼的两个孩子。吉伍尔莫与丈夫有 6 个孩子，最大的女儿已经 22 岁，嫁出去了。丈夫带着一个孩子出去打工了，会定时寄钱回来。另外两个小孩子在外读书。

吉伍尔莫的丈夫曲木子刀 40 多岁，这个男人如同彝区的很多男性一样，因喝酒、生活不规律等原因，身体时常闹些小毛病。在彝区群众传统观念里，身体不舒服，多半是"鬼"在作祟。因此，遇到生病，通常的做法是请毕摩来看病，当地人称之为"干迷信"，也就是驱"鬼"。毕摩是彝语音译，意为"觋爸"，是彝族巫师，主持念经、祭祀、驱鬼、占卜等活动。他们中有许多人确实掌握了彝族医药的一些技巧，能帮助群众解决一些病痛。但更多时候，毕摩们难以治疗一些复杂的病症。随着生产的发展和科学知识的日益普及，毕摩文化日益衰落。

曲木子刀的病有时"干迷信"驱走了"鬼"就好了，但更多时候"鬼"不仅没驱走，还越来越严重。久而久之，经常小病拖成大病，曲木子刀的胃病及胆结石的毛病就越拖越厉害了。其实，因病致贫、因病返贫在彝区极其常见。吉好也求的妻子马海子呷过去也经常生病，心疼钱而很少去医院，结果越拖越严重，影响了身体，也影响了生产劳动。

为何没去正规医院治疗？曲木子刀说，过去也去过医院，但三河村距医院较远，来回颠簸，诊疗费对他们而言也是一大笔钱，去一次医院，几百元就没有了，这对一个彝族家庭而言，是一笔不小的开支。曲木子刀是从解放乡做上门女婿迁至三河村，分得的土地少，过去辛苦种植、养殖一年，家庭总收入只有一万元左右。因为病痛的影响，曲木子刀时常窝在家里，不能干重活，里里外外靠吉伍尔莫，加上子女众多，贫困自然也就缠上了。

2018年2月习近平总书记到三河村座谈时，村民说尺阿呷告诉总书记，丈夫做胆结石手术，多亏了国家的救助政策，自家基本一分钱没出。"党的政策瓦吉瓦（彝语：很好），共产党卡莎莎（彝语：谢谢）！"吉伍尔莫也告诉总书记，以前家里人生了病，总觉得是有"鬼"作怪，不去看医生。现在养成了好的卫生习惯，家里人生病就少了，还在村里的卫生评比中得了流动红旗。

总书记对大家说，过去的确是有"鬼"的，愚昧、落后、贫穷就是"鬼"。这些问题解决了，有文化、讲卫生，过上好日子，

"鬼"就自然被驱走了。

吉伍尔莫家的"重生"始于 2015 年。当年，她家被确定为建档立卡贫困户后，一切都发生了改变。按照昭觉县的规定，健康扶贫是彝区脱贫奔小康的保障工程之一。昭觉县全面落实"十免四补助"政策。建档立卡贫困户新农合覆盖率已经达到 100%，贫困人口医疗扶持、全民预防保健等 8 项指标均达到 100%，农村群众县内就医报销比例达到 99.27%。同时，昭觉县还建立 300 万元的卫生扶贫救助基金，有效减少了因病致贫返贫。不仅如此，凉山彝区还将禁毒防艾作为推进彝区脱贫奔小康的重中之重，坚持"治贫、治愚、治毒、治病"一体推进。这些措施，确保了脱贫攻坚中医疗保障的实现。

有了这些政策，加上乡村干部进村入户的教育与谈心，吉伍尔莫家这户几乎与现代医疗有隔阂的彝族家庭也开始相信医学、相信医院。曲木子刀到医院去做了系统检查，实施了系统治疗，经过几个月的休养，没有花费多少钱的曲木子刀恢复了中年人的活力。胆结石被震碎后，时常发作的疼痛消失了，胃病也通过疗养治好了，瘦削的脸也丰润起来。

曲木子刀对着妻子大喊，"鬼"再也不会找他了，他由此不再相信驱"鬼"。吉伍尔莫说："现在有医保，不愁病来了。"

恢复健康后，曲木子刀有了雄心勃勃的打算：家里土地少，发展种植业受限，要在养殖上下功夫。2017 年，曲木子刀家节衣缩食买了一头西门塔尔牛。2018 年，得益于精准扶贫政策，他家获得了用扶贫资金购买的一头牛，2017 年买的牛已经产下了一头牛仔。同时，他家也养了一头母猪，还有十来只鸡。

看着猪、牛养起来了，干练的吉伍尔莫不辞辛苦，起早贪黑、种地、放牛都能独自应付，有没有男人在家似乎已经并不重要。曲木子刀便带着 19 岁的儿子出了门，父子俩要外出闯荡，打工挣钱，彻底改变家庭状况。2018 年年中，曲木子刀找到了打工的工作，一天有 120 元的收入。这样，2018 年他家的收入一举翻了番，经济状况有了极大的改善，可从容还各种欠款并安排好生产生活。

打工，目前也成为三河村村民致富的重要方式之一。全村有100 多人常年在外打工。三岔河乡想尽各种办法输出劳动力。2018 年 11 月底，乡里联系到部分就业岗位。乡党委书记专程送 9名彝族村民到广东务工。

让吉伍尔莫最为高兴的是搬入新居。她家孩子多，一间土坯房放了杂物和粮食，已经挤不下几个日益长大的孩子。建新房，吉伍尔莫与丈夫盼望了多年，谋划了多年，也失望了多年。2018年 4 月开工的那天，她早早地就跑到了工地，等着放鞭炮，与村民一道欢呼雀跃，鼓掌时手都拍红了。如今梦想成真，125 平方米的房子自己只需要出一万多元。新居统一规划了水、电、路和沼气池，建设了专门的厨房、厕所。在离聚居点不远的地方统一建设了圈舍，既卫生又方便养殖。吉伍尔莫特别喜欢现在的新居，喜欢听房前屋后的阵阵松涛声，喜欢透过松林的树荫远望绿油油的田园。

生活往往就是这样，不顺时，士气低落，一潭死水，希望始终很渺茫，也难以觅到像样的改变现状的办法。就如前些年，吉伍尔莫家孩子多负担重，无营生的办法，就像蜷缩在灶炕里的病猫，火熄尽了，越来越凉，却动弹不得，看得见的日子都是苦涩，看不见的日子更令人惆怅。而现在，吉伍尔莫似乎换了个人，整天风风火火，总是有忙不完的事情。她谋划着多养牛、多养猪，把家庭副业搞好，用自己的双手创造幸福的生活。

2019年，儿子喜欢外面的热闹世界，坚持在外面打工，而丈夫曲木子刀则回了家。曲木子刀回来，一方面可以帮吉伍尔莫养猪，另一方面是昭觉正在进行脱贫攻坚，基础设施建设、修建安置房、发展农业产业等急需大量劳动力，家门口随时有活干，而且收入并不低。曲木子刀在村里的安置点干了足足两个月，间或在县里打零工，一年下来有两万多元的进账，加上儿子的结余，吉伍尔莫卖牛、卖猪等的收入，吉伍尔莫算了算，全家人均收入近万元。

"应该不算贫困了吧！"吉伍尔莫笑了笑，咧开的嘴透露的是满心的欢喜。

2020年初，吉伍尔莫有了新想法。她请邻居洛古有格帮忙，在信用社申请了五万元的小额贷款。在她眼中，洛古有格有文化，待人好，贷款这种需要认字签字的事，有个村里人帮忙总是踏实些，这也是她无论如何要让几个年幼的孩子努力读书的原动力。她贷款的目的，是想新买三头小西门塔尔牛，扩大养殖规模，利用这波牲畜价格上涨的好行情，让收入再增加一大截。她现在认为，只要自己肯干，事情就一定能办成。

吉伍尔莫之变根源于四川对深度贫困县所采取的医疗脱贫攻坚措施。四川提出，到2020年，深度贫困县人人要享有基本医疗卫生服务，贫困人口大病和慢性病得到及时有效救治保障和健康管理服务，个人就医费用负担大幅减轻；重大传染病和地方病得到有效控制，基本公共卫生指标接近全国平均水平，人均预期寿命进一步提高；医疗服务条件明显改善；区域间医疗卫生资源配置和人民健康水平差距进一步缩小；因病致贫、因病返贫问题得到有效解决。

为达成这样的目标，四川可谓倾尽其力。四川重点实施了医疗卫生机构建设填平补齐工程，医疗卫生结对帮扶行动，在45个深度贫困县实施定向培养计划、全员培训计划、基层履职尽职考核计划三项行动。这样，深度贫困县的县、乡、村三级医疗卫生机构都得到标准化建设，配齐设施设备；四川省内医疗机构对口帮扶深度贫困县的医疗机构；藏区、彝区每千人卫计人员将从4.26人增加到6人，全面推行乡村一体化管理。

现在，三河村的建档立卡贫困人口参加城乡居民基本医疗保险的个人缴费部分由财政全额代缴。四川还加大"十免四补助"和"两保三救助三基金"扶持力度，进一步降低贫困人口医疗费用个人自付比例。三河村的村民在县域内住院，个人支付比例很低。村民们小病可以不出村，大病可以在昭觉县境内得到解决，极大地方便了群众并减轻了群众负担。

昭觉县人民医院院长介绍："建档立卡贫困户实际支付比例控制在5%以内。在县人民医院治疗，病人大多只需自付1%的费用，自付超过2%的都很少。"

在这一轮彝家新寨建设中，为每个自然村配备村卫生室和一名村医成为一项硬性要求。

曲木子洛就是昭觉县招聘的三河村的村医。这个好学的彝族姑娘毕业于四川眉山市卫生学校，受过严格的专业教育。她自己通过刻苦努力，已获得乡村医师资格证书。

在三河村村卫生室建设完成前，她临时在三岔河乡卫生院上班，负责给患者拿药。平时，她需要经常到三河村去，挨家挨户统计打疫苗的情况，尤其是注射预防小儿麻痹症这样的强制性疫苗，必须无一遗漏，应打尽打。对于不在本地的小孩，她也要统计清楚，弄清楚小孩去向，通知家长在迁入地进行疫苗注射。

每个月，曲木子洛都要与三河村所有的育龄妇女见面，检测有无怀孕，防止超生现象的出现。她还要对部分超生夫妇采取必要的节育措施。

正在扩建的三岔河乡卫生院

工作内容远不止这些，曲木子洛还要指导法定的疾控患者定时检查和服药。

现在，三岔河乡卫生院与三河村的村民签订了家庭医生协议。只要有需求，曲木子洛或其他卫生人员就会上门服务。曲木子洛承担着村民健康调查、基本防疫，包括艾滋病防治等重任，可谓村民们的健康大使。

我们见到她时，她仍医学书籍不离手。有病患前来时，她麻利地处理。她已经能独自应对村民们平常所患的基本疾病。村民们小病用不着再往县里跑。

曲木子洛说："由于条件所限，村卫生室及三岔河乡卫生院只能应对村民简单的疾病。乡卫生院可以输液、做小手术，但大一点的病得转院。"

对于村民而言，村里有了村医，大病小病第一时间有了可咨询、可信赖的人，知道该怎么处理，这已经是巨大的进步，健康已经有了更多的保障。

2019 年，三河村新的村集体活动场所建成，村卫生室也在村活动场地里挂牌。曲木子洛有了为村民服务的固定阵地。她仍然学习不止，不断提升自己的医疗技能。

（五）幼教点的年轻夫妻

自三河村幼儿园建起来以后，幼儿园很快就发生了裂变。在一村一幼的基础上，考虑到安置点尚未建设完成，居住太分散，四个社的孩子都集中到村幼儿园太困难，因此，三河村除老村部幼教点外，相继增加了三个幼教点，一个在日子社，一个在洛达社，一个在呷尔社，增派了四位教师，传递着三河村的希望。增派教师及幼儿园的运行经费，都由县上解决，大大方便了三河村群众，保障了三河村少年儿童受教育的权利。

三河村幼儿园的孩子们

　　热烈日作与吉木尔古工作的幼儿园在乡政府旁的村活动室，无论是交通条件还是其他条件，都要比其他幼教点好得多。而另外三个幼教点，则艰苦了许多，教师需有更大的恒心和定力，但凡坚持下来的，都可谓兢兢业业、任劳任怨。

　　洛达社幼教点在阿基社村寨对面的山坡上。远眺幼教点，白色房子背后就是大山和蓝天，蔚为壮观。

　　一眼可及的幼教点，要到达那里却不容易。去洛达社幼教点，需翻过进入三河村的山梁，从洒拉地坡乡的山谷进入。2018年进入的道路刚挖出路基，晴天可通行汽车，雨雪天气就只能步行了。

三河村一处幼教点背靠大山

　　沿着刚开拓的公路，走上几公里，就到了幼教点的山脚下。走上山坡，来到近前，白色的房子有一道铁皮做的大门，大门旁白底黑字的木牌上写着"三岔河乡自立希望小学"，是由社会热心人士捐建的。2014 年，学校建成后，就没有多少小学生源，因此一直未能正常使用，直到建成幼教点，才算有了正式用途。

　　洛达社幼教点并不大，屋顶躺着硕大的太阳能电池板，有一个配有四套洗浴设施的洗澡间、一个旱厕，院子里放着跷跷板等塑料玩具。幼教点有四间房，其中有作教师临时周转房及厨房的，最大一间用作教室。实际上，教室并不大，但物品摆放有序，地面干净整洁，这无疑是对孩子们的一种良好的卫生引导。墙上还张贴着各种各样的卡通图案、绘画，墙角的各类识字图书可供翻阅，一架风琴因一直无人弹唱而有些落寞。

　　洛达社幼教点刚建起来时，正值孩子较多，有 40 个孩子在此学习。2018 年，这批孩子大多进入三岔河乡中心校；或进入学前班，或正式升入小学。2018 年秋，洛达社幼教点只剩下 9 名学生。不过，2019 年，有近 20 个孩子进出洛达社幼教点，小院里又热闹起来。但是，在这里工作艰苦而孤独，很少有年轻人能长期适应，因此，教师已经交接了两次棒，现在接手的是一对年轻人，一男一女，是刚结婚不久的夫妻。

男教师叫洛古挞子，27 岁。洛古挞子就是土生土长的三河村人，他上学较晚，在昭觉县城上的高中，毕业后考入成都一所职业技术学院。在成都这座大都市的三年学习生活并没有让洛古挞子留恋，这个有些木讷与慢热的彝族小伙不喜欢成都冬天的阴冷，他更喜欢自幼生活的、几乎每天都阳光灿烂的大凉山。2016 年毕业后，洛古挞子毅然回到凉山，希望在凉山找一份好工作，因为熟悉这里的环境、生活习惯，并且离家不远，他还可经常看望父母。

当时，正值昭觉招聘第二批幼儿教师，有 400 多个名额。一下子招这么多人，是因为昭觉县已经看到一村一幼试点的良好效果，因而下了大决心，即使砸锅卖铁也要把一村一幼干起来，于是昭觉县的近 300 个村子需要大量的幼儿教师。

洛古挞子报了名，经过笔试、面试等环节，他顺利地被选中，回到了熟悉的三河村。

洛古挞子的老家就在洛达社，家里的房子已经无人居住，土地给了邻居种。来幼儿园学习的孩子，多是亲戚邻居家的小孩，有种自然的亲近感。

"我把这些孩子带好，就是为三河村的脱贫攻坚尽了力！"洛古挞子喜欢换一个角度思考自己的工作。

因为教幼儿园，洛古挞子有机缘认识了现在的妻子。

洛古挞子的妻子阿苦罗英是凉山州另一个彝族聚居县——金阳县人，彝族。她在西昌师范学院的幼教专业毕业后也回到家乡金阳县当上了幼儿教师。在彝区，在外读书的孩子因为有了见识，往往对婚姻有自己的主见，渴望自由恋爱，因此结婚较彝区其他群体而言晚。洛古挞子和阿苦罗英都迈入了结婚年龄，家里人都忙着物色人选。在县城做小买卖的洛古挞子的母亲自然会到处探风，不放过任何讯息。就这样，阿苦罗英进入了洛古挞子一家的视野。两人经亲戚引荐，走到了一起。他们于2017年订婚，2018年正式结婚。因为洛古挞子在三河村教书，阿苦罗英也跟随丈夫来到这里，两人共同在洛达社幼教点支撑起这座幼儿园。两人结婚时，响应移风易俗的号召，只杀了几头猪和几只羊，请了部分亲戚，省事了许多，也节约了不少钱，减轻了家庭负担。

两口子按部就班，每天给孩子们教普通话，教彝语，也教会他们洗脸、洗手、爱卫生，把这里作为对孩子们进行启蒙教育的重要一站。

每天，洛古挞子都重复这些简单而琐碎的教学工作，当看到孩子们的点滴进步与变化时，两口子感觉所有的付出都值。即便只有三岁的孩子，来到幼儿园半年后，就能听能说简单的普通话。孩子们也借助识字卡片，认识了不少汉字。他们饭前会主动去洗手，想上厕所时，会拉着老师带他去厕所，这无形之中就会促进凉山彝区变化。

洛古挞子有特有的成熟，说话慢条斯理，正好让每一个孩子把每一个音节、每一个字都听清楚。他成了孩子们喜欢的老师，每逢下雨、下雪，夫妻俩要把孩子们送回几百米外的村寨。遇到停电、停水等情况，夫妻俩就会到亲戚家或村民家蹭饭。夫妻二人已经融入三河村洛达社的日常生活里。

对洛古挞子夫妻来说，生活是艰苦的。洛古挞子的父母生了三个孩子，两个姐姐已经成家，他是家里唯一的儿子。按照彝族习俗，洛古挞子要尽到年轻人的责任，与父母住在一起，陪伴、赡养父母。洛古挞子上中学的时候，父亲洛古古挞就患上了胃病和肝病。刚生病时，总想着节约钱，家里会请毕摩治病，每次实际上也要花费两三百元，但效果不明显。后来还是去了医院才遏制住病情的发展。为方便洛古古挞治病，同时也便于照顾当时还在县城上学的洛古挞子，一家人在昭觉县城租了一套仅 40 多平方米的旧房。顽强的母亲由此做起了卖衣服的生意，前些年全家的花销都来源于母亲小小的服装店。但这两年，县城卖衣服的铺子多了，加上网店的冲击，母亲的生意大不如前，好的时候一天营业额有几百元，差的时候一天才卖几十元，利润还不够房租、电费等花销。父亲已年逾 60，母亲年龄大了，自己也即将做父亲，洛古挞子感受到前所未有的责任与压力。

不过，现在父亲治病的负担反而减轻了，因为父亲是建档立卡贫困户，现在有了新农合，可以报销。前不久，父亲又生病了，被送入昭觉县人民医院，可还是一直不见好，迫不得已，转院至西昌市治疗。在西昌治疗了两周后，先后花费 1 万多元，最后这笔垫付的钱几乎都得到了报销。洛古挞子的父亲用自己的经历证明，国家给予了贫困户最大的支持和关注，医疗有了实实在在的保障。

现在，洛古挞子夫妻俩每人每月工资为 2000 元，得精打细算。因为要看望父母，几乎每隔两周，夫妻俩要坐车回昭觉县城一次。每月，洛古挞子需要支付县城里 500 元的房租。每次回去，为节约车费，两口子会步行，从幼教点出发，走几公里，翻过山坳后到洒拉地坡乡的国道边再坐车。那里来往的车多，价格也比在三岔河乡上车低很多。即便这样，回县城每人车费也得 30 元，来回一次两人光车费就得花费 120 元。洛古挞子本来会开摩托车，但摩托车贵，一直未舍得买。每一次回来，他们要把两周的菜及粮油备足。在距离洛达社还有几百米的山坡上，幼教点是唯一的建筑，村民们的住房都靠近山脚。如果食物不充足，就只能临时向村民求援。

　　急速推进的精准扶贫政策让洛古挞子有了更多的憧憬与希望。他打算继续努力，在县城买房定居下来。现在，洛古挞子也通过自学、短视频等多种方式提高自己的理论实践水平，希望有一天能考到更大、更好的学校去。在他看来，一个村有四个幼教点不是一种常态，伴随着安全住房聚居点的建成，部分教学点将完成历史使命。不管三河村未来保留两个幼教点还是一个幼教点，曾经的教师、曾经的幼教点都曾为彝区提升教育水平、助力脱贫攻坚作出了不可磨灭的贡献。

　　2019 年春节前，父母在洛达社安居点上的新住房已经竣工入住。此时，洛古挞子迎来了自己第一个孩子的降临。他和妻子已经商量好最多要两个孩子，把他们抚养好，让他们成人成才，就是对社会的贡献。

　　洛古挞子说，生活不易，但总是向前向好，自己见证了三河村经济社会的发展、三河村教育的发展，即便洛达社的幼教点重归沉寂，自己都无怨无悔。一个小山村有多个幼教点，就如同 20 世纪乡村兴办的村小学一样，是群众的需要，即便它走向终结，那也是一段不可更改的壮阔历史。

2019 年下半年，依靠佛山市的资助，三河村迅速建起了又一个简易的幼儿园，将呷尔社的几十个孩子都纳入了进去。呷尔社从此有了读书声，有了孩子们学习普通话的声音。

（六）村民的创业新路

三河村，如凉山彝区半山上的大多数村庄一样，大多数村民受教育程度低，未能走出大山增长见识，因而在脱贫攻坚进程中难以转变观念，难以很快接受先进的生产生活方式。但彝族一直是一个崇尚英雄而且也是英雄辈出的民族，任何时代，都有彝族英雄脱颖而出。在彝族史诗中，歌颂英雄的篇章浩如烟海。

在精准脱贫之路上，也有许许多多这样不向命运低头，用双手创造幸福美好生活的主动作为者，他们无疑是彝族群众的标杆，有极强的示范意义，激励着更多的年轻人投入到创业中。我们见到郑吃合时，他就给了我们这样的震撼。

郑吃合，三河村人，彝族，名字来源于彝文的音译，25 岁，初中毕业，一米六出头的个子，瘦小精干。他现在办起了一家农庄，名为"丰达家庭农庄"。农庄的名字是他自己取的，寓意"丰收"，这是郑吃合凭着有限的受教育经历所能想到的最吉利的名字。

去丰达家庭农庄并不容易，要沿着前往洛达社的土路前行近1.5公里。为扩大影响，郑吃合在道路入口处用木板做了一块醒目的标牌，标牌上刷着农庄名。牌子不大，因为道路入口在洒拉地坡乡的土地上，牌子大了不受待见；牌子用仅一人多高的杆子撑着，在山野的背景里，甚为显眼。

沿着道路前行，还需要进入一个不起眼的岔路口；顺着陡坡前行，他的农庄就坐落在一座大山一处平缓的山坡上。为这段不起眼的岔路，郑吃合忙了一个夏天，还请来一台挖掘机干了十几天，花费了三万元。可惜几场大雨，又塌方了几处，他还得不断维修。

郑吃合的农庄搭建了两个大棚，每个大棚有好几百平方米，钢架结构，墙体填充上空心砖，也能保温保湿。大棚顶部盖成了蓝色的，几公里外都清晰可见。

郑吃合一个大棚养猪，另一个大棚有多种用途，既酿酒，储存饲料，还辟出一角方便一家人在此住宿。

走入养猪的大棚，中间是走廊，两侧分作了若干圈舍，分别养着重量不等的小猪、母猪。上午 10 点以前，需要给猪儿们喂食一次，若无风雨雷电，郑吃合就要在 10 点左右把这些黑猪赶到野外，让它们肆意地在空旷的山坡上拱食、打闹。就像把人放在了运动场，让这些猪充分运动、充分健身，从而有更好的品质，这是郑吃合保证猪肉品质的诀窍。

回乡创业的郑吃合的农庄建在一处平缓宽广的山坡上

郑吃合酿酒的技术是专门请来一位师傅手把手教会的。为何要酿酒？郑吃合思前想后，认为彝区群众喜欢酒，酿造的粮食酒不会缺少销路，酿酒后的下脚料酒糟可以作为养殖的饲料，可谓一举多得。买来的粮食先酿酒赚一次钱，再搞养殖进一步发挥作用。

凉山冬春气温低，粮食发酵困难，酿酒主要在气温高的夏天和秋初进行。2018 年，郑吃合抓住夏天的机会，一锅接着一锅地煮粮、蒸馏、出酒，前前后后卖了 5000 多斤酒，每斤酒批发价格都在十几元，这可是一笔不小的收入。

创业刚刚起步，一家老小都住在农庄。父亲、妻子都常年住在酿酒棚里帮助照料牲畜。忙不过来，郑吃合就雇用两名村民帮忙，每月工资 2500 元，这也算是为村民就业做了贡献。

郑吃合的妻子洛古有惹，26 岁，小学毕业。洛古有惹个子也不高，瘦小匀称，五官标致耐看，绝对算三河村的一位美女。

郑吃合和洛古有惹，因为父母一辈彼此有意，在一场酒桌上趁着酒兴就为他们俩商定了婚事。当年，郑吃合的父亲为他这门亲事给的聘礼是 6000 元钱。按照当地习俗，也就是彝族群众认可的习惯法，这样的"娃娃亲"堪比相互扯了结婚证，不得轻易悔婚，反悔的一方会被彝族社会所不齿。当两人十几岁时，双方父母为他们举办了隆重的婚礼。婚后，洛古有惹又回家照顾父母，生活了几年，直到双方能独立于社会，也就是郑吃合 19 岁的时候，他们才真正生活在一起，算是正式完婚。很快，两人便有了孩子。

2013 年，瞅着打工眼热，夫妻俩也想出去闯荡，看看外面的世界，他们一起到了广东打工。打工并非想象般的容易，找工作、换工作成为他们的常态。

两口子在电子厂、养猪场等处都工作过，每月小两口的工资合起来也就六七千元。两口子很节约，除掉必要的开支，把剩余的钱都存起来了，每年能存 2 万~3 万元。

与其他打工者不一样的是，不管条件多艰苦、工作多繁忙，郑吃合和洛古有惹都坚持把孩子带在身边：两个男孩，一大一小，工作时照顾不了，会请护工看护孩子，每月看护费用三四百元。如今，这两个孩子活泼好动，也学会了与小猪一起玩耍，在猪场帮父母干力所能及的农活。他们把小猪当作朋友，也把山羊当作朋友。

打工有太多的艰辛，总是不停地换地方、找工作，加上小孩需要照顾，一家四口疲惫不堪。但现在回想起来，郑吃合感觉那几年是自己收获最大的时候，其经历与见识的增长是之前的人生无法比拟的。他见识了世界，看到了家乡的差距，但也时常涌动思乡的愁绪。他于是在夜深人静时经常与妻子商讨，是不是应该换种活法。

"离乡在外，挣不了多少钱，回乡创业的收入可能会更好！"

"回家，孩子们就不会受这么多苦，也可以照顾老人。"妻子洛古有惹无条件地支持丈夫，她也想家了，怀念凉山的一切。两口子虽然在广东打工才四年多，但打工的地方换了十来家，漂泊不定，让他们有些疲倦甚至厌恶。

"可做什么呢？"妻子不止一次追问，郑吃合短时间内未能回答。回家不能坐吃山空，可能干什么呢？郑吃合思前想后。他在广东的养猪场打过工，亲眼见证了一个不大的猪场一年可以出栏几千头猪，效益可观。在这段经历里，郑吃合掌握了养猪必备的一些技能和知识。他就想，凉山历来家家户户都养猪，也喜欢吃本地猪肉，如果适当扩大规模，市场是有的，机会一定会创造出来。

"对！就干这个！"他和妻子商量，"我们回家养猪！"

听说要回家，郑吃合的父母非常高兴。当初打工，父母就不支持，去了几年，平时不仅见不了儿子儿媳，喜欢的两个小孙子也见不了。郑吃合回家，父母不在乎是养猪还是种地，他们看中的是唯一的儿子在身边，一家人可以团聚。现在回来，一家人在一起，其乐融融。

回到家，郑吃合看中了老家那片已经荒芜了的山地。

郑吃合家原来所在的铺子（寨子）在洛达社所属的山坡上。

因山高坡陡，冬春季节缺水，有办法的人家都陆续外迁。一个有六户人家的寨子最后只剩下郑吃合家。寨子空了，房屋无人修整，很快便坍塌损毁，院子长满蒿草，只有庭院前的白杨树日益繁盛，枝繁叶茂，树丫上筑满喜鹊窝，喜鹊整天喳喳叫，这是山谷里唯一的声音。

人走了，土地也荒了。盛产马铃薯、荞麦的土地被草丛包围，玉米地变成了灌木林。

郑吃合眼见土地、树木无人管理，灵机一动，"这不就是最好的养猪场吗？"凉山彝区喜欢吃黑猪肉，这种黑猪被当作凉山的一宝，有一吉祥的名字——"乌金猪"。传统优势品种乌金猪最佳的生长环境就是这样放养的环境，这里便于它们活动，也有足够供它们拱食的草场坡地。只需要做好防疫，乌金猪便会在大自然中找到天然的饲料来保证持续生长。

郑吃合的家人在草坡上放养乌金猪

郑吃合一家家地走访乡邻，希望将村民的土地流转到自己手上。村民一听居然有人对这些现在他们无力耕种的土地感兴趣，而且是看着长大的郑吃合，自然心里高兴。从小到大，郑吃合在村民眼里都是老实本分、重情义、守规矩，他们纷纷表态："支持郑吃合回家养猪！"

2017 年，郑吃合拿下猪场周边的 200 多亩山地，每年租金不到 10 万元，自己也从一个打工仔变成了一个猪倌。我们去探访农庄时，郑吃合站在山坡上向坡下一指："这些都是农庄的范围。"我们顺着他手指的方向望去，目光所及的坡地、山林有近半座山，足足有上千亩。

顺着山坡往下，便是当年村民们废弃不用的房屋，如今郑吃合加以利用，养了山羊。山羊晚上进屋，白天就在山坡上自由采食。郑吃合只需做好疫病防控即可，大自然馈赠给人们鲜美上乘的羊肉。

从创业至今，郑吃合已经投入了 28 万元，这些钱花在修路、买仔猪和羊羔、建大棚、建酒厂等上。除了自己打工的积攒外，郑吃合还向亲戚朋友们举债。

经过两年的发展，郑吃合农庄里乌金猪大猪数量已经突破了 100 头，散放在山坡上，黑压压一片。他总结出的经验是，乌金猪在 50 斤以前，给猪喂饲料；当猪长到 60 斤以后，则改为喂萝卜、酒糟、玉米等食物，保证猪自然生长、有机生长。农庄里大小山羊有 100 多只。农庄已走过了最为艰难的时光，进入稳步扩大阶段，逐渐有了盈利。

2018 年彝族年，猪肉价格逐渐上升，郑吃合卖了 20 多头黑猪，赚了 5 万多元。这一年，他仅在养猪这一项上就有 10 余万元的收入，得以逐步开始回收投资。2018 年下半年，四川生猪的存栏量严重不足，而且因防疫原因禁止外地猪调入，郑吃合的养猪场有了更高的利润。

郑吃合说，他就是要集中精力养好猪和羊，他要集中精力干好一件事。

对养殖场而言，做好防疫和疾病控制是生存的底线。如果击穿这条底线，就可能血本无归。创业初期，郑吃合将大量精力用在猪场的防疫上。他通过学习，已经能完成给猪进行防疫的工作。但他准备把专业的事情交给专业的人士做，拟聘请县上的畜牧专家定期给牲畜做好防疫。而他自己要腾出手来，思考农庄的发展，谋划农庄的营销。毕竟好产品要用好营销才能转变成好效益，要用好营销才能有好口碑。

郑吃合脑子里已经有一大计划，要把山脚下及对面山坡的土地都流转租赁下来，再建一个 500 平方米以上的大棚。这样，农庄面积将在现有基础上至少扩大一倍，横跨整个山谷，乌金猪们就可以有更大的活动空间，也能形成相对封闭、无污染的环境。同时，还可配套建设水池等设施，形成更完善的养殖条件，养殖规模也会翻数倍。

有了更多的土地，郑吃合决定适当发展种植业作为养殖业的配套。2018 年，郑吃合买了 1 万多斤粮食，未来，这些酿酒及饲料用粮要实现部分自给。他计划把养殖大棚边上三四百亩土地种上马铃薯、荞麦和萝卜，同时大量种植光叶紫花苕。有了这些作为基础，郑吃合也准备发展农庄的第三项养殖——养中华蜜蜂。他已经购买了 30 个蜂箱。养蜂虽然规模不大，但相对来说成本投入、精力投入也不大，既可以实现新的增收，也可以让整个山谷的花蜜资源得到利用。

郑吃合盘算着，自己除了销售生猪、活羊外，未来将生产部分腌肉制品，提升利润率，前期在本地销售，而后期则要通过互联网销往全国各地。

在帮扶干部及专业人士的帮助下，郑吃合已经搭建起电商平台，自己的网店也已经上线。他希望通过自己的店铺，让网民认识到，大凉山有许许多多优质农产品，可以满足大家对高品质食品的需求。

郑吃合的思路并不囿于现有的养殖方式，他也在不断思考在不降低质量的前提下进行品种改良及养殖技术提升。他的猪场已经引进夏洛克猪进行试验养殖，乌金猪与其他猪种的杂交也在进行。他还引进了大耳羊，这种羊个头大，生长快。郑吃合希望通过自己的摸索，找到三河村最佳的养殖方式和养殖品种。

一直困扰郑吃合的是扩大规模受制约。他谋划着用土地经营权做抵押，再贷款 20 万～30 万元。这样，农庄就能迅速扩大养殖规模，实现良性运转。

一个受教育不多的打工青年，有如此胆识，是需要勇气和智慧的。郑吃合聪明而有韧性，能吃各种苦，这是他能走好创业第一步的关键所在。

郑吃合去打工后，户籍就与父母分成了两户。父亲作为贫困户，在阿基社安置点申请了一套安全住房，郑吃合少了后顾之忧。在外打工的经历深深影响了郑吃合夫妻俩，小两口认识到彝区一个重要的致贫原因就是超生，孩子太多，疏于照顾和管理，孩子受教育程度低，结果不断重复世代贫困的人生经历。两口子商量，决定只要两个孩子，将来送孩子到西昌市上学。在他们看来，西昌基础教育条件更好，他们希望自己的孩子不再重复走自己的老路。

2019年夏天，三岔河乡党委书记给郑吃合打电话，要他带上证件，到县农行办理贷款手续。这位书记一直关注着郑吃合的创业，获悉他缺乏扩大规模的资金，书记主动找银行，银行表示能贷给郑吃合和另一位创业者每人10万～30万元。这一年，郑吃合的农庄实现了加速跑。尽管受猪瘟疫情的影响，生鲜猪肉不能跨地域调动，但由于猪价持续上涨，郑吃合的收入还是翻了倍。2019年，郑吃合出栏生猪200多头。看似不大的产量，却蕴含着一位创业者的不懈努力，对于乌金猪的养殖而言，这已经是不小的出栏量了。为快速扩大生产，郑吃合成立了养殖合作社。他通过免费向农户发放仔猪，最后收猪结算的方式吸引周边群众加入。2020年初，郑吃合将自己养殖场的乌金猪存栏量增加到了300多头，农户散养的有200多头。这样，产能就在过去的基础上扩大了至少三四倍。他随时都会上网学习养猪技术，不断更新自己的知识，他用这些新技术和新知识改造乌金猪养殖中的薄弱环节，不断提升养殖效益。

在三河村，越来越多的人借鉴着郑吃合的创业之路，有不少年轻人逐步闯出属于自己的路。郑你惹，不到30岁，以前养羊，现在增加了养牛。他养了12头牛、上百只羊。仅靠养殖，郑你惹一下子就摆脱了贫困，奔向小康。他说："只要努力，什么事情都可能办成！"

日子社阿牛尔子，贫困户，在获得资金支持后，敢想敢干，利用日子社丰富的山林和草地资源，养了100多只羊。他还买卖羊，一年总收入近10万元。这些新鲜的事例就像强心针，不断刺激着三河村人的心房，他们意识到了自己的潜力，也正努力让这些潜力得到充分发挥，让梦想得以顺利实现。

（七）让创业变成村民致富的机会

"现在每个月向外销售腊肉 3000 多斤，还需要继续寻找稳定的客户！"虽然已经打开局面，但洛古有格还不满足，他四处奔走，希望将自己销售的触角越伸越远。

洛古有格与郑吃合都在三河村养猪，但他们的养法不同，销售、赚钱的方式也不同。

郑吃合回到家乡，靠的是埋头苦干。而洛古有格回乡更早，同郑吃合默默壮大自己不同，他的理念是做事情就要做出动静，并且要把自己致富与村民致富结合起来，要把自己养猪与群众增收联系起来，让村民们帮着自己养猪，自己与村民一起增收。

洛古有格，身材敦实，浓眉大眼，皮肤黝黑。2009 年，就读于四川化工职业技术学院的洛古有格即将毕业，像众多的大学毕业生一样，他渴望一份城市里的工作，希望尽早地证明自己。毕业前夕，他精心为自己设计了一份简历，奔忙在各大招聘现场，参加一场场的招聘会，挤进一场场的面试。

最终，洛古有格凭着自己的坦诚，成功签约重庆一家国企，成了一名电气自动化工作人员，从事电器运行管理及安装操作工作。工作不长时间，每月的工资达到了五六千元，在老家凉山州三岔河乡三河村，这样的工作是体面而令人羡慕的。洛古有格在这里安心工作了 4 年时间，并且娶妻生子，组建了一个幸福的家庭。

在重庆工作期间，洛古有格不改彝族好客的个性，经常请朋友聚会喝酒，存不下来钱。在工作之余，他总有种淡淡的忧伤，说不清道不明。他说："总感觉缺点什么，快乐不起来！"后来他想明白了，自己对现有的生活还是不习惯，从骨子里还是眷恋凉山明亮的阳光，无拘无束的生活。他开始思考，自己究竟想要什么样的生活。

此时，洛古有格想起了幼时的光景。三河村穷，过去家里更穷，父母辛苦一年，吃一顿白米饭都是奢侈。尽管如此，父母还是想办法让他读书，因此，有格儿时就有两个梦想：一个是努力考上大学，改变自己的命运；另一个是回来带领乡亲们致富，摆脱贫困，让大家随时可以吃白米饭。离家久了，这些翻腾的记忆让洛古有格夜不能寐，回家的愿望异常强烈。

回家干什么？洛古有格一直举棋不定。2012年探亲后回重庆的经历给了他灵感和启发。那一次，他把昭觉冬天家家户户都会准备的过年腊肉带了一些回重庆给同事们品尝，结果同事都说从来没有吃到过这么好吃、这么香的腊肉。他为此想了几天，想明白了，是凉山特有的生猪品种和特殊的养殖方式造就了猪肉的美味。

"如果用传统的方法养殖凉山的土猪，一定有销路！"洛古有格忙着找书查资料学习。他弄明白了，凉山农民家家户户养的猪是一种特有的黑猪。这种猪叫乌金猪，是大凉山一带特有的养殖品种，早在三国时期当地人就开始养殖。经历了历史的沉淀和历代的选育优化，乌金猪适应性强，对饲养条件要求不高，其养殖技术可迅速掌握。

洛古有格打定主意后就与父母商量。一听说好不容易走出三河村的儿子要回来，并且是回来干大家都不待见的养猪，家里首先强烈反对，坚决不同意。父母说："回来养猪，那当初为何还花钱读书？不读书就可以养猪，为何兜了这么一大圈？"母亲甚至气得落了泪，苦口婆心地劝他，希望有格能够回头。当年，父母卖了三只羊才把他供到了小学四年级，之后又送他去解放区（当年三岔河乡所在的大区）中心校、凉山州民族中学读书，父母的花费更大。洛古有格一时难以找到更好的理由说服父母。他深知父母供自己读书付出了太多，他们对儿子能走出大山深感自豪，这是他们骄傲的资本。

磨蹭了一段时间，洛古有格悄悄地把工作辞了。辞职的时候，洛古有格其实也经历了内心的挣扎。他除掉"五险一金"，到手的月工资还有五六千，"这样的收入比在乡上工作了几十年的宋书记工资都还高"。平时，工厂里还有很多福利，自己一两个月的收入就可抵父母一年的纯收入。

辞职那天，洛古有格买了一箱啤酒，喝醉后壮着胆子把已经提前编好的辞职短信发给了领导。事情已经过去了数年，洛古有格仍然对所有的细节记忆清晰："领导，感谢一直以来的关心。思考了很久，我要回老家创业养猪！"对于这样简短有力的辞职信，公司领导震惊之余一再挽留，但他去意已决。2013年底，洛古有格回到了三河村。

刚刚回来时，洛古有格毫无头绪：家里不理解，对技术不了解，缺少启动资金。他虽在外工作四年，但理财意识淡薄，请客吃饭花费不少，存的钱不多。

洛古有格只得厚着脸皮请求亲戚朋友帮忙筹资，还把弟弟洛古有合拉了进来，他拿出自己所有的积蓄，加上东拼西凑的钱，总计 30 万元, 成立了有格有合乌金猪养殖合作社——合作社之名就来源于两兄弟的名字。洛古有格很快流转了 500 多亩土地。这 500 多亩土地在一条山沟里, 正好处在日子社的下方, 因较为偏僻没有村民的住房, 平时土地耕作强度不大, 也没有农药、化肥污染。这条沟两旁平缓的山坡上密布着灌木、草地, 一条小溪从中穿过。实际上, 整个沟谷有上千亩的地盘, 正是养殖的好环境, 有足够的空间和资源让乌金猪在天然环境里生长。

猪场土地有了, 但洛古有格却无钱建设猪舍。于是, 一家人就地取材, 用木材在坡地上搭建了 6 间简易猪舍, 用白色塑料做棚顶。然后挨家挨户选购了 50 头优质乌金猪种。为了能日夜看护这些仔猪, 兄弟俩干脆在猪圈旁搭了个简易棚, 与这些乌金猪寸步不离。仅仅半年多时间里, 洛古有格瘦了近 30 斤。每天忙完猪场的活后, 躺下的时候都到了半夜。

夜深人静时, 洛古有格也在想自己回乡是否值, 但一想到儿时的梦想, 一切的疑虑、担忧便烟消云散。他已无路可退, 必须勇往直前: "谁叫我们都是追梦人呢!"

在洛古有格最困难的时候, 三岔河乡政府、昭觉县发改局发现了这位回乡创业的青年。2015 年初, 县发改局局长、三河村第一书记张凌等人冒着大雪到洛古有格的猪场, 了解他的实际需求与困难, 很快就落实了通往猪场道路的建设、圈舍、化粪池等项目的资助事宜。很快, 新的 1200 平方米的猪舍等设施建设完成, 猪场很快扩大生产, 养殖规模翻了番。

乡上和县上支持洛古有格是有条件的, 就是希望通过他, 将三河村的群众整合起来、组织起来, 通过专业合作社扩大养殖规模, 带动群众参与。而这也是洛古有格一直思考的问题。

洛古有格走访每一户贫困户，拉他们入伙。他的办法是免费给每一户贫困户发仔猪，然后进行寄养，待长大后统一收购销售，按照猪的生长情况给农户报酬；同时，农户也在合作社中占股份，销售收入中的利润农户还可以进行第二次分红。合作社进行统一的防疫，进行统一的品质控制，不准农户私自喂混合饲料，要求采用传统的方法饲养。这样，仔猪易生病的阶段由猪场的专业人员负责照顾，而参与农户不仅可以在寄养阶段挣钱，还可以分红。这么好的事情，群众开始有些将信将疑，但很快还是有 110 户农户参加，其中有 36 户贫困户。2017 年，合作社一共销售 2000 多头仔猪，销售额 60 多万元，带动农户平均增收 2500 元。

洛古有格的养猪场坐落在一条幽静的山沟里

　　　　　　　　十村记：精准扶贫路——三河水暖

2018年，洛古有初养猪卖给洛古有格，卖了6万多元；吉好也求卖了16头仔猪；阿库子阿木卖了两头大猪，收入5000元……

2017年2月，洛古有格带着"大凉山'乌金猪'生态养殖及产业化发展"项目，参加凉山州第四届青年创业大赛，赢得了"创富类"金奖。他说："三河村绿色生态是养殖乌金猪最大的优势、最强的品牌。"洛古有格明确定位"乌金猪"的发展方向，即以"养殖公司＋合作社＋农户"的模式发展。采用这一方式，可快速扩大养殖规模，更为重要的是能迅速团结引领群众参与，让他们也通过养殖业增收致富，增强抵御风险的能力。

因为洛古有格的猪场地域广阔，草场还可以加大利用强度。这两年，洛古有格也开始养西门塔尔牛，增加养殖场的收入。

伴随规模的扩大和三河村越来越多群众的参与，洛古有格开始思考如何把终端产品辐射到全州、成都甚至全国。要建立这样的销售渠道，就必须系统思考并配套屠宰、加工、运输等环节。

2018年6月，有格有合乌金猪养殖合作社同西昌学院经济管理学院产教融合课题组进行合作，从前期的商标设计到后期的产品设计和销售方案，进行精心谋划。在冷链物流等客观条件的限制下，先推出腊肉和香肠产品，逐步树立品牌形象。洛古有格还特地邀请川菜名厨做顾问，为口味和品质把关。

经人介绍，一位成都大型餐饮连锁企业的老板同洛古有格联系，最后确定由洛古有格定点供应优质腊肉。洛古有格通过发货运将肉托运到了成都，暂时解决了猪肉的长途运输问题，也解决了新鲜猪肉必须及时进行检验检疫的问题。

洛古有格的创业逐渐步入了正轨，他从未忘记自己的梦想。

回来这几年，他深刻感受到农村的穷困，其中一个关键因素是缺乏受过良好教育、有想法、有干劲、有责任心的带头人。在忙碌之余，他更多地参与到村集体的管理中。

2017年，洛古有格当选为三河村党支部副书记，不过，这位副书记却是不领薪酬，没有待遇的。2018年初，他又当选为村团支部书记，并被选为共青团十八大代表，成了村里名副其实的青年带头人。

"乡村振兴要求人才振兴，懂知识、有文化的年轻人就是人才的一部分，可以发挥大作用。""青年要成为脱贫攻坚、乡村振兴的尖兵和生力军。"……在外开会，有机会发言的时候，洛古有格总是呼吁，要让更多的中坚力量在农村中脱颖而出，成为脱贫攻坚的领头人。他希望有越来越多的接受过良好教育的年轻人回到自己的家乡干事创业，带领乡亲们脱贫致富。

2018年末，洛古有格又热心办起另外一件事。他想到了自己通过上学读书学会了知识，开阔了眼界，锻炼了才干，走出了大山，人生的境遇从此改变。他利用自己是青联委员，与外界联系比较多的优势，给三河村乃至周边村的贫困家庭孩子寻找一对一助学的机会。"让一个孩子读书成才，不仅可以改变他本人的人生，还可以就此使一家人彻底摆脱贫困。"他在对每一户贫困家庭逐一审核后，把资料及照片发给资助人，取得同意后再请资助人直接资助。经过两个月的努力，他整理考察的近50名贫困学生陆续找到了一对一的资助对象。

2019年初，洛古有格养猪的事迹走上了中央电视台农业频道的《致富经》栏目。栏目对他的创业过程及养殖的猪的特殊品质进行了详尽的介绍，让洛古有格和他的合作社被更多的人了解，不仅提升了知名度和关注度，也为这个起步不久的合作社增添了信心。洛古有格说："只要我们共同努力，通过乌金猪的养殖，我们一定能早日脱贫奔小康。"他以这次上电视为契机，加大宣传和市场推广力度，利用网络营销等方式，迅速扩大产品的知名度。

洛古有格谋划着吸引更多的农户来参与养殖，共同将三河村的乌金猪养殖业做出规模、做出品牌和价值。而他，希望把自己的事业做成三河村村民面向市场的一个平台，与三河村村民风雨同舟，一起脱贫致富。

洛古有格希望吸引更多农户参与养殖乌金猪，做出规模和品牌

2019 年，经过一周多时间施工，困扰洛古有格养殖场的近一公里的进场道路完成了硬化。此后，无论风雨，饲料进场、牲畜外运等都能畅通无阻。

喜欢"折腾"的洛古有格还折腾出新的项目。他瞄准了新的风口，投入精力养牛、养羊，不到一年时间就出栏羊200多只，存栏肉牛50多头。为进一步迅速扩大产能，洛古有格对自己的养殖场进行了股权改造。当地有关部门经过审慎决策，决定对洛古有格的养殖场投入项目资金500万元。凭借着这500万元的现金投入，洛古有格迅速对养殖场进行规范化、标准化建设，并且补充了流动资金，扩大了养殖规模，这是一种双赢的局面。

此外，洛古有格还注册了一个销售公司，利用多个网络平台，通过以购代捐、网购等方式销售昭觉县的名优土特产品。花椒、蘑菇、牛羊肉等农产品带着攀西的灿烂阳光和凉山群众的质朴温馨，成为抢手货。

"土豆每天都有三百单生意!"网络销售的快速增长让洛古有格打开了另外一扇门，将昭觉土地的出产与山外群众的衣食住行紧紧地联系在一起。有了这份关联，过去无人问津的山货有了可以溢价的资本。

(八)承诺的"五个一"都实现了

2019年夏天来临的时候，张凌紧绷了四年多的心弦终于可以放松下来。究其原因，是三河村的事情可谓胜利在望，村民的人均纯收入2018年已经达到了4615元，"两不愁三保障"的各项措施已经落地落实，最为艰难的道路建设也大局已定。通往三岔河乡的主干道路基、堡坎、桥涵正紧锣密鼓地施工。施工企业负责人向张凌保证:"雨季一结束，一夜之间就可以把路面铺成。"

这点张凌相信，以中国"基建狂魔"令世人叹服的能力，别说是这10公里的山丘道路，就是最为繁杂艰巨的钻山跨海，中国施工企业都能创造奇迹。

对于张凌来说，"得意"的远不止于此。他说："自己骄傲的是，答应村民的、向村民承诺的产业发展'五个一'都实现了。"张凌口中的"五个一"，就是建档立卡贫困户每家每户养一头西门塔尔牛，养一头能繁母猪，养十只鸡，种上一片花椒，每户种一亩以上的良种马铃薯"青薯9号"。

的确，在三河村的脱贫攻坚路上，最难的不是"两不愁"。因为三河村已经跨越愁吃愁穿的年代。虽然还有部分农户是"土豆酸菜型"的温饱，但都能填饱肚子。现在是担心吃什么、穿什么更好的问题。同时，这里的"三保障""六有"等目标通过这几年政府的持续投入，基础设施、医疗教育等都有了很大改善，后续是改善服务、提升水平，更好地满足群众的需求。

三河村脱贫致富最难的是为群众找到持续增收门路，增强自我造血、持续增收的能力，从而在小康之路上能自己远行。

为长远打算，昭觉县联系帮扶三河村脱贫的副县长吉色方森为三河村的发展也绞尽了脑汁。他把能整合的项目都整合进来，能争取的项目都争取过来，能拉来的投资都一一拉来，希望一举改变三河村的现状。

2018年，国家启动了三岔河乡水土保持工程，投资从最初计划的300多万元追加到了1000多万元。这项浩大工程涉及三河村的项目主要是安全饮水工程，从10多公里外的洒拉地坡乡寻找清洁水源，然后引到三河村。项目建成后，三河村生活用水全部实现自来水化，三河村冬春缺水、人畜饮水不安全的问题得到彻底解决。日子社等居住在高半山的群众拥有了生存发展的基础条件。到2020年6月，包括昭觉县在内的凉山州7个未摘帽贫困县

600 处农村饮水安全巩固提升工程全面完成，后面的工作重心转移到建立农村供水工程长效管养机制上。

除此之外，国家安排的川粤对口合作中，佛山市援建凉山州昭觉县 2000 多万元，其中 1400 万元用来修建安置房，600 多万元用来发展产业。这些资金和项目，三河村都受益匪浅。

在脱贫攻坚中，四川提出要发展贫困村的村级集体经济。昭觉县也决心改变贫困村一穷二白的局面，计划拿出 180 万元支持三河村的村集体经济建设。经过村社干部集体商议，准备建设一个规模化的养猪场，修建 1200 平方米的圈舍，养殖 10 头种猪、2000 头母猪。建立公司，引入农户，采用支部＋公司＋农户的模式，让贫困户持有股权，形成既有利于农民增收，又增强集体财力的新型合作方式。村里规划，支部管理的集体经济占 5％至 10％的收益，公司分红占 35％左右，养殖大户占 35％左右，其余的作为贫困户的股金分红。贫困户将享受土地入股分红、在猪场打工收入、政府投资等转化而来的股金分红收入等多重收益。

2019 年，三河村经过前期布局，村集体经济开始有所建树。栽种的大红袍花椒树长势喜人，不时需要派人修枝、压枝、施肥；桃树逶迤在公路旁，需要派人打药、修剪树形；栽种的中药材也开枝散叶，生长出新的希望。不久之后，这些产业将见到效益。村道旁的蜂箱时时吸引人的目光，蜂蜜总是供不应求。这些蜂蜜的销售收入除了支付养蜂贫困户的工资、贫困户分红外，村集体还提留了部分。数万元的收入是村里实实在在的收益，改变了过去集体经济一穷二白的状况，增添了全村人的信心。

尤为振奋人心的是，谋划已久的村集体养猪场最终选址在日子社。之所以选址在这里，是因为日子社聚居的人相对较少，今后管理、防疫等更为方便。同时，那儿位置高，排出的粪水经过处理后可以灌溉农田综合利用，最大限度减少污染。2020年，村集体的花椒等经济作物开始挂果，土地会带给村民最好的回报。

这几年，不管县乡干部、帮扶队伍，还是驻村工作队，着力最多的还是寻找一条适合三河村产业发展的健康之路。过去，三河村村民对于产业发展不乏自己的探索，但均成效不大，其症结和核心问题是没有形成规模，没有对接市场，只有产而无业，所以重点要在"业"上下功夫，形成规模效应，形成市场氛围，形成畅通的销售渠道。

如何实现造血功能？驻村工作队、三河村村社干部一起想了很多办法，并且进行了广泛的试验和验证。经过深思熟虑，张凌和帮扶部门还是决定从村民易于切入、易于掌握的领域入手，也就是充分发挥三河村的土地资源优势，向19.24平方公里的土地要效益。

从2015年起，经过三年多的摸索和小规模的试种试养，三河村增收致富的路径已经逐渐清晰，"五个一"成为不二的选择。

2017年，三河村用扶贫周转金发放了140头西门塔尔牛，后又陆续增加，部分农户还利用小额贷款，自己加大了西门塔尔牛的养殖量。这些牛中，只有极少数农户因饲养不善致牛生病而遭受损失。绝大多数家庭的牛已经长大出栏或者产下牛仔，农户已经见到效益。一头牛卖出，少则八九千元，多则上万元，不少贫困户就此一项收入就增长了一大截。吉好也求家运气特别好，分到一头怀孕母牛，饲养3个多月后就产下了一头小牛。另外，他家自己又买了一头牛，后来卖出一头成牛，收入9000多元。现在，马海子呷一大早就把两头牛赶下坡去吃草。

这两年，乌金猪在三河村彻底扎下根，贫困户每户一头能繁育的母猪成为"标配"。2018年，吉好也求家的母猪产下了16头猪仔，仅此一项他家就收入6000多元。2019年，他家买了2头能繁母猪。

2018年，张凌通过对口帮扶单位，也就是他的东家——昭觉县发改局，为每户贫困户发放了10只鸡。这些鸡大多每只1.5斤至3斤，已度过了最难饲养的疾病高发期，所以村民养殖大多取得了成功。

2018年，三河村种下了6.58万株花椒，每户贫困户都实现了有自己的花椒林的夙愿。不过，因为苗木到得晚，错过了最佳的种植期，移栽的时候碰上了干旱缺水，加上苗木数量大、良莠不齐，村民们的技术也不到位，花椒苗的成活率不足1/3。因此，后期得不断补苗。

"我现在是要求对进来的花椒苗进行严格把关，必须是带土、带根的苗才接收！"张凌说，"现在继续栽种。吸取教训后，我们要用有营养袋和有土的新苗，规划在下半年种植带根系的，肯定能活。老百姓感觉看到了希望，积极性也比较高，他们知道那是摇钱树。去年花椒的价格每斤上了100元。"

2019年，三河村发展了1500亩花椒。

现在村民种经济作物的积极性已经被调动起来，好的苗木总是一抢而空。他们已经憧憬着三年后花椒林挂果的盛景。

现在，三河村漫山遍野都种上了马铃薯。"青薯9号"亩产可达3000斤以上，每斤能卖到接近1元钱。"青薯9号"产量大增后，不仅满足了村民食用的需求，还大量用作饲料和外销，让村民们手头更加活泛。

张凌的规划正逐步付诸实践，对他来说，脱贫攻坚就是一次长征，"我们要狠下绣花功夫，即使摸着石头过河也必须过好河，让百姓过上更好的生活"。

实际上，从到三河村的那一天起，张凌就与村社干部、村民们一起规划产业发展，不停试验"短五""中四""长三"等发展构想。村民们尝试过种植光叶紫花苕、反季节豌豆等多种组合，在不停的"折腾"中找到三河村的最佳方案。

村民们种植光叶紫花苕。这种作物是冬春种植，可以增加一季种植，它的茎叶可作为牲畜草料，也可做绿肥。三岔河乡是光叶紫花苕的良种基地，果实可卖5～8元一斤。而且在春节无花期，光叶紫花苕率先开花，可作为蜜蜂冬春的蜜源。

村民们种植豌豆等反季节蔬菜。村上曾考虑用保护价收购等方式引导种植，将产品销往大城市，让三河村成为反季节蔬菜生产基地。2018年种植的豌豆获得了丰收，但因是第一年规模种植，销售受到一定影响。张凌和村干部们总结经验，认为当务之急是要找更多的渠道，实现产销对接。

而张凌口中的"中四"见效的时间则相对长些，通常是在两三年后才能看到效果，其最成功的就是养牛。在三河村，几乎家家都有一头牛，这已经成为村上充满农家特色的生动场景。早晚时分，一群群西门塔尔牛从牛圈里出来，走向高山草甸及灌木丛，把阳光、绿草转化为村民的收益。

村民们养殖半细毛羊。半细毛羊养殖在三河村历史悠久，现在扩大规模、加强防疫就可点燃群众的养殖激情。

村民们养殖蜜蜂。过去昭觉群众一直在小规模地养蜜蜂，其蜂蜜质量好，本地市场就完全消化掉了，外界甚至不知道三河村及昭觉出产高质量的蜂蜜。养蜜蜂有多挣钱，三河村村民洛格日出已经得到了答案。他仅仅利用空余时间,养了几箱蜜蜂,2018年年产蜂蜜仅100多斤,就卖了4000多元。一斤蜂蜜40多元在当地已经属于极低的价格,但增加4000多元的收入能够让不少家庭一举摆脱贫困。实际上,养殖中华蜂,第一年一箱蜂可产15～20斤蜂蜜,第二年产量能够翻番,第三年产量就进入稳定期,可产40～60斤蜂蜜。如果一户农户能养殖10群蜂,3年之后养蜂收入就可以超2万元。当务之急,是要对群众进行养蜂的现代技术培训,摈弃传统的养殖方法。

广东佛山在对口帮扶昭觉过程中,已经认识到养蜂对于昭觉脱贫攻坚的意义,在600多万元的产业扶持资金中特别安排230万元用于发展养蜂,规划养殖蜜蜂5000群。养蜂产业必将在三河村大有作为。

村民们种植中药材。重楼、云木香已经在三河村试种成功。三河村将引入医药公司,流转部分土地,就地消化劳动力,这样贫困户既有土地收益,也有打工收入。

张凌所说的"长三"则是指发展核桃产业、乡村旅游等长效产业。核桃对山里人来说,过去就是一种调剂生活的作物,栽种于房前屋后,管理难度不大,适合在三河村的低海拔地区种植,3年嫁接,4～5年挂果,将成为村民增收的备选。而乡村旅游则是三河村持续发展的长期考量,留住三河村的青山绿水,就必然会迎来三河村旅游业的厚积薄发。如今,农家乐、小商店已经在三河村兴起,前来三河村观光旅游的人逐渐增多。

2019年,张凌把主要精力放在了新项目的启动上。新项目就包括将已经验证成果的养蜂和种植云木香付诸实践,形成规模效应。

通过县上统一招标,一家农业公司承担了养蜂项目,佛山的扶持资金主要用于购买蜂群。规划的 5000 箱中华蜂已经到了 600多箱。这些蜜蜂都由贫困户进行管理，贫困户获得务工收入并参与蜂蜜收入分成。现在，吉好也求就和另外一户贫困户共同管理着 200 箱蜜蜂，农业公司全程教会吉好也求技术。两户贫困户获得蜂蜜收入的 35％，另外的 35％ 归全体贫困户，20％ 归农业公司，10％ 归村集体经济。

　　已经靠养蜂挣了钱的村民的示范引领激励着吉好也求们努力向前。莫色子聪有 46 箱土蜂群，2018 年蜂蜜的市场价约每斤 55元，一箱蜜蜂可以收获 20 斤蜂蜜，他光这一项一年就有 5 万元的收入。

三河村的养蜂场

　　三河村的另一个产业大项目就是种植云木香。2018 年底，项目招标成功。2019 年 3 月，中标公司进驻三河村。云木香在谷雨之后开始种植，本来计划"大干快上"，但当时出现了特殊情况，云木香的种植时间与马铃薯的种植时间产生了冲突。经过努力调剂，三河村首批种下了 600 多亩的云木香。云木香比较适合在贫瘠的土地上生长，但是需要两年至三年的周期才能见效。张凌说："如果种植成功，贫困户每户可以增加 3000 元的收入。"

由于云木香的加工、销售都要专门的力量推进，因此张凌的种植办法是村民用土地入股，通过流转土地和占股打工取得多项收入。

对三河村来说，致富的"试验"远未结束。张凌自掏腰包买了 800 元左右的种子，在村干部家试种了 5 亩多的草红花。草红花具有降血压的作用，既可以收取花瓣，又可以收果实。张凌相信草红花会有市场。他有相似的案例：这两年，很多群众听说蒲公英可以治病，诸如能消毒防癌、有利肠胃等神乎其神的功能，于是纷纷赶来三河村，将村里的蒲公英都快挖完了。挖蒲公英这股风还刮到了甘孜州、阿坝州等地，过去几乎无人问津的野草摇身一变为"神草"。

三河村还在试种药用银杏，已经规划了银杏的规模化种植，准备采取公司化的经营模式。

张凌说，在三河村精准脱贫之路上，每一户情况不同，需要结合实际，实行一户一策，甚至一户十策。如今，摸着石头过河已经知道了河里有几块石头，剩下的工作就是引领群众过河。张凌和村干部的一项长期工作就是引领村民们尽快适应市场，将这几年逐步建立起来的产业优势发挥出来，真正让群众的腰包鼓起来。

对解决三河村的困难，无论是张凌，还是吉色方森，都充分估计到了会经历百折千回。"改变村民们的观念是最艰难的，陈旧的观念不是一朝一夕能够完全改变的，它需要一代人、两代人甚至更长的时间来转变。"可喜的是，三河村的年人均收入已经超越贫困线。村民也勇于走出自我封闭的天地，外出务工的收入占据了总收入的40%多；全村有400多人在外务工，其中有贫困户130人，他们不仅获得劳务收入摆脱物质贫困，还通过走南闯北增长了见识，摆脱了精神贫困。

在脱贫之路上，三河村的村民已经摒弃了过去的生存哲学。他们知荣辱，共奋进，决心用自己的双手创造更好的生活。他们从来不曾放弃，共同想办法、定措施，不断提升发展的积极性，活出了彝族同胞的血性。

三河村村民在接受技能培训

吉色方森说，凉山彝区展现的是一天天的积极变化。三河村，也必将摆脱贫困，与全国各族群众一道，携手奔向全面小康。

(九) 未来的网红旅游地

2019 年春天，张凌和村干部们对村里种桃树项目进行了动员。这个春天，村民们在公路、村道沿线种下了 1 万多株桃树，但是因为没有降雨，土地非常干旱，成活率不高，还需要在合适的季节补种。

张凌思考的"桃花＋旅游"项目，来源于省上一个部门的支持，在三河村公路、村道沿线种观赏桃树。春天来时，公路沿线将一片姹紫嫣红，形成十里桃花盛景，为旅游发展营造更优美的环境。

旅游历来是拉动就业和藏富于民的产业。这两年，凉山旅游迎来爆发期，人们对阳光凉山有了更深刻的印象，每年前往凉山欣赏风景、体验民俗、放松身心的人越来越多。旅游正牵引着凉山不断变化，旅游也成为凉山脱贫的重要推动力之一。

在三河村未来的发展里，乡村旅游将是一个重要的发展契机。在三河村发展规划中，这些设想已经融入其中。三河村的旅游开发正迈出第一步，这里的高山、田野、物产、民俗，都将成为旅游要素，从资源变成村民脱贫致富的工具，网红旅游地的梦想正照进现实。

尽管昭觉现在还未通高速，便捷的国道 348 线离三河村还有一段距离，但三河村毕竟离知名度较高、有"春天栖息的城市"美誉的西昌市仅 70 多公里。西昌是全国有名的旅游城市，卫星发射基地、邛海、螺髻山等著名景点景区令人向往。

凉山著名的湿地谷克德就在三河村附近，那里景色壮美。尤其难得的是，山峦中间有一块平坦无垠的大草地，可聚集上万人在此狂欢舞蹈。昭觉县每年的火把节以及自行车赛都在那里举行。谷克德湿地是避暑胜地，游客数量逐年稳步增长。

火把节是彝族最为盛大的节日之一，源自彝族群众与病虫害作斗争的实践。传说天神恩梯古兹撒下许多害虫危害庄稼，眼看着到手的庄稼要被害虫吃光了，人们点起火把灭虫害，变灾年为丰年，因而形成了后来一年一度的火把节。火把节如今已经成为彝族群众最为盛大的社交节日，火把节上有摔跤、赛马、斗牛、斗羊、斗鸡、跳舞、唱歌等体育竞技与娱乐活动，颇受群众喜欢，也成为外界了解彝族文化的重要窗口。因此，在火把节前后，全国各地的很多旅游达人、摄影爱好者都会云集凉山。

伴随精准扶贫政策的落实，昭觉正在迎来涅槃的契机。这几年，国家加大对西部基础设施的投入，从四川宜宾市经过攀枝花市到云南丽江的高速，从云南昭通至四川西昌的高速都已动工修建，它们都将经过昭觉，而且形成十字交叉，届时，昭觉将大大缩短与中心城市的距离，快速融入大城市的经济圈，昭觉无高速公路的历史将彻底改写。同时还将建设一条铁路，这样，昭觉将成为一个区域性交通枢纽。

昭觉，一直是彝族文化保存较完整的区域。在凉山州的规划里，这里将建成彝族文化中心，同时也是凉山东部的区域性中心城市，城市人口将由现在的10万扩大到20万以上。

这两年，四川发展全域旅游，阿坝州、甘孜州等地依靠自身的民族特色和资源优势，一村一寨、一山一水都成为旅游要素，群众在旅游产业链上都有自己的定位，或卖产品，或做服务。凉山，同样有大山大水，有浓郁的民族风情，有丰富的物产，完全可以像其他地方一样，让群众在旅游发展中分享到红利。

十村记：精准扶贫路——三河水暖

三河村自然风光优美，构成山村旅游的最佳资本　（摄影：王云）

2018 年，昭觉县旅游规划出台，三河村附近的谷克德湿地、洒拉地坡乡玫瑰园、七里坝杜鹃花海等都将迅速得到开发。

这一系列的机会都将惠及三河村，助力三河村发展。

三河村发展旅游，原本无心插柳。在三河村最早的脱贫攻坚规划中，是要在 2018 年底整村脱贫，其标准是按照"两不愁三保障"及"一低六有"的要求来执行。按照这一要求，村民在实现安全住房及易地搬迁后，原有的房屋都要拆除复耕。

2018 年初，习近平总书记来到三河村，走进吉好也求和节列俄阿木家。他对前来介绍情况的昭觉县委书记说，可以把旅游作为方向，做好旅游这篇大文章。这位县委书记向总书记汇报，阿基社的群众集体搬迁后，老寨子和民居将保留下来，作为民宿进行旅游开发，呈现彝族的民居文化。"老村庄保留做旅游，山顶搞农庄体验。小草原、森林满足欣赏休闲，然后步行到新的居民点休闲消费。"这位县委书记为三河村的旅游发展进行了精心的设计。

这位县委书记认为，乡村旅游是中国农民继乡镇企业、外出务工之后的第三次创业，好处不言而喻，符合经济学上一二三产业的演进规律。他说，"昭觉将把彝家新寨建设与乡村旅游结合，探索旅游富民之路"。

按照新规划，阿基社老寨子的房子及寨子构造被完整地保留下来。保留的初衷就是要让这个彝族人民原有的生活场景得以保留，留作今后旅游之用。届时，经过适当整修后的阿基社老寨子将呈现给游客原汁原味的彝族人民生活场景，让游客深度体验彝族文化，在体验与参与中分享旅行的快乐。

三河村是美的，美得超凡脱俗。这里有山地、草场、成片的森林，有典型的凉山田园。19.24 平方公里土地上的山谷，有高差，有纵深，构成乡村旅游的最佳资本。

春天，光叶紫花苕花拉开春的序曲，各色花朵在三河村的草地开放。马铃薯、荞麦等在田园发芽、变青，铺满黄色大地，绿油油一片。

夏天，那是三河村最美的季节。农田里，马铃薯花开得正欢，白色的、浅黄的、浅紫的花灿若繁星；山上松树的绿色由浅入深，日益繁茂，或深或浅的灌木成为野生动物的乐园，各种小动物在树丛中欢跳。

秋天，黄色、红色首先从三河村的山顶出现，然后渐渐下移，整个山谷被绚丽的红黄色彩笼罩。

冬天，这里青色未曾褪尽，白雪又主宰了山谷，雪后一片宁静洁白的景致。

在三河村，一个铺子（寨子）就是一道风景，一片田园就是一首诗歌，一条溪谷就是一道风情。还有淳朴的民风，可触摸、可感知的浓郁的彝族民间文化，可供外来者感知感悟。

阿基社的铺子（寨子），是这些美丽景色的核心，高大的杨树环列四周，间或散布着荆棘、麻柳。6 月里，杨花飞舞，将进村的石板路铺成薄薄的白色。寨子在山脊上，左顾右望，就是远山、牧场，一切收于眼底。

吉色方森介绍，昭觉县以前对旅游资源几乎无开发。他曾到台湾考察乡村旅游，台湾的旅游业给了他巨大的启发，也增强了他发展的底气，因为昭觉处处是资源。正是基于这些认识，昭觉县重新审视，重新规划旅游，"一核两翼双线多点"的发展构想成型。

　　　　　　　　十村记：精准扶贫路——三河水暖

新修的通村公路在大山中蜿蜒，将三河村与外面的精彩世界紧密联系起来　（供图：视觉中国）

"一核"就是以昭觉县城为中心，把其建设成为凉山的彝族文化中心，县城人口增加到20万人以上。"两翼"之东翼，从已扬名天下的悬崖村到县内的竹核温泉，有590平方公里的纵深，竹核温泉曾被誉为四川境内的"三大温泉"之一。西翼，有400余平方公里的地盘，基本就包括三岔河乡等5个乡镇，包括谷克德湿地、洒拉地坡乡玫瑰园、拉西瀑布等与三河村毗邻的景点景区。"双线"是交通意义的概念，县城西南方向，是凉山的火把环线，串起历史与文化；东环线则把昭觉特有的文化旅游资源串联起来，三河村位于这条环线的节点上。"多点"就是要布局各种各样的旅游发展点，三河村是着力打造的重要景区之一。

　　有了这样的大背景，三河村奠定了成为网红旅游目的地的基础。

　　三河村规划，安置点建设完成后，道路随即硬化。三河村由此形成一个可互通的环线，这是三河村的大环线。同时，从乡政府到1号安置点和2号安置点，再成为一个小环线。这样，就可盘活乡村旅游资源，每家每户都能从旅游发展中受益。

　　为适应旅游的发展，三河村由外及内的改变已经开始。2018年，马海子呷等在县上的安排下，进入农民夜校学习厨师技术。学厨师，其实更多的是教会他们掌握经营农家乐餐馆的规律和技巧。县里及村上的考虑是，彝族群众要发展，必须做出示范，要先发展几户有积极性的农户，帮他们把农家接待点办起来。如果村民见到了效益，就会积极参与。这样，不仅这些本土化的人才可以培养起来，而且逐步就有了旅游人文环境，发展就是迎刃而解的问题了。

精准扶贫让三河村旧貌换新样，村里由外及内开始发生巨变　（供图：视觉中国）

三河村给贫困户曲莫子多做工作，让他把大女儿叫回来。曲莫子多有 5 个孩子，大女儿 21 岁，读过中学，在村里的同龄人中算是高学历了，在外打工，也有见识。村里谋划在聚居点搞农家乐，逐步培养旅游人才，首要的就是吸引年轻人参与。听说要发展农家乐，尔古次合也准备加入，他已经谋划着买帐篷、桌椅等设备。群众有了积极性，村上就把这几家组织起来，成立合作社，摸着石头一步步过河，把旅游发展起来。

2018 年，昭觉县有关方面请云南理工大学全程介入三河村的旅游规划。这些设计者带来了全新的旅游发展理念，准备将村民的部分闲置房屋打造成民宿，同时对阿基社老寨子在保留原有风貌的基础上进行个性化改造，努力将其打造成旅游精品，乃至凉山的打卡胜地。

2019 年初，阿基社安置点率先建成，首批 29 户村民搬入新家。吉好也求的小卖部开起来了，各色的干杂商品放满了货架，屋子里存放最多的，就是一件件啤酒。吉好也求已经把开农家乐的各种家什都买回来了，就等着合适的时机开业。他说："开商店、开彝家乐，让慕名而来的客人有地方吃饭，可以借此把村民的物产换成钱，也可以增加自己的收入，好处多得很！"

虽然这仅仅是开始，村民们对如何拓展市场、如何提升服务水平还心里没底，但对他们而言，旅游这一过去村民们几乎一无所知的业态已经实实在在地在三河村扎了根，即将迅速生长并结出硕果。村民们将从这一变化中增加收入、分享成果，改变生存状态。

第四章

改变三河村的定力 >>

"从收入上来说，三河村 2018 年已整体跨越了贫困线。"张凌说，2018 年，三河村人均纯收入达到 4615 元。对于他而言，扶贫是一次只有起点的长征。

三河村的脱贫进程，每一步都是凉山脱贫攻坚的剪影，每一步都是深度贫困地区人们奋斗的足迹，每一步都折射出实现中华民族伟大复兴进程的曲折与昂扬。

张凌说，凉山脱贫攻坚，事关四川发展，也关乎整个国家脱贫攻坚的成效与质量。在国家层面，把"三区三州"（"三区"是指西藏、新疆南疆四地州和四川、云南、甘肃、青海四省藏区；"三州"是指甘肃的临夏州、四川的凉山州和云南的怒江州）作为深度贫困地区，并将其确定为脱贫攻坚中的坚中之坚、难中之难，国家从多方面加大了扶贫的力度。无疑，凉山的脱贫成效直接关系整个脱贫攻坚的成败。

张凌说，如果要总结三河村脱贫的成功经验，那就是从国家到地方，从企业到个人，从帮扶干部到全体村民的多方参与，群策群力，想尽一切办法，动员一切力量，立足于三河村的现实条件，坚持不懈地将一项项的脱贫措施落地生根，其中保持三河村的发展定力尤其重要。

张凌说，在三河村几年实践中的酸甜苦辣，不仅是人生中难得的经历，其实也是边远山区对下一步的乡村振兴的探索。从这个意义上讲，总结三河村的得失，既关乎脱贫攻坚的成败，也关乎乡村未来的发展。

（一）三河村的事，全国的事

"三河村虽小，但它的变化却事关国家脱贫攻坚的成败！"张凌经常在村支部大会上这样告诫每一位党员。主动将三河村的脱贫攻坚放入全国脱贫攻坚的大局，把自己摆进去，对三河村的党员干部而言，不仅可以通过这样的方式增强自身的责任感、使命感，而且更是一种政治觉悟。

是的，三河村虽是西部边远的一个小山村，却时时刻刻深受世人的关注。它是凉山的一个符号，是贫困少数民族地区的一个特殊代表。

习近平总书记始终牵挂凉山的乡亲，也牵挂三河村的乡亲。2017年3月8日，习近平总书记在参加十二届全国人大五次会议四川代表团审议时，特地向凉山州的代表了解彝区脱贫攻坚的进展情况。他动情地说，在电视上看到有关凉山州"悬崖村"的报道，感到很"揪心"。习近平总书记说，当前脱贫工作，关键要精准发力，向基层聚焦聚力，有的需要下一番"绣花"功夫。他还说，"全国集中连片特困地区，我绝大多数去过了，还没有走到的吕梁和凉山会尽快去。"

2017年6月23日，习近平总书记在山西太原主持召开深度贫困地区脱贫攻坚座谈会并发表重要讲话，指出务必深刻认识深度贫困地区如期完成脱贫攻坚任务的艰巨性、重要性、紧迫性，采取更加集中的支持、更加有效的举措、更加有力的工作，扎实推进深度贫困地区脱贫攻坚。他在座谈会上又多次提到凉山，指出攻克深度贫困堡垒，是打赢脱贫攻坚战必须完成的任务。

2018 年 2 月 11 日上午，习近平总书记翻山越岭抵达三河村，沿着一条红砂石铺就的小路走进了村子，走进吉好也求家。他同村民代表、基层干部们在节列俄阿木家的火塘边座谈，鼓励大家一起为脱贫奔小康出主意想办法，一场人人争相发言的讨论在火塘边展开。

得知近年来村里大力发展种养业，引进了优良品种的牛猪羊，家家户户种植了马铃薯、花椒等，农民收入持续增加，总书记十分高兴。他告诉大家，发展特色产业、长期稳定致富，都需要人才。要培养本地人才，引导广大村民学文化、学技能，提高本领，还要移风易俗，通过辛勤劳动脱贫致富。他说，我们搞社会主义，就是要让各族人民都过上幸福美好的生活。全面建成小康社会最艰巨最繁重的任务在贫困地区，特别是在深度贫困地区，无论这块硬骨头有多硬都必须啃下，无论这场攻坚战有多难打都必须打赢，全面小康路上不能忘记每一个民族、每一个家庭。

总书记的殷切勉励为贫困群众、基层干部增添了脱贫攻坚的信心。张凌等驻村干部说，三河村不脱贫，自己就不离开。这是他对总书记的承诺，也是对自己的承诺。

总书记的到来，是对凉山莫大的关怀，是对凉山脱贫攻坚工作的鞭策。

总书记在 2019 年新年贺词中，又特别提到三河村。他说："我始终惦记着困难群众。在四川凉山三河村，我看望了彝族村民吉好也求、节列俄阿木两家人……他们真诚朴实的面容至今浮现在我的脑海。"

中国发展进步的车轮能够滚滚向前，就在于中央的决策部署能够不折不扣地得到层层执行。

围绕如何让深度贫困地区尽快脱贫，从国家层面到四川省、凉山州层面，一系列政策、措施持续发力，精准推进。

2017 年 11 月，中共中央办公厅、国务院办公厅印发了《关于支持深度贫困地区脱贫攻坚的实施意见》，对深度贫困地区脱贫攻坚工作作出全面部署。该意见指出，"三区三州"是脱贫攻坚中的硬骨头。中央统筹，重点支持"三区三州"。新增脱贫攻坚资金、新增脱贫攻坚项目、新增脱贫攻坚举措主要用于深度贫困地区。

2019 年 1 月 4 日，"三区三州"脱贫攻坚座谈会再一次召开，这次座谈会就选择在了四川凉山，再次吹响了啃硬骨头的冲锋号角。会议指出，必须集中优势兵力攻坚，着力解决"两不愁三保障"突出问题，扎实推进易地扶贫搬迁建设，产业扶贫要以市场需求为导向，强化省级脱贫攻坚主体责任，发挥好东西部扶贫协作和对口支援综合作用，激发贫困群众内生动力，齐心协力打赢"三区三州"脱贫攻坚战。

凉山脱贫攻坚被放到了前所未有的高度。在这场艰苦卓绝的攻坚决战决胜硬仗中，四川把脱贫攻坚作为全省的头等大事，一直尽全省之力，助力凉山脱贫。

人杰地灵的四川，历来表现出自然条件、经济发展的两极。

成都平原区，自古被誉为"天府之国"，在长达几千年的农耕文明时代，曾长期跻身中国经济最发达地区的行列。即便到了近现代，这里也是令人羡慕的大后方，属于富庶之地。改革开放初期，中国经济重心转向沿海，成都平原曾经短暂沉寂下来。伴随中国全方位的对外开放和经济的全面腾飞，四川迅速发展，成为中国西部经济总量最大的地区，成都也一跃成为中国西部开放的门户。

但从四川省自身来看，成都往西、往南、往北，不管哪个方向，都很快进入山区。这些地方各种历史现实因素交织，经济发展滞后，成为亟待脱贫发展的区域。环四川盆地周边的这些区域面积大，总体人口多，没有这些地区的脱贫奔小康，全面小康就会成为一句空话。

如果按照区域划分，四川尚有秦巴山区、乌蒙山区、大小凉山彝区、高原藏区等四大连片特困地区，它们构成四川经济发展的另一极。

秦巴山区多数地区是当年红四方面军的根据地，当地人民始终充满战天斗地的精神，早在20世纪90年代就形成了"宁愿苦干，不愿苦熬"的巴中精神，在各方面的大力支持下，这里将迅速走出贫困。乌蒙山区，这里山高谷深的天堑伴随着这几年基础设施建设的加速推进和公共服务的配套，当地群众摆脱贫困的劲头十足。即便在高寒、条件恶劣的川西北高原藏区，通过近几十年的持续投入，各族人民也对战胜困难实现全面小康信心十足。经过接续奋斗，2019年底，备受关注的四川高原藏区全部脱贫。而脱贫攻坚难度最大最艰巨的就是大小凉山彝区。

三河村就是凉山的真切现实，它的脱贫攻坚历程浓缩了凉山脱贫的艰难历程。这几年，四川省坚持把脱贫攻坚作为头等大事，特别是针对凉山彝区，动员全省上下、各个方面力量下足"绣花"功夫、使出洪荒之力，埋头苦干，攻坚克难。

在三河村村支书某色比日的记忆里，让三河村脱贫的努力一直没有停止过。

早在 2010 年，四川省就启动"彝家新寨"建设，斥巨资强力推进大小凉山彝区实施综合扶贫开发等一系列重大民生工程，累计投入各类资金 246 亿元，建成彝家新寨 1012 个，惠及 8.6 万户 40 余万彝区群众。彝家新寨建设作为一项系统工程，在推进最贫困群体居住条件改善的同时，同步开启基础设施、公共服务、教育、医疗等建设，为凉山的转变打响了发令枪。

现在在三河村呷尔社的山岭上，仍然可以看到十几幢几年前修建的彝族村寨民居。在不少群众家中，凳子、床、锅碗瓢盆等家业都是历年来扶贫积攒下来的。这些努力，让坚硬的贫困冻土开始软化、解封，也让三河村逐步积蓄起脱贫的动能。

为了继续解决大小凉山彝区的突出民生问题和长远发展问题，四川从 2013 年开始启动"四大片区扶贫攻坚行动"。针对凉山，四川省委、省政府 2013 年出台了《大小凉山彝区"十项扶贫工程"总体方案》，目标是从 2014 年到 2020 年，在大小凉山彝区 13 个县（区）强化"十项扶贫工程"，确保大小凉山彝区贫困户增收高于全省农民人均纯收入增长水平 2 个以上百分点，到 2020 年大小凉山彝区与全省同步消除绝对贫困现象，夯实全省全面建成小康社会基础。这十项工程涉及凉山发展的方方面面。

在彝家新寨建设工程方面，加快解决 10 余万户群众住房困难和 227 个村极度贫困问题。每年建设彝家新寨 200 个以上，并且在原有建设补助标准基础上按极度贫困村每村增补 100 万元、其他贫困村每村增补 50 万元的标准提高。

在乡村道路畅通与大交通建设工程方面，着力解决 193 个村不通公路问题，新改建农村公路 4800 公里，新改建国省干线公路 790 公里。

三岔河乡的柏油路盘旋在山间

在农田水利建设工程方面，着力解决资源性和工程性缺水严重、水利工程少、渠道配套差、水资源调蓄能力低、群众生产生活用水困难等问题。

同时，推出教育扶贫提升工程、职业技术培训工程、特色产业培育工程、卫生健康改善工程、现代文明普及工程等措施，全面提升凉山的整个发展水平。

在十项工程里，四川在注重改变彝区生产生活条件的同时，更明确提出要采取多种途径和举措，推动彝族群众从观念转变入手，走向现代文明。

2015年9月，肩负脱贫攻坚重任的四川再度加大对凉山脱贫攻坚的支持力度，出台《关于支持大小凉山彝区深入推进扶贫攻坚，加快建设全面小康社会进程的意见》，从加大财政支持力度、加强以交通为重点的重大基础设施建设、改善贫困户居住条件、加快教育事业发展、加大国土政策支持力度、加强禁毒防艾工作、建立对口帮扶机制等 7 个方面，制定 17 条具体支持政策措施，进一步强化大小凉山彝区的造血功能。

在加大财政支持力度方面，四川省财政对大小凉山贫困县基本支出、民生支出、公共服务支出按政策计算标准支出缺口实行单列单算，由贫困县统筹自身财力和上级补助全额保障；取消中央安排的大小凉山彝区公益性项目州县两级配套，从 2016 年起每年安排 3 亿元，专项用于大小凉山彝区 1930 个贫困村，重点支持高标准农田建设，马铃薯、苦荞等基地建设及其他特色优势产业发展和贫困人口就业。

在加强基础设施建设方面，以交通为重点，争取将西昌—宜宾铁路等纳入国家中长期铁路网规划，力争早日开建。制定实施新一轮公路水路交通建设三年推进方案，2015 年开工建设京昆高速泸沽—黄联关扩容改造工程，2016 年开工建设宜宾—攀枝花沿江高速公路、仁沐新高速公路、乐山—汉源高速公路；加快西昌—云南昭通、西昌—香格里拉、乐山—西昌等高速公路项目前期工作，力争尽早启动建设。大小凉山彝区农村公路将比照藏区标准安排补助。

这些重大工程的启动建设，无疑会为今后凉山的发展装上发动机，有助于凉山群众行稳致远。

在改善居住条件方面，从 2016 年起，将大小凉山 1181 个贫困村彝家新寨住房建设省级以上补助标准，从每户 2 万元提高到 2.5 万元，村内公共服务、基础设施建设补助标准在现有标准上每村再增加 50 万元。

在加快教育事业发展方面，从 2016 年春季学期起，支持凉山州在 9 年义务教育基础上发展 15 年免费教育，逐步免除 3 年幼儿教育保教费和 3 年普通高中学费并免费提供教科书；大小凉山彝区 2586 个行政村 2016 年起每村选聘 2 名学前辅导员，开展学前双语教育，省财政每人每月补助 2000 元劳务报酬经费；5 年一轮的大小凉山中小学教师专项培训计划也在 2016 年启动，力争 5 年完成 2.3 万名教师培训。

2017 年 8 月，四川坚决贯彻落实中央关于打赢深度贫困地区脱贫攻坚战的部署要求，再度加大对凉山脱贫攻坚的支持力度，把高原藏区、大小凉山彝区 45 个贫困县确定为深度贫困县，制定出台了《关于进一步加快推进深度贫困县脱贫攻坚的意见》，再次表明了四川把脱贫攻坚作为头等大事的鲜明态度，攻克深度贫困堡垒、打赢脱贫攻坚战的坚强意志，也进一步表明了四川与全国同步全面建成小康社会、不落下一个地区一个民族、不落下一村一户一人的坚定决心和信心。

这份意见以解决高原藏区、大小凉山彝区 45 个贫困县突出制约问题为重点，以重大扶贫工程和到村到户帮扶措施为抓手，以补短板为突破口，以抓党建促脱贫攻坚为保障，加大政策倾斜力度，综合施策、精准发力，确保到 2020 年深度贫困地区与四川全省同步全面建成小康社会。

连续出台的政策措施，彰显了四川要啃下扶贫攻坚这块最硬的骨头的决心。统计显示，四川投入凉山的脱贫资金超过 246 亿元。2018 年实现全省 104 万贫困人口脱贫，3513 个贫困村退出，30 个县脱贫摘帽。其中凉山有 19.9 万贫困老乡摘穷帽，500 个村退出贫困村行列。凉山州贫困发生率从 2017 年底的 11％降低到 7.1％。2019 年，凉山州减贫 14.2 万人，退出贫困村 318 个，4

个县成功摘帽。凉山全州累计减贫 80.5 万人，退出贫困村 1772 个，贫困发生率降至 4%。

某色比日回忆这几年的经历时说道："攻克深度贫困堡垒绝不是轻轻松松一冲锋就能解决的，要把各种劲都使出来。""如果脱离各级政府的帮助，三河村很难脱贫。"他说，"外界这么关心我们，推着我们必须不停地往前走。"

（二）三河村的事，大家的事

"我们脱贫能取得成效，是因为有很多人不停地帮助我们！"张凌说，三河村的脱贫攻坚绝不仅仅是全体村民在战斗，背后有数不清的人在支持。

事实上，常驻三河村助力脱贫攻坚的就有多支队伍。这里车辆来来往往，各地各部门的人员带来项目、物资、资金，也带来经验，以及彼此剪不断的情感。

帮助凉山州特困地区脱困，不仅是党委政府用力，社会各界也高度关注、鼎力支持。四川发动社会各方力量，建立对口帮扶等机制，推动全社会共同支持凉山州脱贫。

为进一步做好帮扶工作，四川省委、省政府决定，从 2018 年起，在巩固 45 个深度贫困县现有帮扶力量的基础上，新增 24 名省级领导联系指导，新增 15 个省直部门（单位）、76 所高等学校、18 家医疗机构、17 户国有企业和金融机构参与深度贫困县定点帮扶工作。这样，每个深度贫困县都有省级领导、省直部门（单位）、3 所高等学校、1 家以上医疗机构、1～3 户国有企业和金融机构、至少 1 个经济相对发达市县联系帮扶。同时，选派了一批干部到深度贫困县挂职，加上东西部扶贫协作、定点帮扶、社会扶贫等，投入的力量已经遍布每个贫困村。

四川省委书记、省长亲自部署凉山的脱贫攻坚工作，把其作为全省的首要大事。四川省委还告诫全省干部，凉山脱贫奔小康绝不是轻轻松松、敲锣打鼓就能实现的。

在这样的制度安排下，四川各行各业都动员起来，所有参与部门都加大了对定点帮扶区域的支持力度。四川各帮扶高校为精准扶贫、精准脱贫提供人才支撑，各大型医疗机构提升了定点扶贫县医疗卫生水平并培养当地医疗卫生管理和技术人才，各帮扶国有企业和金融机构大力开展产业扶贫、金融扶贫。

除省直部门、行业参加帮扶外，四川把省内市、县对口帮扶作为支持特困地区脱贫的重要手段。各对口帮扶市、县把对口帮扶彝区贫困县作为分内之事，编制好帮扶规划和年度实施方案，落实好帮扶资金和帮扶项目，充分发挥自身优势，多做贡献。上百个重点项目在连片贫困地区落地落实。对口帮扶昭觉的绵阳市涪城区派出精干力量长期驻扎，推进一大批致富项目落地。涪城区驻昭觉帮扶工作队指挥部一位干部说，"到这里，我们就把昭觉的事、三河村的事当作自己的事，甚至比自己的事还认真"。

同时，四川大力推动，使东西部扶贫协作更有成效。广东佛山对口扶贫凉山，佛山派出的工作队长期驻扎凉山，他们结合凉山实际，落实了大量资金和项目。

其实，对口帮扶并不是一件容易的事。特别是对于远离家乡和亲人、长期驻扎在三河村的帮扶队员而言，有道不尽的艰辛，说不完的难言之隐。

驻三岔河乡综合帮扶队队员向洪回忆，在刚开始驻村时，由于语言不通、习惯不同，很自然地遭到本地群众的"排挤"。"一方面是因为我们传播的东西，希望老百姓做的事情是老百姓以前从没见过、没接触过的，他们并不相信！"向洪说。另一方面，作为汉族的帮扶队员才是这里的"少数"。他说，初期的碰壁让帮扶队员们认识到，"很多好的观念、好的项目我们不能盲目推广，必须用自己的实践以及时间，让百姓看到效果，慢慢地改变百姓的思维，从而养成良好的习惯，学习科学的方法，推动扶贫措施的落实，实现真正的脱贫"。

现在，帮扶队员们已经与村庄、与村民融为一体。

与此同时，四川社会扶贫形成燎原之势。"扶贫攻坚——人大代表在行动"、政协委员"我为扶贫做件事"、"万企帮万村"、"中国光彩事业凉山行"等活动风风火火，发挥群团组织、高等学校、科研院所、驻川部队等的积极作用，鼓励引导各类社会组织和个人自愿采取定向、包干等方式参与扶贫，凝聚起全社会参与脱贫攻坚的强大力量。

2018年底，洛古有格借助自己是省青联委员，经常参加全省各种会议的优势，把握一切机会，说通了一家基金会，为较困难家庭的近50个儿童寻找到一对一的求学资助。他说："大家对我们的支持，将在我们的孩子心中种下感恩的种子，不断激励他们努力奋进。"

一位参与一对一资助三河村学生的社会人士说，"国家经济快速发展，但我们不能忘了老少边穷地区。我们有责任去关注他们、支持他们，让他们走出困境，这也是为国家发展尽一份微薄之力"。

一批批带着扶助热忱的外来者，不断为三河村增添脱贫的力量。他们让三河村人真切地感受到党和政府的初心，感受到社会大家庭的温暖。村民们现在经常说："共产党卡莎莎（彝语，谢谢）!"他们发自内心地感恩这个时代，感恩我们的制度，感恩身边的脱贫攻坚参与者。

（三）三河村的事，系统精准的事

2019 年，从春天到夏天，一滴雨都未下，整个三河村陷入罕见的干旱，山坡的草地原本应该铺青叠翠，结果却如深秋般枯黄沉寂。几条小溪的水流断断续续，仅仅能够淹没脚踝。原本应该试种的经济作物也只得等待合适的时机。

在久久的期盼中，夏天的第一场雨终于到来。雨还未停，张凌便拿起电话打给村干部郑你格："刚下了雨，要把云木香试种下去，就用你那块腾出的地。"

当时，三河村村民的土地都种上了马铃薯，如果用其他村民的土地进行试种，就需要铲掉青苗，村民将受到损失。电话那头，郑你格没有任何犹豫，当即答应马上去办。如果放在以往，这样的事情远没有这样简单。

五年前，张凌刚到三河村时，一件事情经常议而不决，他总觉得有只无形的手在阻挡，所有的努力最后都消弭于无形。现在，决定干一件事，经过评估并获得认可后，可雷厉风行地推广开来。这种变化，张凌总结，在于这几年干的每一件事情，都围绕脱贫目标、群众利益进行系统谋划，每一件事情都针对三河村的实际、解决村民的实际问题。久而久之，驻村工作队的想法自然能不折不扣地得到执行。

正如张凌所言，回顾本轮扶贫历程，与以往最大的不同就在于精准。这样的精准从政策的制定到措施的落实，贯穿三河村整个脱贫征程的每一步，成为一项系统的庞大工程。

如果放到更大的视野，在整个凉山、整个四川，也同样如此。

四川攻克深度贫困堡垒，严格落实"六个精准"要求，聚焦"两不愁三保障"和"四个好"目标，聚焦深度贫困地区脱贫对象，聚焦脱贫攻坚突出问题，集中力量打歼灭战，一仗一仗接着打，一步一步往前推，积小胜为大胜。

到2018年7月，四川省藏区彝区仍有60多万贫困群众的住房安全问题需要解决，其中彝区超过40万，任务十分艰巨。从历史与现实考量，四川将解决贫困群众安全住房问题作为脱贫攻坚中的民生大事。近年来，四川按照因地制宜、分类推进、适度超前、保证质量的原则，统筹抓好易地扶贫搬迁、彝家新寨、藏区新居、农村危房改造、地质灾害避险搬迁、灾后恢复重建等，科学制订和完善计划，提前启动实施。

在这样的背景下，四川优先将国家新增和省内调剂易地扶贫搬迁指标或资金优先安排到深度贫困县，同时向国家争取政策解决未纳入规划、需要搬迁的贫困群众住房问题；落实好提高彝家新寨、藏区新居补助标准政策，整合东西部扶贫协作、省内对口帮扶、社会捐赠等资金重点支持贫困户住房建设，坚决避免建了新房债台高筑的窘局。这意味着贫困地区可以获得更多的资金用于贫困户的住房建设。

昭觉县三河村在安全住房建设中，就利用了这样的便利。张凌说，省内调剂易地扶贫搬迁指标，将昭觉不值钱的地换成了较发达地区值钱的用地指标，这解决了钱从哪里来的大问题。这样，吉好也求等建档立卡贫困户，户均自付费用仅一万多元，就可以住进约 100 平方米的新房，而且公路交通、水电等配套到位，极大地减轻了群众的负担。如果村民要自己建设相同标准、面积的住房，成本至少达十几万元。

同时，四川在确保质量安全的前提下加快建设进度，加强规划设计、建材供应、施工组织等工作，严格控制住房面积和造价成本。在凉山深处，安全住房不是完全统一规格，不是全村仅仅一个安置点，其核心在于坚持宜聚则聚、宜散则散、宜建则建、宜改则改，推广"小规模、组团式、微田园、生态化"模式，注重保留民族地区特色风貌，在尊重群众意愿基础上，从实际出发，探索建设新模式，确保贫困群众住上好房子。

对张凌来说，在贫困户住上好房子的基础上，核心的问题就是要解决产业发展问题，确保贫困现象不反弹，脱贫群众不返贫、能致富。在凉山，聚焦于产业持续攻坚，增强贫困群众的发展能力成为精准扶贫的要义。针对彝区资源多开发少、产业规模小链条短、与贫困群众利益联结机制不完善的普遍问题，凉山着力开发用好优势资源，把资源优势转化为产业优势、脱贫优势。凉山各地大力发展特色农牧业，"大凉山"等区域品牌影响力越来越大。

现在，养蜂、中药材等新产业在三河村兴起，同时引入市场主体，实现了凉山农产品与市场的有效连接，让贫困村的资源真正变成了商品。

这几年，四川民族地区大力发展全域旅游，深度贫困县全部被纳入国家全域旅游示范区进行整体规划，引进旅游龙头企业开发精品旅游项目，发展彝家乐、藏家乐等乡村旅游，建设藏羌彝文化产业园区，打造乡村旅游扶贫示范村、民宿旅游达标示范户。同时，四川大力发展飞地园区，用好税收、留存电量等优惠政策，既增加了贫困州、县财政收入，又大量吸纳了贫困群众就业。

十村记：精准扶贫路——三河水暖

俯瞰易地搬迁后的三河村，精准扶贫让这里充满活力和希望

四川还大力发展农村电商，推广"农村电商＋精准扶贫"等模式，建立线上线下相结合的品牌农产品营销体系，把更多特色农产品通过电商平台推向市场。

脱贫攻坚，对贫困家庭而言，解决就业是根本，有了就业就可盘活一个贫困家庭。对深度贫困地区贫困群众来讲，就业能力弱、就业机会少，是最突出的短板。四川一方面组织了45家技工院校、培训机构"一帮一"，开展深度贫困县贫困劳动力实用技能培训，增强就业本领；另一方面根据用工需求，采取"订单式"培养方式，实现培训、就业一条龙服务。在抓好劳务输出对接、有序组织贫困劳动力外出务工就业的同时，通过参与住房建设、小型基础设施建设、承包造林绿化工程、开发公益岗位等优先吸纳贫困劳动力就地就近务工，确保了藏区彝区有劳动能力的19万贫困户每户至少有1人就业或有1项增收产业。在三河村，乡上就多次组织村民赴佛山务工。

良好的基础设施是贫困群众摆脱贫困的鸟之双翼、车之两轮。这些年，四川在藏区彝区实施了两轮"交通大会战"，交通等基础设施条件得到明显改善。但由于经济、地理、历史等多方面原因，基础设施欠账还很多。四川正继续开展"交通大会战"，加快推进雅康、汶马等8条高速公路建设和48条国省干线公路提档升级；正着力抓好未通硬化路乡镇和建制村道路建设，实现乡镇通油路（水泥路）、建制村通硬化路全覆盖；推进具备条件的乡村开通客运班线，到2020年形成"外通内联、通村畅乡、班车到村、安全便捷"的交通运输网络。

洛古有格深有感慨地说："村子有了路有了房，百姓也从过去的被动帮扶变成了想要主动脱贫。在百姓出现'等靠要'思想的时候，干部们会用鼓励、说服、加码以及与邻里比较的方式让他们进步。"

（四）三河村的事，长远的事

呷尔社 14 岁女孩某色伍呷 2019 年夏天从三岔河乡中心校小学毕业，等待着到邻近的洒拉地坡乡上初中，或者更进一步，到县城的昭觉县民族中学上学。要在以往，这样年纪的女孩，早就回家帮着父母带弟弟妹妹，或者外出打工补贴家用了。某色伍呷还有一个弟弟、一个妹妹，弟弟在三岔河乡中心校住校学习，妹妹在山下的三河村幼儿园上学。

某色伍呷三姐弟能够坚持上学，得益于三河村这几年的巨大变化，得益于在外打工的父母有了更多的见识，思想观念更趋于现代化。

"从长远来讲，三河村确保长期脱困的关键是什么？"面对这样的问题，张凌深思熟虑后说："核心还是要通过教育改变这里的人。"

凉山脱贫要解决的最根本问题是什么？无疑是要解决人的问题。人是社会发展和生产发展中最根本性的要素，凉山彝区的发展不能急功近利，必须立足长远，从根本的教育入手。而这就要通过教育发展改造一代人、两代人，通过提升民族的整体素质，从而阻断贫困的代际传递。

不管是三河村还是整个凉山州，教育一直被赋予不一样的意义。

在脱贫攻坚之初，四川就认识到，彝族贫困群众人均受教育年限不足 6 年，还有不少彝区儿童未能接受义务教育，教育抓不上去就难以阻断贫困代际传递。教育，是彝区脱贫攻坚的最大短板，必须放在更加突出的位置来抓。

实施教育脱贫，四川多管齐下，一方面努力完善学校、教学设施等，另一方面下大力气提升教育质量，扭转彝区群众的教育观，形成竞相送子女入学的风尚。

这几年，三河村落实县长、乡长、村长、校长、家长共同负责的控辍保学"五长责任制"，履行义务教育控辍保学法定职责，保障适龄儿童少年按时接受并完成九年义务教育。

现在的三岔河乡中心校，每间教室都坐满了学生，与过去需要教师、乡村干部到家里动员不同，现在的家长都主动把孩子送到学校。

这几年，凉山教育的每一点进步都惠及三河村，三河村成为凉山教育发展的缩影。

过去，凉山边远乡村的学生上学、放学在路上的时间要两三个小时。而今通过寄宿制，学生周一至周五都住在学校，省去了奔波之苦，保证了学习和休息时间。某色伍呷在三岔河乡中心校上学时，寄宿用的所有物品都配备齐全，一日三餐比家里的伙食好很多，保障了身体发育所需的营养，同时，有了更多的时间学习。中小学生不再因距离学校远、家庭条件差而辍学或者厌学。

在凉山，最富创造性、最有成效的教育事业无疑是"一村一幼"的试点与推广。它是凉山教育的奠基石，是提升凉山基础教育的关键一招。

现在在凉山州彝区的每个村庄，都会有稚嫩的读书声传来。

那是村里幼儿园的孩子们蓬勃生长的声音，孕育着民族的希望。

　　在每个行政村建立至少一个幼教点，这是四川针对民族地区扶贫的一项创举，是四川人以砸锅卖铁的勇气为国家兴盛、民族振兴所作出的贡献。如今，四川省有近5000个"一村一幼"教学点。

　　2015年8月，发轫于凉山深处的昭觉县的试点工作形成燎原之势。四川省在大小凉山彝区率先启动实施"一村一幼"计划，以建制村为单位，一个村设立一个幼儿教学点（根据实际情况也可"多村一幼"或"一村多幼"），组织开展以双语教育为主要内容的学前教育。2017年，"一村一幼"计划扩展到全省民族自治地方的51个县（市），实现了村级学前教育全覆盖，3～6周岁的幼儿都可免费就近接受学前教育。

三岔河乡幼儿园的孩子们脸上笑开了花

　　人们对国家的认同，体现统一、交流互鉴最重要的工具就是通用语言和文字。"一村一幼"计划是四川创新实施的重大教育扶贫工程，是民族地区少年儿童学习国家通用语言文字、化解基础教育阶段教学语言障碍、培养良好行为习惯的奠基工程。

2018年，"学前学会普通话"行动走出大凉山，成为国家战略。国务院扶贫办、教育部等部门将普通话普及率纳入地方扶贫工作绩效管理。

"一村一幼"计划的实施，从源头上打破了"贫困积累循环效应"。一位曾任四川省委主要领导职务的同志说，"一村一幼"是四川从大小凉山彝区实际出发精准扶贫、精准脱贫的创新之举和长远之计，有利于从根本上阻断民族地区贫困代际传递，要继续抓实抓好、充分发挥作用。

因为有了"一村一幼"，彝区幼儿在家门口就能免费上学成为现实，"我要读书"成为新风尚。

现在，仅昭觉县学前班就有1.2万名学生，其中"一村一幼"有9000多名学生。

在凉山的幼儿园，幼儿们不仅学习通用语言，还承担着一项重要的任务：通过自己在幼儿园行为习惯的学习，通过"小手拉大手"，推动彝区移风易俗取得成效。在幼儿园，如果有孩子没有洗手、洗脸、梳头，老师就手把手教，同时要求每个孩子回家后敦促父母养成讲卫生的好习惯。通过"小手拉大手"的方式，把讲卫生、爱清洁的习惯带到家里去，推动养成好习惯、形成好风气。

凉山"一村一幼"教学点聘请的老师必须具备双语教学能力，并且优先聘请本地人才。各地还组织本地学前教育专家、幼儿园园长、骨干教师深入农村调研，有针对性地编写教材，为开展学前双语教育提供民族特色浓郁、操作性强的本土教材。

通过近两年的学前教育，"一村一幼"的孩子大都能用标准普通话回答问题、唱儿歌，在小学入学前就已经基本扫除了语言障碍。普提村小学校长瓦其木呷说，从"一村一幼"毕业的孩子进入小学后，学习热情更高，学习习惯更好，学习能力更强。

受各种因素制约，四川民族地区贫困面广、贫困人口多、贫困程度深。民族自治地方51个县（市、区）中，有45个是国家重点支持的"三区三州"深度贫困县，是全国、全省脱贫攻坚的主战场之一。县贫民穷，很多贫困家庭无力支持子女完成全部学业。必须立足根本，从长远补齐教育的短板，从改变一代人、培养一代人的高度抓脱贫攻坚。

在"一村一幼"之外，四川系统性推进民族地区教育发展取得实效，尤其是民族地区15年免费教育和"9＋3"职业教育计划让不少民族地区家庭命运得到彻底改变。

从2016年春季学期起，四川在实施免费义务教育和中职教育的基础上，全面免除民族自治地方51个县（市、区）公办幼儿园3年保教费和公办普通高中3年学费，并为所有普通高中在校学生免费提供教科书。也就是说，在四川民族地区，适龄孩子可以享受从幼儿园到高中阶段15年的免费教育。对于经教育部门批准设立的民办幼儿园和民办普通高中，按公办幼儿园和公办普通高中的财政补助标准给予等额补助，收费标准高于公办教育机构的，家长只需要支付高出的那一部分费用。当年，四川省投入资金5.4亿元，受益学生近151万人。时任四川省教育厅厅长说："现在如果到四川民族地区去看，最有人气的一定是学校。"

昭觉县民族中学校长勒勒曲尔说，15年免费教育不仅保证了经济困难家庭幼儿及普通高中学生的教育机会，而且营造了人人平等的校园环境，提升了经济困难家庭子女的自信心，增强了他们奋斗圆梦的底气。

如今，四川民族地区学校大多满负荷运行。综合分析比较近年教育事业发展各项指标可以发现，这几年是四川省民族自治地方教育事业发展最快的时期。

实施15年免费教育打破了民族地区家长对子女读书不闻不问的旧有观念，家长送孩子上高中、上大学的意愿高涨。这要求政府、学校和老师主动适应群众享受优质教育资源的新要求新形势，合力提升教育教学质量，提升家长对身边学校的认可度，保证儿童少年就近接受相对优质的教育，为阻断贫困代际传递奠定坚实基础。

在四川民族教育15年免费体系中，"9＋3"免费职业教育对解决民族学生就业起着至关重要的作用。"9＋3"免费职业教育计划，是在9年义务教育的基础上，积极组织四川民族地区初中毕业生和未升学的高中毕业生，到四川内地优质职业院校免费接受3年中等职业教育。这项政策民生指向明显：对到内地学校就读的民族学生全部免除学费，提供生活补助和交通、住宿、书本、一次性冬装等杂费补助及学校工作经费补助，每生每年总计7000多元，享受与学校驻地城镇居民同等的医疗保障；对在民族地区内就读中职学校的学生，给予免除学费、补助生活费的资助。由此探索出了一条"一人成才，全家脱贫"的民族地区人才培养和教育扶贫新路。

如今，热烈日作等都受益于这样的职业教育，有了一份正式的工作。

（五）三河村的事，关键是人的事

如果要分析三河村的脱贫攻坚与别的地方有何不同，或者说凉山脱贫有何特点的话，那便是凉山彝区群众从来没有如此踊跃地投入这场改变自身的大变革之中。他们前行的动能被最大限度地激发出来，精神上自我革新的诉求使他们更渴望融入这个时代。

对于整个凉山而言，扶贫不仅要实现基础设施的更新、公共服务的改善、产业发展等物质层面"质"的提升，通过教育投入、培训等实现"智"的飞跃，更需要教育群众自力更生、艰苦奋斗，从精神层面扶"志"。

深度贫困地区脱贫攻坚不仅要下大气力解决好物质上的贫困问题，更重要更艰巨的任务是解决好精神上的贫困问题，激发内生动力。这几年，四川省委、省政府把激发群众内生动力摆在更加重要的位置，坚持扶贫同扶志、扶智结合，做深做细群众工作，真正让贫困群众在思想上愿意脱贫、行动上主动脱贫。大力推动"四好村"创建活动和感恩奋进教育，举办农民夜校，就是要调动群众脱贫奔小康的积极性主动性。

三河村的农民夜校从未停顿过，而这样的夜校四川每个贫困村都有。农民夜校深入开展"四好村"创建和感恩奋进教育，大力宣传党的十九大精神，大力宣传习近平总书记扶贫开发战略思想和对贫困群众的关心关怀，大力宣传中央和省市关于脱贫攻坚的政策举措，大力宣传脱贫攻坚成效，让贫困群众发自内心感党恩、听党话、跟党走，坚定脱贫奔小康的信心决心。

三河村的村民们还组成宣讲队，在昭觉县乃至凉山州巡回宣讲，讲总书记关心三河村的故事，讲三河村群众努力奋进的故事。

在基层，培育新风正气，大力弘扬社会主义核心价值观一直未曾停息。四川各地以村规民约为抓手，深化基层法治示范创建，积极开展道德模范评选、文明家庭创建等活动，推进移风易俗、破旧立新，荡涤陈规陋习，净化社会风气，引导群众过上新生活，养成好习惯，形成好风气。通过充分发挥党员、致富能人的带头和示范引领作用，扩大贫困群众在脱贫攻坚各个环节的参与度，发动群众办好自己的事，在比学赶超中脱贫奔小康。同时，用情帮助群众，各级干部特别是驻村干部、第一书记、村"两委"干部深入基层一线、走村入户，不厌其烦地与贫困群众一起拉家常、教方法、算细账、谋出路，点滴浸润，潜移默化，推动贫困群众摒弃"等靠要"思想，埋头苦干，用勤劳的双手创造美好生活。

激发内生动力，关键是要引导群众认识到自己的事情自己办，不能仅靠外力的作用，而这些都是以法治的深入内心为基础。四川通过调整扶贫政策，将过去的发放物资、钱款等方式转变为以奖代补等激励方式，创造出"借牛还牛""借薯还薯""以购代捐"等新型方式，教育群众通过自身努力才能脱贫致富。同时，加大普法力度，对过去存在于个别人、个别群体中的不法现象予以坚决打击，还社会公道清明，极大地教育了群众。如2018年凉山州启动交通环境整治，对公路沿线因意外原因碾死牲畜进行敲诈勒索现象予以严厉打击。

攻克深度贫困堡垒，关键在人。尤其在凉山彝区，人才短缺，现有人员难以适应发展需要，基层群众技能急需提升。这些是制约凉山脱困的关键因素。站在确保长治久安的高度，四川从脱贫攻坚伊始便坚持标本兼治、长短结合、综合施策，深入实施深度贫困地区人才振兴工程，扎实抓好人才定向培养、人才在职培训、人才招引、人才援助、人才稳定等工作，以人才振兴推动深度贫困地区脱贫攻坚和发展振兴。

四川省委主要领导在历次省委全会上都强调，凉山要发展，必须下大力气解决人的问题。

着眼短期，需要有计划引进人才，这无疑是立竿见影的措施。四川组织、人力资源和社会保障、教育等部门加大政策落实力度，为凉山实施人才招引工程，通过实行引进奖补制度、用好用活人才专项事业编制、完善编制岗位激励等，每年集中招录一批优秀大学生和紧缺专业选调生到藏区、彝区工作。继续开展干部人才援藏援彝，省里各部门都组织选派一批专家和技术骨干，到深度贫困地区开展业务指导和就业培训，帮助解决贫困群众实际困难、增强就业本领。这几年，凉山州仅教育部门就给各县超过 3000 个指标，用以招揽人才。

从长远来看，民族地区要发展还需要大力培养本土人才，这是彻底改变贫困地区人才结构、提升整体素质的治本之策。四川省委主要领导曾在大会上说，必须解放思想、痛下决心，采取突破性的政策举措，解决人才短缺问题。他说："要坚决解决这个问题，否则三年攻坚期后各方援助的人才队伍撤离，本土人才接续不上，这几年脱贫攻坚的努力就将付之东流。"

为培养本地人才，四川加大定向培养力度，探索实行"地方粮票"学历制度，适当降低录取分数线，采取定向招生、定向培养、定向上岗等方式，每年培养一批免费师范生、全科医学生和实用技能人才。加大在职培训力度，实行"一对一"帮扶培训，大力培训教师、医生、农技员等乡土人才，从 2018 年起在 3 年内完成专业人才全覆盖培训轮训；通过"订单"模式为藏区、彝区培养一大批教育、卫生、规划建设、特色农牧业、林业、工业、电子商务、会计、旅游等人才。同时，加强对青壮年贫困群众职业技能培训，小学、初中学历到中职或高职学校进行再培训，高中学历到省属高职院校进行再培训，不断夯实本土人才基础。

以教育人才为例，四川全面启动本土人才培养计划，在 2020 年前，为深度贫困地区培养 1000 名紧缺专业实用人才，每年至少组织 2000 人参加创业培训和"职业技能＋创业"培训；同时，实施特殊政策招生计划，推动民族贫困地区中高职衔接和技术技能人才培养。

四川正建立起完善稳定人才的特殊支持政策，适当放宽职称评定条件，提高事业单位绩效工资水平，在政治上关心，工作上支持，心理上关怀，待遇上保障，激励他们在脱贫一线奋发有为、扎实工作。

四川彝区等深度贫困地区正迎来决战决胜的关键时期，这是对党员干部思想境界、为民情怀、能力水平、工作作风的全方位检验。面对艰巨繁重的攻坚任务，广大党员干部不忘初心、牢记使命，真正地沉下去、干起来，一个难题一个难题去解决，一个堡垒一个堡垒去攻克。

在三河村，经过数年的努力和接续奋斗，群众不再单纯依靠救济、单纯依靠干部的帮助，也不再单纯地等着要物资、要钱款，而是有了更多的想法，更好的谋划，更大的干劲，更实在的希望。

　　不管是吉好也求、热烈日作，还是吉伍尔莫、说尺阿呷，每一户人家都发生了翻天覆地的变化。他们相信这个时代，相信有付出就会有收获，相信劳动能创造美好生活。他们由过去的听天由命变成了勇敢向上、拼搏无畏，用自己的双手不断创造新的生活。这就是三河村的力量，改变中国的力量。

（六）三河村的事，殚精竭虑的事

　　2018 年夏天，四个相连的大棚矗立在了吉好也求家旁边的土地上。吉好也求有了新项目：大棚种花菜。这种花菜是青色的，在市场上颇受青睐，批发价可以卖到两元一斤。这对于世代习惯广种薄收、靠天吃饭的三河村群众来说，可是破天荒的头一遭。

　　吉好也求过去种庄稼没用过多少技术。"以前种土豆、玉米，那就是风调雨顺多收点，旱涝则可能颗粒无收。"他笑称，"唯一的技术"就是恰逢季节的时候，瞅在天要下雨前，抢先把种子埋到土里，收获时赶在雨季前收回来。

　　这是三河村绝大多数村民对种植的理解。在他们的生存经验中，种庄稼就是靠天吃饭。这样的经验就是以往三河村人的生存哲学，他们遵循几乎不变的生活轨迹，不去多想，也难以看到改变。

　　现在有了大棚，需要技术。三河村就通过这样不断出现的新鲜事，打破村民们的刻板认知，带来种种改变。

　　吉好也求家旁边的大棚花菜需要每天浇水，他尝试着努力适应。下午时分，他会进入闷热潮湿的大棚，给花菜浇水，黑色的水管将清洁的水哗啦啦地引到菜垄上，花菜略微枯萎的枝叶一会工夫便舒展开来。

建不建大棚，其实村上也经历过争议。即便在村社干部内部，也"争吵"了好几回。有人认为，三河村都是坡地，成片搭建大棚土地难寻，如果只是象征性地搭建几个棚子，对三河村脱贫攻坚意义不大。况且，三河村村民从来没有伺候过大棚，这一技术活恐怕一时半会干不好。而开明者则认为，大棚可以提高生产效率，让农民增长见识，迅速提升对科技种田的认识。虽然三河村平地不多，但还是可以找出部分土地搭建大棚。有了大棚，可起到示范带动作用，激励乡亲们学习。经历多次交锋后，赞成者逐渐占了上风，最后决定建在人来人往、大家都看得见的吉好也求家老房子旁边，由他来管理，先摸着石头过河，再逐步扩大规模。

实际上，吉好也求在短时间内很难掌握陌生的大棚技术，他种植的花菜并没有变现。年末，一场罕见的大风从阿基社的山脊刮过，大棚成了牺牲品，棚架在大风里东倒西歪。

对于倒掉的大棚，张凌颇为可惜。不过，他更在意的是通过这件事情说明三河村的脱贫之路并非一帆风顺，途中会遇到各种挫折。他说："三河村的全方位改变，就在于有这样的争议，在争议中找到方法、摸索前行。"

这样的争执其实反映出三河村发展的不易。在三河村要干成一件事情，必须殚精竭虑，从实际出发，既要有梦想，更要脚踏实地，实实在在。

刚到三河村，张凌见到的村党支部宛如散沙，支部成员之间不团结，不愿意引领群众。支部 22 名党员中青年党员仅有 6 人，大多数党员年龄大，受教育程度低，接受新事物的能力欠缺。面对此种情况，张凌只得从头开始，建立每月例会制度，让每一次的组织生活都成为一次生动的党课，激发党员干部的使命感。同时通过农民夜校，不断提升村民和干部的能力水平。通过一段时间的努力，党支部的思想开始统一，干事情不再推三阻四，党支部也有了战斗力。

针对党支部五六十岁党员居多，老龄化严重的问题，张凌将目光对准了积极上进的可发展的年轻对象。这样，吉好也求、洛古吃火等踏实肯干、有一定带动示范作用的年轻人被培养为入党积极分子。

在三河村，每名党员和干部都必须联系两户贫困户，带着他们发展，带着他们脱贫。

"做人的工作是最难的！"张凌还定期组织干部和贫困户、非贫困户到外地去参观，看看其他地方是怎么致富的。每次十来人。既去发达的地方，也去部分同样贫困的村子。通过观摩、比较，自然地引发村民们思考——我们有什么优势，我们有什么劣势？如何扬长避短？通过这些努力，让群众认识到党的政策好，增添自己的干劲。

来三河村的日子久了，张凌很自然地认识到一点：脱贫攻坚的事，根本上还是要靠三河村村民，要让他们参与到每一件事情中，不能越俎代庖。村民们很多时候解决问题，是他们自己商量解决办法。这些经验，来源于驻村干部们活生生的实践。

有一次，三河村来了30头西门塔尔牛，需要分给贫困户。一大早干部们就通知贫困户带着牛绳来领牛。干部们提前给牛编了号，准备抽签决定哪家领哪头牛，于是叫大家把牛绳拿出来，先把牛拴上。但因牛有大有小，村民的牛绳也有长有短，前来领牛的村民们闹起了别扭，对分配方法不满意，僵持了一两个小时都无结果。驻村干部赵杰明只得对村民们说："干部们不参与这件事，你们自己确定一个分配方案！"随即就把这件棘手的事完全交给村民去解决。村民们商量了一个多小时后，来通知干部们，"牛已经分好了！"驻村干部们发现，村民自己给牛编好了号码，抽签带走了。赵杰明感叹："我们的方法和群众的分牛方法其实是一样的，但他们暂时没转过弯来，我们要等等，他们得互相商量和妥协才会有更好的结果。"其实，分牛的方法本身可能没有好坏之分，区别在于是村民自己参与实行的还是外界强加的，村民自身参与进来，无疑能推动更多的事情得以更好地解决。

要等等，这是彝区特殊的扶贫方法。要让村民真正领会为什么要脱贫，只有有了内在的动力，凉山才能真正走出贫困。

张凌总想把事情做得完美，但往往举步维艰，他庆幸自己一步一步地挺过来了。

张凌说，既然来到了三河村，就要高质量地完成脱贫攻坚。既然当着总书记的面做出了承诺，就要对组织、对自己都有交代。这是一位扶贫干部的家国情怀，更是成千上万奋战在脱贫攻坚一线干部的家国情怀。有了这样的情怀，贫困必将远去，小康必将到来。

尾声

三河村幸福生活的开始 >>

我走啊走，走啊走
我要看看世界
翻山越岭跨越江河
犹如梦境一样
我走啊走，走啊走
我要跟着共产党的道路走
追求美丽，追求和善，为了建设祖国

彝乡春天来了
阳光普照暖洋洋
彝乡的生活越来越好了
社会主义道路金灿灿

仰望那片蔚蓝的天空
心儿自由自在地飞翔
翻过那座山，蹚过那条河
我的梦想已起航
村村寨寨欢歌笑语多幸福
党的恩情温暖心窝窝
风风雨雨生生世世跟着你
社会主义道路指引我

村村寨寨欢歌笑语多幸福
党的恩情温暖心窝窝
山山水水魂牵梦绕祝福你
吉祥如意，亲爱的祖国
……

在脱贫攻坚如火如荼开展之际，这首名为《祖国之子》，由吉布尼合作曲、阿如干土作词的歌曲在凉山老少中传唱，彝语的抑扬顿挫，让这首歌颇具感染力。当我们到火普村时，火普村的孩子们给我们唱；当我们到三河村时，三河村幼儿园的孩子们也用稚嫩的声音为我们演唱。

这首歌旋律优美热情，情感真挚奔放，唱出了凉山人的心声，唱出了凉山人的渴望，唱出了凉山人的感恩，也唱出了凉山人的期待。那种对彝乡变化的自豪，溢于言表，言犹未尽。

凉山这片多彩烂漫的土地，村村寨寨正开启梦想的航程，正经历翻天覆地的变化。这种变化，起于微末，却发展为一场巨大的社会变革，这就是关乎凉山百万群众的精准脱贫。

对于这场深刻改变凉山经济社会发展进程的精准脱贫，当地干部把它比作彝区的第二次解放。第一次解放，是 60 多年前彝区的民主改革，彝族群众摆脱农奴制，一跃成为主人，主宰自己的命运。今天，精准脱贫被看作彝区的第二次解放，是要使彝族群众实现生活的富足。扶贫对于凉山而言，过去未曾中断过，但过去是解决凉山的温饱问题，而这一次，是要彻底解决凉山发展进程中的根本性问题，彻底断掉穷根。

凡要除根，必坚苦卓绝，凉山的脱贫攻坚就是如此。凉山的穷困，是恶劣自然之困，更是社会发育程度低，社会矛盾累积，长期滞后于社会发展之困，还是中国经济发展不平衡的一种外在表现。因此，要解决凉山贫困问题，绝非一时之策、一计之策，需要定力、毅力，需要久久为功。

不到凉山，无法理解中国的丰富多样与千差万别；不深入彝寨，无法理解社会生活的万千复杂与纷纭变幻；不与彝族群众交朋友，就不知道他们对美好生活有多么渴望，对未来是多么期待，对改变有多么强烈。

其实，凉山为中国革命作出了贡献，我们在高速发展中遗忘了凉山，我们欠凉山一份发展的倾力相助。

改革开放 40 多年来，中国经济高速前行，综合国力不断增强，成为世界第二大经济体，这是建立在我们的制度优势、人民的辛勤付出基础上的。在这份付出里，部分地方为国家发展作出了巨大的牺牲，输出了劳动力，输出了资源，率先支撑起沿海等区域的巨大发展。而广袤的西部地区，则在改革开放这波发展潮中相对落后了。

至今，凉山基础设施建设投入不足，公路密度、等级落后于全国平均水平，现今不通高铁，大型企业布局少，缺乏经济发展的引擎，凉山因而走在了后面。这并非凉山所愿，这是中国发展不均衡所致。今天，我们有能力、有责任解决这样的发展不平衡问题。同时，我们也有更大的决心、更大的能力、更大的毅力解决凉山的贫困问题。

以中国共产党为领导核心的中国人民意识到中华民族的伟大复兴，必是全国各民族、各区域的整体复兴，必须兼顾各个群体的利益，让所有的群众都有实实在在的获得感和幸福感。因此，在脱贫之路上，不能落下任何一个民族，不能落下任何一个村寨，也不能落下一户一人。让群众过上更美好的幸福生活，是中国共产党人的承诺，也是实实在在的行动与实践。

在这样的时代大潮里，凉山迎来了巨变。这场巨变，有形之变是凉山有了更好的道路、更好的学校医院、更坚实的产业等，群众有了更好的住房、更多的收入，生活极大地便利，生活质量大大提升，现代化进程向前大大跨越了一步。

这场巨变，无形之变更深入人心，更来得持久。这场巨变实实在在地从人开始，从改变生活习惯开始，贯彻于教育、医疗等方面，一场气势磅礴的彻底变革，从普通民众的精神上重新塑造了凉山。过去，群众习惯于等一等看一看，靠着政府，靠着干部。而今，新的观念在凉山形成：不如自己努把力，靠自己，靠勤奋，把生活彻底改变。凉山彝区群众彻底摆脱旧俗，拥抱新风，迎来彻底的新生。

习近平主席在 2019 年新年贺词里特别提到他曾经在 2018 年里去过的凉山乡亲吉好也求和节列俄阿木两家。凉山的脱贫攻坚牵动全社会，各方力量通过多种方式来助力凉山的脱贫攻坚。四川可谓倾尽全力，动员全社会的力量，从制度、资金、政策、人才等多方面给予保障，目的就是要打下这场攻坚战，让这一全国深度贫困区与全国人民一道同步奔小康。

时间不舍昼夜急速向前，我们魂牵梦绕的昭觉县三河村，也在时间之流里不停地向前，不停地变化。

2018 年 11 月下旬，凉山彝族年。按照传统，彝族年要过三天。2018 年的彝族年，三河村洋溢着前所未有的喜庆，家家户户都杀了年猪。村民们把未吃完的肉挂在屋梁上。透过楼板的缝隙，膘肥体厚的猪肉泛着诱人的光泽。家家杀年猪，是因为今天的生活有了盼头，有了底气，乡亲们对未来更是充满希望，更加信心满怀。

对村民来说，家里粮满仓，牲畜满圈栏，这是幸福的开始。

这一年，三河村可以圈点、留存在记忆里的东西太多了。产业方兴未艾，村集体经济产业也开始布局。孩子们上学不愁，村民医疗有了保障，大病小病都有不同的渠道解决，他们内心从未如现在这般踏实、安定。村民们过去的愁苦脸变为现在的笑脸。

2019 年元旦，三河村村民吉好也求上了中央电视台的荧屏，向世界讲述自己的脱贫故事，平素腼腆的他说出了自己的心声，感谢党和政府，感谢帮扶干部，自己通过努力，实现了脱贫致富。

2019 年 1 月 23 日，吉好也求、洛古有格等三河村村民在昭觉县开启了"总书记来我们村"的第二轮宣讲。宣讲第一场，有 3000 多位乡亲前来听讲。吉好也求在台上无比自豪，无比骄傲，他兴奋地说道，"我家跨过了贫困线"。他给我们算起了收入账，通过卖牛、卖猪、卖鸡、卖土豆，加上打工等收入，他家人均年纯收入达到 8700 多元。驻村第一书记张凌也自豪地宣布，全村的人均年纯收入已经跨越贫困线。

2019 年春节前夕，三河村迎来狂欢。1 号安置点（阿基社安置点）建成投入使用，乡亲们忙着搬新家。他们跨过了脱贫攻坚中最为重要的一步，终于拥有安全住房。中国人常说，有家才心安，而住房，就是家庭最核心的标志、最实在的寄托。

2019 年春节时，吉好也求家搬入了 1 号安置点的新家，一家人迎来了干净整洁与舒心舒适的崭新生活。吉好也求请来亲戚朋友，在新家里过了一个暖暖的祥和年。他和妻子从来没有如此有信心，如此有力量。

三河村，正一步步奔向全面小康，村里的设施正逐步健全。对三河村而言，这不仅是形态上的变化，更是村民们生活方式、生活态度的变化。

三河村人从来没有这么迫切地希望走出去，他们希望与外界加强联系，渴望通过这样的时代之路，赶上中华民族前行的步伐，与全国人民同步奔小康。

2019年底，村民期盼的通村油路全面建成，即使遇上刮风下雨，村民也不再担心出不了村，也不再愁卖不了货，三河村走完了最艰难最漫长的脱贫路。这一年，三河村人均纯收入超过万元。兜里有了钱，人就有了底气，村民们有了各种各样的想法。想得最多的，就是让挣钱的渠道更宽广，让自己的生活更宽裕，这与过去家家困顿、束手无策的境遇有天壤之别。毫无疑问，三河村将成为一个富裕和谐美丽便捷的新农村。

吉好也求的二女儿吉好有果与妹妹在新家院子里　（供图：视觉中国）

"没有问题，没有问题。"2020年初，吉好也求在被问到2020年脱贫退出有没有问题时，连连摆手。信心足，来源于收入稳定。"我们的生活正朝着越来越好的方向前进。"吉好也求干劲满满。如今，他的5个孩子都在读书。"让孩子好好接受教育是我的梦想。"他说道。

　　吉好也求一家的变化并非个例，曾经因贫穷"出名"的三河村，在脱贫致富的道路上跑出"加速度"。

　　据张凌介绍，2019年，三河村种植马铃薯3300亩，其中贫困户栽培1300亩，贫困户户均增收2500元以上。三岔河乡是昭觉县的光叶紫花苕良种基地。该品种每亩经济价值在2000元以上，茎叶可以用于发展畜牧养殖业。2019年，三河村栽种花椒1500亩，贫困户户均种植3亩以上，预计3年后能见效益。三河村还种植中药材云木香1000亩、核桃2500亩。同时还大举发展养殖业，带动贫困户增收。

　　"2017年，全村贫困户人均纯收入3100元。2018年，全村贫困户人均纯收入4615.5元。2019年，全村贫困户人均纯收入9903元。""2020年最大的愿望便是三河村的村民能够悉数脱贫摘帽，致富奔小康。"提及2020年的最大愿望时，张凌笑着说。

　　对于三河村下一步的发展，张凌说，三河村将扶植实景博物馆、感恩教育基地、村史馆，发展民宿，成立旅游合作社，以田舍乐、彝家乐为平台，大举发展村落远足；举办农民夜校、网校等培训，增强村民增收致富的本领，发展种养殖业，振兴村落。

　　三河村新建的村史馆，记录了三河村自1952年建村以来的变迁之路。村史馆内展示的石磨、背水桶、吊锅等老物件早已从三河村人生活中悄然退场，而蜂蜜、羊肚菌、苦荞茶等农特产品昭示着村里产业红火发展的现状。

三河村村史馆里陈列着许多老物件

2020年2月16日,昭觉县在三河村开展县委常委班子主题党日活动,再走总书记走过的道路,参观三河村新居、村史馆。2020年,昭觉县还将实现55个贫困村、3.3万名贫困人口脱贫。"脱贫攻坚任务依然严峻,为确保如期实现脱贫目标,我们一刻不能停、一步不能错、一天不能误。"昭觉县委主要领导说。

从村里到国道348线的道路现在已经是硬化的沥青路了,和以前坑洼的路面相比,开起车来平稳了许多;不少村民在道路两侧的地里播种,这是一个忙碌而又充满希望的春天。

2020年5月,三河村9个扶贫安置点全部完工并投入使用,村里的贫困群众全都搬进了新家。

成百上千个三河村构建起大凉山的山山岭岭。凉山,如绚烂之花,刚刚绽放。

这是凉山一个崭新的开始。凉山,正迸发出不竭的动力,推动这片土地青春勃发,蓬勃向上。

三河的笑脸

三河村扶贫大事记

（2014—2020 年）

2014 年

2014 年初，精准识别出三河村有建档立卡贫困户 152 户 790 人，贫困发生率为 46.47％。

2014 年 4 月，四川彝区"十项扶贫工程"全面启动，三河村脱贫攻坚提速。

2015 年

2015 年 4 月，脱贫攻坚第一批帮扶干部进驻三河村。昭觉县发展改革和经济信息化局对口帮扶三河村，其干部张凌任村第一书记，开启不脱贫不脱钩的帮扶之路。同年 6 月，第二批干部进驻三河村。

2015 年 9 月，三河村开设幼儿园，后又陆续开设了三个教学点，满足了群众需求，幼儿从小就开始学说普通话。

2015 年底，三河村贫困人口新农合覆盖率达到 100％，就医实现"零支付"，医疗保障基本实现。

2016 年

2016 年 3 月，三河村启动"四好村"和"四好家庭"创建活动，希望不仅打赢物质脱贫战，还要打赢精神脱贫战，昭觉县为每个村配发了洗衣机、餐厨用具等。三河村开发了公益岗位负责卫生，村民落后观念和村容村貌逐步得到改变。

2016 年 8 月，三河村开办农民夜校，教授群众技术、政策、知识，引导农民致富。

2017 年

2017 年 1 月，返乡村民洛古有格成立养猪合作社，带动村民致富，当年就带动参与农户户均增收 2500 元。

2017 年 3 月，三河村开启红白事宜革命、生活用能革命、厕所革命等"移风易俗"活动，让三河村拉近与现代文明的距离。

2017 年 9 月，三河村推行"五长制"控制义务教育阶段辍学，所有适龄儿童全部进入学校学习，教育保障全面实现。

2017 年底，三河村党支部改选，洛古有格等年轻人进入村委会，成为村民脱贫的带头人。

2017 年，三河村贫困户人均纯收入达 3100 元。

2018 年

2018 年 2 月 11 日，习近平总书记来到三河村，他与村民及各级干部共商凉山脱贫大计。总书记的调研和嘱托鼓舞了百万彝区群众脱贫攻坚的斗志。

2018 年 3 月，张凌、吉好也求、洛古有格、吉木子洛等村民开启"总书记来我们村"巡回宣讲活动，向彝族同胞讲述党和政府对彝区的关怀。

2018 年 3 月，三河村贫困户通过申请贷款户均获得一头牛、一头能繁母猪的产业支持，造血功能大大增强。

2018 年 4 月，村民节列俄阿木的大女儿热烈日作如愿以偿地当上了村上的幼儿教师（辅导员）。2 月，在同总书记座谈时，热烈日作表达了自己想当幼教点老师的愿望。

2018 年 4 月，三河村易地扶贫搬迁点启动建设，共规划 9 个安置点供群众选择。

2018 年 5 月，三河村脱贫规划出台，阿基社的彝族老房子得到保留，用于今后旅游发展。

2018 年 5 月，村民吉好也求的儿女吉好有果和同学第一次坐飞机到北京参加活动，有果因唱《国旗国旗真美丽》而走红。这是三河村孩子第一次坐飞机见识山外的世界。同年 8 月，有果赴俄罗斯参加国际夏令营活动。

2018 年 5 月，三岔河乡启动投资逾 1000 万元的水土保持工程，项目建成后将彻底解决三河村的缺水及饮水安全问题。

2018 年 6 月，为增加帮扶力量，四川省组织 5000 人的帮扶队员入驻凉山，来自雅安及成都的向洪等 7 名队员长期驻扎三岔河乡，对口帮扶三河村。

2018 年 6 月，三河村成立集体经济合作社，建设养猪场，贫困户参与合作社收益分红。

2018 年 7 月，三河村加大培训力度，约 170 名村民外出务工，务工收入成为村民增收的重要组成部分。

2018 年 9 月，东西部扶贫协作和对口支援持续开展，广东省佛山市加大对昭觉县的投入。三河村获得蜜蜂养殖等项目支持，规划养蜂 5000 箱。吉好也求管理蜜蜂 200 箱，每月有固定收入 1500 元。

2018 年 11 月下旬，彝族年，三河村洋溢着前所未有的喜庆，家家户户杀年猪，庆祝生活有盼头，未来有希望。这一年，三河村吃穿不用再发愁。

2018 年底，对口帮扶单位发起以购代捐活动，三河村的农产品实现了在家门口销售。

2018 年，全村贫困户人均纯收入达 4615.5 元。

2019 年

2019 年元旦，习近平主席在新年贺词中特别提到他曾经去过的三河村吉好也求和节列俄阿木两家，三河村脱贫攻坚备受社会关注。

2019 年元旦，吉好也求上了中央电视台的荧屏，向世界讲述自己的脱贫故事。

2019 年 1 月 23 日，"总书记来我们村"第二轮宣讲开启，洛古有格等村民向凉山州全州干部群众讲述三河村的变化。

2019 年春节，三河村 1 号安置点建成投用，吉好也求等 29 户村民率先搬入新居，住房保障得以实现。

2019 年 2 月 11 日，《人民日报》头版头条以《总书记的深情牵挂，四川昭觉县三河村——产业兴旺火塘暖文明卫生气象新》为题报道三河村的精准脱贫成效，《光明日报》以《三河村的变迁》为题报道三河村的脱贫攻坚进展。

2019 年 5 月，三河村对部分村民进行专题培训，马海子呷等村民掌握了农家乐的经营管理技术，为旅游发展打下基础。

2019 年 6 月，吉好也求利用自己的新房开起了小卖部，村子里有了更多的现代商业气息。

2019 年 12 月，三河村通村油路全面完工，安全饮水、生活用电、广播电视、网络等"一超六有"全面实现，村级卫生室等完工。

2019 年，三河村产业发展成型。在种植业上，发展马铃薯、光叶紫花苕、花椒、云木香、冬桃、梨等，每年户均能增加收入 15000 元以上。在养殖业上，发展能繁乌金母猪、西门塔尔牛、养鸡、养羊，每年户均增加收入 7000 元以上。同时，发展养蜂产业 5000 箱，带动了贫困户增收。

2019 年，全村贫困户人均纯收入达 9903 元。

2020 年

2020 年 1 月 9 日，《光明日报》头版以《四川凉山三河村：新家孕育新气象》为题报道三河村的脱贫成效。

2020 年 1 月，三河村村史馆建成，村史馆既讲述山村的村情村史，也讲述三河村人的感恩奋进。

2020 年 5 月，三河村 9 个扶贫安置点全部完工并投入使用，村里的贫困群众全都搬进了新家。

后　记

这几年一有空，我们就会往凉山跑，去看看三河村。每次去三河村，都是从成都出发，驱车 500 多公里抵达四季温暖的西昌，在如镜的邛海水面倒影下，与繁花告别，再翻越海拔 3000 多米的高山，起伏颠簸后，抵达三河村。总是要从太阳升起走到夕阳西下。一天之内，经历闲适的成都平原、富庶的安宁河谷与大山中的三河村的剧烈反差，这是我们与三河村在地理上的距离。

刚踏入三河村的时候，与三河村是有心理距离的。三河村村民的生活状态、生活习惯，与山外村庄是迥异的，让人怀疑是处在不同的时代。原始的生产、简陋的起居环境、简单的生活，构成经年累月的生存与人生。于是自己就感慨，或许他们已经适应这样的常态，缺乏打破固有状态的激情与动力。

每次采访三河村村民，都需要帮扶干部或者年轻的村民作陪，回乡创业的大学生洛古有格成为我们最好的向导，他在外读过大学，工作过几年，我们与他有不少共同的话题。原因无他——村子里绝大多数的村民都只会彝语，罕见能说流利的普通话者，村支书、村委会主任的普通话也并不"伸展"（"顺畅"之意）。村民说彝语，却不认识彝文，无法将彝语写在纸上。没有翻译的陪伴，我们便交流无门。对于采访，我们最为"憋屈"的就是问了一大堆问题，得到的回复往往就是寥寥数语，甚至是文不对版的回答，要了解他们的所思所想，需要连蒙带猜。正因为如此，各地来的帮扶干部在这里也与我们有相同的困惑——交流沟通困难。同样的工作，与山外相比，需要使出更大的力气，耗费更多的精力。他们在这里一待就是两三年甚至更长时间，可以想见需要经历多大的艰辛，付出多少心血。

不过待得久了，来的次数多了，我们便感受到了村民们对于与外界交流的渴望，心理的距离在慢慢拉近。特别是我们多次走入杂乱的土坯房，与村民们促膝长谈，蹲在地上，拿着木勺在一个盆里吃饭喝汤，跑遍全村的山山岭岭之后，更是深刻体会到似乎我们和他们本就没有差别。

三河村人最具烟火气的想法、做法摆在我们面前，他们的各种生活习惯和方式其实都是受历史、文化、生存条件等因素的制约。他们对自己的现状并不满意，无时无刻不在寻找摆脱困境的方法。我们走访中看到的很多空置的房屋便是明证，房主拖家带口外出或者外迁。举家离开家乡，就是为寻找更有利的生存条件，而这样的比例远比一些相对发达地区的人口流动比例高。

人往高处走，渴望更好的生活，这是人类的共性。过去村民们期盼改变的动力小，是因为有深深的无力感，多次尝试而没有结果，甚至出现了越折腾越穷困的窘境。在全国凝心聚力脱贫攻坚的时代氛围下，在外界的各种刺激下，在各界帮扶人员的推动影响下，各种改变生活奔小康的愿望冲击着他们原本有些板结的内心，使他们对原有的坚持有了松动，他们希望被现代文明、现代生活方式所浸染所接纳。这些渴望，构成他们改变自身状况、改变贫困面貌的最直接动力。这些心灵深处的萌动，我们可意会，但记述未必精准，这就是我们记录三河村时总是挂一漏万的地方。

客观来讲，封闭于大山中的三河村这些年来的变化是显著的，变化成为这里最明显的特征。每一次去三河村，我们都会站在入村的垭口上俯瞰整个村庄，天高云淡，村庄每一次都有变化，或细微，或显著。这些每时每刻的变化音符拼叠成三河村脱贫攻坚的一部昂扬歌剧，抑扬顿挫处，都是一段鲜活的故事。我们想把这些变化融入自己的记述里，但无疑，所有的描写都只是生活的一个侧面、一个片段、一个瞬间，顶多只是时代的一个脚印而已。正因如此，进入我们笔下的人和事，只是三河村这几年跌宕起伏的脱贫进程里的极小一部分，但这些零星的、细碎的东西所依靠的是一个大时代，反馈的是具有开天辟地意义的大事件。

我们记录的片段，大多是脱贫攻坚进程中的一些细节，很难由表及里揭示背后涉及的社会学或者田野考察层面的意义和规律。就如在一部鸿篇巨制中，我们只选取一小部分呈现，这部分或许不是最主要的、最精彩的，但却可能是最真实、最直接的。

总体而言，三河村并非凉山最贫困的村庄，但却是最受关注的村庄之一，代表着绝大多数凉山山村的社会状况、经济状况，代表着这片土地特殊的传统和文化。它的处境如凉山其他村庄一样，受各种因素的制约，脱贫攻坚的意义不仅仅在于增加收入，改善生存条件，更在于在改变生产生活条件的同时，提高世世代代繁衍生息在这片土地上的、作为主体的人的素质，尤其是激发那种来自心灵深处的迫不及待的、向上的力量。这其中不可或缺的任务包括移风易俗、禁毒防艾、控辍保学、计划生育等等。因而，这里的扶贫可谓是一项系统复杂的社会进步工程，需着力长远，持续发力，方能久久为功，这是凉山脱贫攻坚的特殊意义。正因为如此，当地干部群众称脱贫攻坚为彝区的"第二次解放"，这是我们实现社会均衡发展、实现全面小康目标的必由之路。

我们也深切感受到，从国家到省州，在对待凉山脱贫这件事情上，始终有啃硬骨头的定力，意识到这是全国脱贫攻坚最为艰苦最为困难的地区，持之以恒，精准施策。各级领导干部带头蹲点，去最偏远的乡、看最贫困的村、访最贫困的户，凉山州每位干部在深山都有"穷亲戚"；各级干部都有永不懈怠的韧劲，把帮扶作为自己的历史责任，尽锐出战，不胜不休；他们与凉山群众一道风雨同舟，勠力同心；干部群众有决战决胜的勇气，使出"绣花"功夫，一户一套办法，从种什么到怎么种，从养什么到怎么卖，全程帮助，推动了凉山大变样。

在时间的钟摆里，三河村原有的生产生活方式，乃至社会结构都有了一定程度的崩解，产生了适应新时代的正向变化。在物质层面，三河村实现了"两不愁三保障"等基本的目标；而在精神层面，三河村的村民们有了更宏大的"野心"，有了更为直接的目标指引，这样的变化才是最鼓舞人心的，这是确保三河村持续变化的最大驱动力。

无疑，有两种驱动力来得最为直接，对原有生活状态的"破坏力"惊人。一是三河村的壮劳力外出务工，他们目睹外面世界的日新月异，了解了社会发展的信息，自然而然对自己的民族、自身的状况有所反思，推动了自我革新，推动了家庭的变化，带动了村庄风气的变化。这种学习是横向的，借助社会发展的磅礴力量，势不可挡，滚滚向前。我们记录的郑吃合、洛古有格等都是这样的情形。另一个就是从头开始的对下一代的学校教育，让下一代全面对接现代文明与社会发展，与传统时代落后的东西彻底决裂。这是长远的治本之策，凉山砸锅卖铁都要办好教育，其理就在这里。这两种力量的交汇点就是社会单元——一个个的村庄。村庄有了眼前和长远的内生驱动力，就有了兴旺发展、不断向前的力量。

如果把三河村的变化归纳为所谓经验的话，就是这几年各种艰苦卓绝的努力告诉三河村人，生活是可以改变的，是可以像百多里之外的西昌人、更远的成都人、各种发达地区的人那样生活的。想要过上那样的生活，必须依靠自身勤奋去创造。教育并引导群众自力更生、艰苦奋斗，激发群众的主动性创造性，集众智、聚群力，形成"九牛爬坡，各个出力"的工作格局，这便是三河村乃至凉山扶贫的最佳路径。

今天，这样的努力已经见到成效。三河村人的努力、三河村的变化浓缩在小小的村史馆里。建设村史馆，就是要教育后来者，三河村是如何走过来的，我们记录的意义就在于此。通过这样的村庄，管窥凉山的变化；通过这样的村庄，看见中国的变化。借助这样的村庄，我们见证脱贫攻坚的波澜壮阔；借助这样的村庄，我们读懂万千变化、日新月异的中国。

编著者简介

主编： 刘伟

高级编辑，光明日报社原副总编辑，中南大学中国村落文化研究中心教授，太和智库高级研究员。曾任人民日报社西藏站、山西站负责人，新华社西藏分社、山西分社社长，新华社人事局局长。出版小说集《等待蓝湖》，长篇散记《苍茫西藏》，长篇纪实《十一世班禅坐床记》等多部作品。

副主编： 纪红建

文学创作一级，中国报告文学学会理事、青年创作委员会副主任。著有长篇小说《家住武陵源》，长篇报告文学《乡村国是》《哑巴红军传奇》等二十余部。获第七届鲁迅文学奖、第十五届精神文明建设"五个一工程"奖特别奖、第二届"茅盾文学新人奖"等，系中宣部"宣传思想文化青年英才"。

作者： 李晓东

主任记者，光明日报社四川记者站站长，1998 年 5 月起一直在新闻战线工作，历任四川教育电视台（现四川电视台科教频道）制片人、新闻部副主任，四川日报绵阳分社社长，光明日报社四川记者站副站长、站长等职。历经了汶川特大地震、芦山大地震、九寨沟地震等新闻战役的考验，亲历了灾后重建、脱贫攻坚等重大事件洗礼，撰写了诸多有影响力的新闻调查、人物长篇通讯等作品，见诸《光明日报》《今日中国》《中国民族报》《四川日报》等报刊。

图书在版编目（CIP）数据

三河水暖/李晓东著. —长沙：湖南教育出版社，2020.6
（十村记：精准扶贫路／刘伟主编）
ISBN 978－7－5539－7572－6

Ⅰ. ①三…　Ⅱ. ①李…　Ⅲ. ①报告文学—中国—当代
Ⅳ. ①I25

中国版本图书馆 CIP 数据核字（2020）第 094783 号

十村记：精准扶贫路——三河水暖
SHI CUN JI：JINGZHUN FUPIN LU —— SANHE SHUI NUAN
李晓东　著

总 策 划	黄步高　刘新民　黄永华　徐　为
策　　划	杨　宁
出版统筹	杨　宁　徐夏楠
责任编辑	丁泽良
装帧设计	肖睿子
责任校对	王怀玉　胡　婷　任　娟
出版发行	湖南教育出版社（长沙市韶山北路443号）
网　　址	www. hneph. com
微 信 号	湖南教育出版社
电子邮箱	hnjycbs@ sina. com
客服电话	0731－85486727
经　　销	湖南省新华书店
印　　刷	湖南省众鑫印务有限公司
开　　本	710 mm×1000 mm　16 开
印　　张	18.5
字　　数	240 100
版　　次	2020 年 6 月第 1 版
印　　次	2020 年 6 月第 1 次印刷
书　　号	ISBN 978－7－5539－7572－6
定　　价	75.00 元

本书若有印刷、装订错误，可向承印厂调换